该是重新点亮星星的时候了

VIRGINIE GRIMALDI

IL EST GRAND TEMPS DE RALLUMER LES ÉTOILES

[法]维尔吉妮·格里马尔蒂 著　杨旭 译

湖南文艺出版社

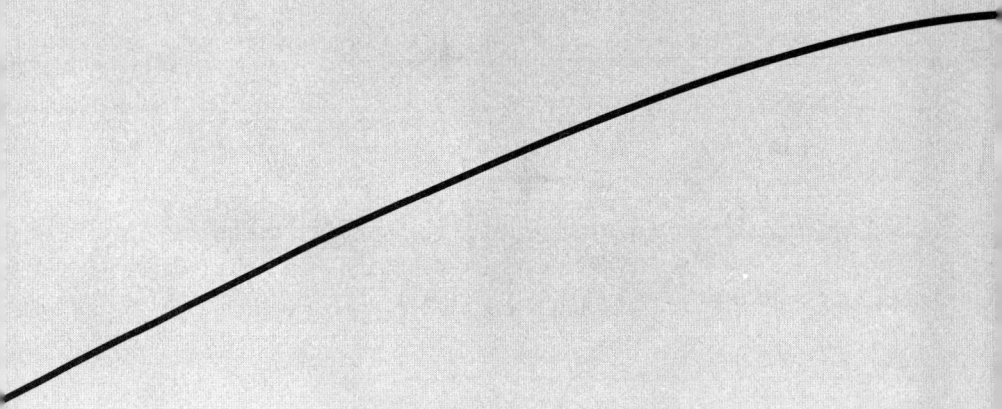

Il est grand temps
de rallumer
les étoiles

她的双眼如此令人流连忘返，

以至于我再也不知道该去往何方。

——罗曼·加里《童年的许诺》

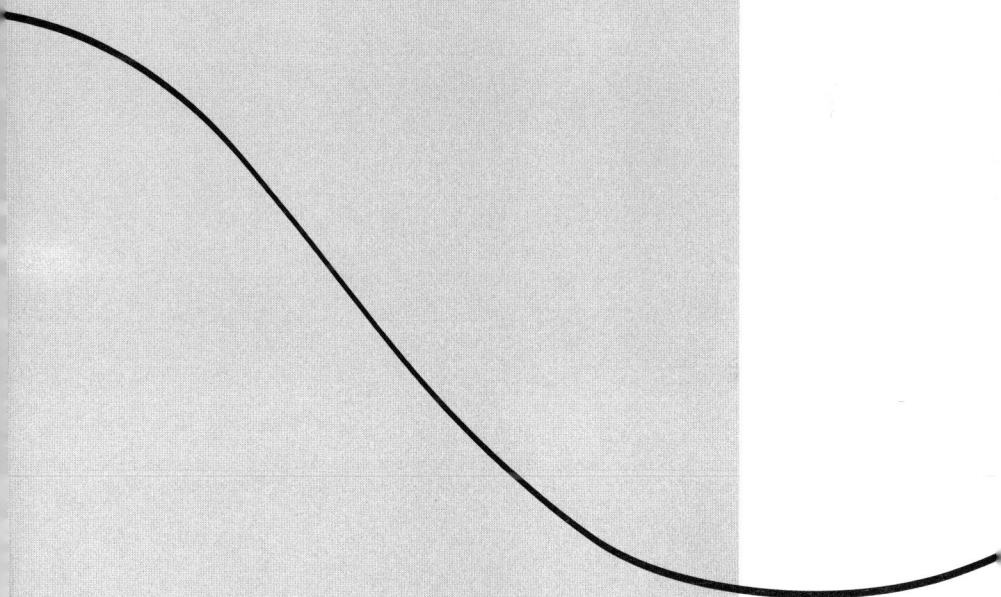

to ——————— 献给我的母亲 ——————

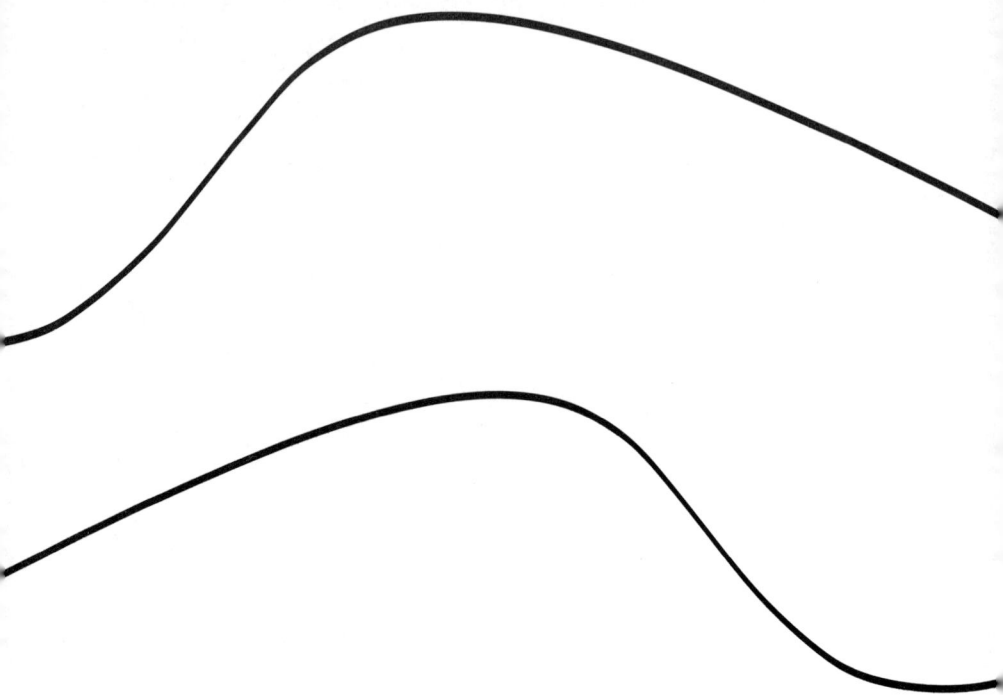

该是
重新点亮
星星的
时候了

Il est grand temps
de rallumer
les étoiles

安娜

"安娜，你干完活后就过来找我！我有件事要跟你说。"

我把围裙系在腰上，赶在第一批客人到来之前，最后再转了一圈检查店面。我知道待会儿托尼要向我宣布的事情，因为我昨天无意间听到了他的谈话。终于是时候了。

三个月前，"白色田舍"一下子升到了图卢兹最佳餐馆排名的前列。我们的客人本来就不少，现在更是人满为患。往往是我还没来得及把桌子收拾好，那里就已经又有人坐下了。店里头只有我一个服务员，托尼无事可做时，也会乐意过来帮我一把。

这周一，当我端着一份焦糖布丁去六号桌时，我的耳朵突然间像被堵住了，视线变得模糊，双腿也开始发软。结果那份甜点最后落在了客人的头顶上，我则落到了老板的办公室里。

他一上来就大吼大叫，不过我已习惯了，因为这意味着他很担心。有一天，他偷偷告诉我说他是个"内脏逆位"的患者——他的心脏在右边，肝脏在左边。显然，连他的交流方式也是跟别人反过来的。

"安娜，你都干了什么好事？"

"我没干什么，就只是突然晕了一下而已。"

"那你为什么会头晕？"

"为了活跃一下气氛嘛，瞧你问的这是什么问题！今晚有点太安静了，不是吗？"

他长长地叹了口气，消除掉最后一点怒气，然后便进入关心下属的谈话阶段。

"好吧，那你现在好点了吗？"

"现在好些了，我得回去继续干活了。"

"算了，今晚由我来负责吧。但你明天得在这儿，行吗？"

"我有哪一次没有来吗？"

他微微笑了笑，我便赶紧抓住这次机会。

"托尼，我其实挺累的。我快四十岁了，不能再像以前一样那么拼命了。如果你能再招个人的话，那就再好不过了。"

"我知道，我知道，你跟我说过了。我看看我能做些什么吧。"

于是他拿起手机，给情妇埃丝特勒打了一个电话，告诉对方此时此刻自己最想做的事就是和她上床。我由此推断我们的谈话已经结束了。

我的邻居保罗确信我应该换一份工作。他接手了他爸爸的烟草专卖店，就理所当然地以为工作都是送子鹳① 白送的，自从送宝宝的饭碗被卷心菜和玫瑰花② 给抢走之后，这群鹳鸟就只好另谋出路。

不过事实却是，我没有其他的本领。我上过学，然而只拿到一张会计管理的高级技术员证书。在考试的最后一天，我得知了自己怀孕的消息，那时候马蒂亚斯的薪水还过得去，因此我们决定由我来照顾克洛艾。三年过后，等到女儿去上幼儿园时，我递交了十来份会计和行政方面的职位申请。结果我只获得了一次面试的机会，而且在面试中，我意识到自己可谓是集缺点于一身：我没有任何工作经验；我公然给自己放了三年的长假，只是为了跟一个小娃娃一起玩游戏；当我被问到"有突发状况时，有人能替您照顾孩子吗"时，我居然胆大包天地回答"没

---

① 根据法国的一个传说，新生婴儿是由白鹳送至父母手中的。

② 根据西方的另一个传说，男孩子是在卷心菜里出生，女孩子则是由玫瑰花孕育而来。

有"。面对众多学历超高、阅历丰富的应聘者，我根本就不是对手，毕竟他们生活的重心不是从自己的子宫里生出来的。

因此我当时只好接受了马蒂亚斯一个开餐馆的朋友——托尼的提议。在最初的七年里，我只在中午上班，剩下的时间便可以和女儿们待在一起。最后实在是别无选择，我才不得不晚上也来工作。

我刚把窗帘放下来，就听到托尼在办公室里叫我的名字。我走过去，在他对面坐下来。

"安娜，你知道我还挺喜欢你的。"

内脏逆位，意味着这句话是个凶兆。

"你在这儿干了多久了，十年左右？"

"十四年。"

"十四年，那可真是时光飞逝。我还记得你面试时的情景呢，你那会儿特别……"

"托尼，有话直说。"

他用指尖揉了揉太阳穴，叹了口气说："埃丝特勒的工作丢了，我想把她给招进来。"

"啊！那我就放心了，我还以为你有什么坏消息要告诉我呢！实话说，我不知道在你的妻子看来，这是不是一个绝世的好主意，但反正这是你自己的问题。那她什么时候开始？"

他却摇摇头。

"我想把她招进来，顶替你的位置，安娜。"

我花了好几秒的工夫才反应过来这句话是什么意思。

"你说什么，顶替我的位置？可你不能这么做啊！"

"我知道，我没有任何理由炒你鱿鱼，虽然其实只要去找，总归能找到的。但我不会这么做的，毕竟我不应该这么对待你。所以我有个建议：咱们好聚好散，签一份协议书，另外为了向你表示感谢，我再准备一个小红包送给你。"

　　我不知道自己一动不动地在原地待了多久，但已足够让我在脑海里把所有至今仍无力支付的账单都算上一遍，想象一番接下来将更加空空如也的冰箱，意识到执达员的电话将连续不断地响起，并且在头脑中呈现一幅画面，那便是当我告诉女儿们我这个当妈的失业了的消息时，她们脸上的表情。

　　"那么，你觉得怎么样？"

　　我向后挪动椅子，站起身来。

　　"你给我滚，托尼。"

克洛艾连载专栏

首先，我要衷心感谢你们留下的评论。一年前，当我开通这个博客时，我完全不曾想到会有如此之多的读者愿意来阅读一个十七岁的叛逆少女的内心想法。谢谢你们。（爱心）

克洛艾

我整理了一下软帽，最后再朝镜子看了一眼。完美。有了粉底和口红的保护，我已经准备好去迎战新的一天。

我匆匆跑下三层楼，顺手把耳机给戴上。底楼的大门一直坏着，寒风灌进了楼道里，如果它能把尿臊味也吹走就好了。

莉莉已经在公交车站等着了。她向我招了招手，但我选择无视她，继续走自己的路。今天早晨，我照旧没有跟她一起乘车去上学。

上高中又有什么用呢？我的未来早已规划好了。三个月后，我会以优异的成绩取得高中毕业证书，然后去大学文学院注册。然而我永远都不会踏入那道大门。

学习这件事情，往坏的方面想它要花钱，往好的方面想它也不挣钱。

昨天早上，妈妈又收到了一封挂号信。她把那封信和别的信件一起藏在裤子底下，但我又不是个笨蛋。除了在餐厅打工，她还有偿帮邻居们熨衣服。我不能继续这样靠她养着。明年，我要去工作挣钱。

我穿过小区，看着它一点点热闹起来。早晨总能让人嗅到希望的气息，也许今天一切将焕然一新。转变的契机是一次偶遇，抑或是一个主意、一个答案、一次启程。

每天早上，我都会在脑海里用铅笔描摹梦想的模样。可是每天晚上，我都会把它们擦掉。

我向每一个迎面遇见的人招手致意。我们在这里住了五年，因此所有的人我都认识。莱伊拉送阿西娅和埃利亚斯去上学；洛佩太太照旧在窗边品尝咖啡；艾哈迈德走回他的汽车里头；马塞尔遛着两只吉娃娃犬；尼娜飞奔去赶公交车；若尔丹还是没能启动他那辆小摩托车；卢德米拉在 D 楼的大门前点燃一根烟。

"我等你好一会儿了。"她说着便打开了大门。

她住在八楼的一个单间公寓里。这是我第一次来她家。她用手示意我坐在沙发床上就行。

"马利克向我保证说你绝对信得过，"她开口说道，同时从矮桌底下抽出一个包裹，"你敢给自己打包票吗？"

"我是很可靠的。"

"你平时都是从谁那儿买的？"

"我从来都没买过，这回是头一次。以前我都是吸朋友弄来的大麻烟。"

"好的，给我看看你的戒指。"

我把金戒指递给她，她仔细地检查一遍，仿佛自己是个行家似的。

"这值十个，你觉得可以吗？"

为了掩盖我根本不知道"十个"指的是什么，我连忙肯定地点了点头。她先给我看了看一个栗色的小方块，然后用铝箔纸包起来，一把塞到我的手里。

"如果有人问你，你就说是约卖给你的。"

我把这一小包东西放进书包，夹在课本和作业本中间，随后便起身朝门口走去。正当我准备把门关上时，卢德米拉突然问我：

"对了，去年在写作比赛上拿奖的那个家伙不就是你吗？"

我故意装作没有听见，关上了门。

3月3日

亲爱的马塞尔：

上周六我过十二岁生日的时候，教母送给我一本日记本作为礼物——那就是你啦。她人很好，好到完全可以弥补龅牙这个缺点，不过这一次，她还是太过分了。首先，我完全不知道日记本是拿来干什么用的，而且我已经有很多类似的作业了。其次，她居然给你挑了一个画满爱心的粉红色封面，就差没把亮片也贴上去了。

我本来没打算碰你的，我把你放到了厨房里，心想着或许我妈妈或者克洛艾会把你和那些广告传单一起扔掉，不过刚刚在我身上发生了一件事情，我必须跟别人说说，可是又不能告诉任何人。所以我就用红色的记号笔重新涂了一遍你的封面，加上了一把锁（不怕一万就怕万一，所以我以后还会再给你加上一把锁，以防"万二"），并且还给你找到了一个完美的藏身之处，不过我是不会说出来的。（克洛艾，如果你在看的话，马上给我停下来，不然我就去告诉妈妈你偷偷穿她的胸罩。）

话说回来，你叫马塞尔，希望你会喜欢这个名字。因为你是红色的，就跟住在二楼的秃子马塞尔·米松一模一样。

我自己也不知道会不会经常给你写信，就像祛痘的精华水一样，三天里有两天晚上我都会忘了涂，但总之我会试一试的。

那我开始跟你说了啊。

今天早上坐公交车时，我肚子疼得不行。在这之前吃早餐时，我连麦片都没吃完，这可真是奇怪，不过我想应该是英语测验的关系，因为我还是记不住全部的不规则动词，这让我觉得压力巨大。可问题是考完试后，我的肚子还是疼。所以，我认为原因应该是昨天晚上的那顿饭。昨天，我和克洛艾把妈妈从饭店里带回来的煨猪肉给热来吃了，那份煨猪肉真是名副其实，难吃得应该拿去喂猪，可别提了。

体育课上，我们打了篮球。我对着泰奥整整喊了十分钟让他把球传给我，可他偏偏在我扎头发时才照我说的去做。结果球砸到我的鼻子上，它马上就流血了，于是老师就让我出去缓一缓。

我坐在操场边上，头向后仰着，两个鼻孔里都塞着卫生纸（因为没有棉花了），忽然听到有人在我背后偷笑。原来是初三①的两个男生和一个女生，他们坐在台阶上，所有人都在看着我。其中有一个棕色头发的小个子，嘴巴凸得跟个水龙头似的，他问我是不是连屁股也被球给打中了。我回答说没有，只有鼻子被打到了而已。他们盯着我的屁股哈哈大笑，我顿时就明白过来了。这同时也解释了肚子疼的原因，妈妈以前跟我讲过好几次月经是怎么一回事。它却非得在我穿着白色运动裤的时候驾到。

接下来一整天我都像只螃蟹一样横着走，腰上绑着外套遮住裤子，这样应该就没有人会发现了。我得跟妈妈说让她去买些卫生巾回来。

亲亲，马塞尔。

莉莉

---

① 法国的教育体制为小学五年制、初中四年制、高中三年制。

附：如果最后发现，这根本不是月经，而是因为我的脑袋被球砸中，导致大脑出血，血再从下面流出来的话，那我明天就死翘翘了。

安娜

　　每天早饭的场景都几乎如出一辙：首先我会禁止她们俩看电视，然后费尽心思找点话说，结果却陷入一阵沉默，最后我不得不说服自己，一起盯着同一块屏幕也算是某种望着同一个方向的方式吧。

　　莉莉被动画片吸引住目光，心不在焉地往碗里倒牛奶。

　　"妈妈，下次你能买一些真正的麦片吗？"

　　"把声音调小一点，谢谢。这些难道不是真的吗？"

　　她把视线从屏幕上移开片刻，瞪着一双圆溜溜的绿眼睛对我说："你明明知道的，这根本不是什么有名的牌子，吃起来就跟聚苯乙烯似的！你要拿架子中间的那些麦片，架子下面的那些难吃得要死。"

　　我还没来得及回答她，只见克洛艾从门缝里伸过头来，扔下一句"拜拜"就消失不见了。就在她跑下楼梯前，我赶紧抓住了她。

　　"克洛艾，你不过来跟我们一起坐一会儿吗？"

　　她叹了口气，转过身来，脸上抹的粉底就像是乱喷一通的喷漆。

　　"我不饿。"

　　"我知道，你每天早上都这样。但你还是可以跟我们一块儿待一会儿，行吗？这是我们仨唯一可以见面的时候了。"

　　"那是谁的错呢？"她甩出这句话，狠狠地剜了我一眼，然后便三步并作两步冲下了楼梯。

　　我久久地戳在楼梯平台上，直到对讲机的门铃声响起。但我并没有去应答，因为我并不在等什么人，十次里有九次，都是那些想给我推销卷帘式百叶窗或者问我要不要和耶和华来次浪漫约会的人。

两分钟后，突然有人上来敲门。我踮起脚走近猫眼去看是谁。在大门的另一边，一个男人满脸好奇地上下打量，就跟个结肠内窥镜似的。我已经知道接下来要发生什么了，但我别无他法，只能开门。

"穆利诺太太？您好，我是法院的执达员列那胡，我能进来吗？"

这个问题只是装装客气而已，因为这句话还没问完，他就已经进到我的公寓里了。他翻看了一下文件夹，从中抽出一张纸。我关上客厅的房门，防止莉莉听到我们的谈话。

"很高兴见到您，我猜您是还没有收到我寄出的那些信吧？"

"有，我都收到了。对不起，我……"

"那您就知道我为什么来这儿了，"他突然打断了我的话，"我现在把这封支付催告信交到您本人的手上，您总共需要支付 5225 欧元给瑟菲蒂斯信贷公司。"

我一把抓过这份文件以及他递过来的钢笔，迅速浏览了一眼，便靠在墙上签好名字。

"列那胡先生，我能问您一个问题吗？"我把那张纸交还给他时顺便问道。

"请讲。"

"如果我已经连续好几个月都没能够按时还款，您真的觉得我有能力一下子就拿出 5225 欧元来？"

他耸了耸肩膀，挤出一个怜悯的微笑。

"我很抱歉，债权人已经耐心地等了很久了，然而您并没有遵守协议。"

"我向您保证我已经尽全力了！这么多年来我每个月都会准时偿还 110 欧元的贷款，只有三次除外，那时候我实在没有办法，是真的无能为力了。他们不能因此就这样要求我一次性全部付清啊！"

"他们当然可以这样要求。瑟菲蒂斯公司在之前曾经给您提供了一个新的还款日程表，好让您把没交的钱给补上，但您只履行了一段时间。我本来也给您提供过一些解决的方法，但您没有回复我。非常可惜，已经没有商量的余地了。"

那一刻，我真想去抗议，去求情，去发誓说我不是一个不守信用的人，解释说我拼了命去遵守这个该死的日程表，乖乖地听他这个催债人以及其他债主的话，我挣来的钱全都用去还债了，偶尔有几个月，我难得能把头伸出水面上喘口气，但之后绝对会有一个大浪卷过来，给我灌上一大口水。诸如汽车断掉的万向节啦，坏掉的洗衣机啦，又或者是莉莉的学校要组织去旅游，克洛艾要买一件更大码数的内衣，等等。有的人喜欢惊喜，然而我连做梦都不想再有任何惊喜出现。我真想对他说，我从来都没有把这笔钱花在让自己享受一整周的日光浴，或者是给自己买件首饰上面。要不是我实在走投无路了，我绝不可能明明知道利息高得那么离谱，还去借这笔钱。我真想把这一切都告诉他，但我唯一做出的反应，只是轻轻地呻吟了一声，接着便泪如雨下。

执达员有点为难，我也因为令他为难而感到为难。我试图让自己平静下来，他轻咳了几声，伸手想要拍拍我的肩膀以表安慰，又猛然想起我并不是他的朋友，便收住手，转而去翻阅他的那些文件。

"我真的很抱歉。"他最后又重复了一遍。

"如果我还不了钱，接下来会发生什么？"

他叹了口气："那我们就得交给法院审理，用上所有用得上的办法来收回债务。按照我以往的经验，到时不接受也得接受了。"

"扣押财产？"

"比如说吧。"

"太好了，那我们就找到解决的办法了！我的车开了快二十年，车窗玻璃，还有手动挡第三挡都用不了了，这应该能换来 30 欧元，我就只剩 5195 欧元要还了。不然，我还可以转租我的公寓，一套三室一厅的廉租房，虽然电梯偶尔会发发神经，但应该还是能换点钱的，您觉得……"

我还没来得及把话说完，客厅的门猛地被打开，莉莉站在门后，嘴边还留着一圈牛奶沫。她注意到我脸上的泪痕，皱了皱眉头。

"你怎么了？"

"没什么。"我边说边用手背擦了擦脸。

她用下巴指了指执达员。显然，她全部听到了。

"你为什么哭了？是因为乌鸦先生 ① 吗？"

"是列那胡先生，"他更正道，"我得离开了，祝您今天过得愉快。"

他推开门，最后朝我看了一眼，便走下楼梯。在我把门关严之前，莉莉从门缝里伸出头对他喊道："您的羽毛倒是不丑，可是您呱呱呱叫起来比奶酪还要臭！"

说完她便套上羽绒服，背上书包，跟着也消失在了楼道里。

---

① "列那胡"音同"列那狐"，法国经典童话角色。莉莉错把狐狸这个单词记成乌鸦，故称他为"乌鸦先生"。

克洛艾连载专栏

每周四是最适合逃课的日子。莉莉的初中要到下午五点才放学，妈妈下午也不会回家——她要去探望外婆。整套房子只属于我一个人，我既不是谁的姐姐也不是谁的女儿。我可以随心所欲，想请谁来玩就请谁来玩。

我和凯文在一起已经六天了，我想我应该是喜欢他的。他很温柔。他在小区的面包店里工作，每当我放学回家顺路过去买面包时，他总是一副喜笑颜开的样子。他长得不是特别帅，但我现在早就不在乎帅哥与否了。

我们的故事是从上周五开始的。我照常要了一根法棍，随后瞥见他在面包房尽头，正忙着把甜面包放进烤炉里。他朝我投来一个微笑，示意我在外面等他。几分钟后他走出来，嘴里夹着一根烟。

"你好，我的名字叫凯文。"

"我叫克洛艾。"

他的脸上，还有蓝色的眼睛旁都沾了面粉。

"你就住在街角吗？"

"嗯，在 C 楼。"

"我希望每天晚上都能见到你。"

我垂下头，感觉脸颊都烧红了。每当有人恭维我时，我总是觉得尴尬万分，仿佛收到了一份价值千金的礼物一样。

他用手指捏住我的下巴，轻柔地抬起我的脸庞。

"我晚上八点下班，你过来等我好吗？"

于是在八点时，我已经洗好澡、梳好头、化好妆，试了三套衣服，让莉莉保证不对妈妈透露一个字后，便留下她一个人继续看电视，自己来到面包店门前。

十一点时，我掐着点赶在妈妈回家前钻进了被窝，如同看电影般回想夜晚的画面。凯文准备的三明治，池塘边的长椅，他的大腿紧靠着我的大腿，他的嘴唇碰上我的嘴唇，他低声诉说着我真美，他冰冷的双手伸到我的毛衣里面，他的下腹压着我的肚子。当他邀请我去他的车里时，我拒绝了，我感觉自己令他失望了。他默默地抽着烟，眉头紧锁，于是我便紧贴着他。在这之后，他整晚都很温柔。

今天早上，当我告诉他说整个下午只有我一个人在家时，他立马就答应前来。我把大门的密码发给他，下午两点时他准时出现。这回他的身上没有面粉，因为今天放假。他递给我一个小袋子，里面装着奶油泡芙。

我们俩坐在沙发上，我从手机里挑选了一个爱情主题的音乐列表播放。我把头靠在他的肩膀上，握住他的手。他用大拇指搓着我的掌心。凯文一脸柔情蜜意，他一点都不像我以前认识的那些男生，他们只对一件事感兴趣，只是索取而从不给予。这个看似普通的小动作，这根轻抚着我手心的手指，似乎意味着他可能就是那个对的人。

也许他真的喜欢我，也许他真的会给我带来满满的幸福与温情，也许我们能够一起规划人生，也许我在他的眼里至关重要。对我来说也是一样，我要让他知道，他在我眼里也同样重要。毕竟在一家面包店里工作，他可能没什么机会去认识别人。

我转过脸来面朝他，随后便吻了上去。他站起来，并且把我也一道拉了起来，双手拍拍大腿说："好了，你带我去看看你的房间吧？"

3月16日

亲爱的马塞尔：

　　希望你一切都好，别因为我把你藏在暖气片后面而太生我的气。我之前以为妈妈已经把暖气给关掉了。

　　至于我的话，既然你问到了，也就一般般吧。今年刚开始的时候，我和玛农，还有朱丽叶都相处得挺好的。所有人都很崇拜她们俩，首先因为她们是双胞胎（买一送一），另外就是因为她们的爸爸是凯文·亚当斯 ① 的妈妈的理发师的邻居的表哥，而且所有人都喜欢凯文·亚当斯，除了那些学拉丁语和希腊语的书呆子，可是又有谁愿意讨这些学拉丁语和希腊语的人的喜欢呢？

　　我嘛，我以前其实既不喜欢她们，也不讨厌她们，但当她们开始注意到我的存在时，我就停止了这种想法。所有这一切都是因为我报名参加了班长竞选，然而没有一个人给我通风报信说玛农希望自己是唯一的竞选人。我最后只拿到了一张选票，这甚至都不是我投给自己的（谢谢克莱利亚），所以我都不明白为什么双胞胎开始对我使坏。好吧，因为

① 凯文·亚当斯（1991—），法国喜剧演员。

018

她们也并不像弄出十大发明①的天才那么聪明，所以她们顶多就是绊我几下，或者是在食堂吃饭时把面包捏成小团扔到我头上，不过我还是宁愿她们看不见我比较好。

放圣诞假的时候，我跟姐姐讲了这件事，倒不是为了巴结她（我又不是一个马屁精），而是因为她之前从纳希马的哥哥那儿听说了这件事（纳希马倒真是个马屁精）。我让她以高大病体②的名义发誓不能告诉任何人，她也发誓了，可她却跑到校门口逮住了双胞胎，唉，可怜的高大病体。她对她们俩说我很脆弱，那样做会让我很痛苦，如果她们能从她的角度出发去考虑，她们也会做出同样的事情来保护自己的妹妹……双胞胎顿时脸就红了，缩着头躲到围巾里，点点头答应了。朱丽叶保证再也不来烦我，玛农说对不起。结果第二天早晨，全班人都管我叫"马屁精"（我真的不是马屁精）。这是我第一次，也是最后一次把秘密告诉我姐。

不好意思马塞尔，我刚刚去换笔了，上一支笔写不出来了。总之，我得写快点，因为《塔拉萨》③马上就要开始了。

这几周，双胞胎都没什么动静，我不知道原因，我也没去问过她们。直到今天早上，在化学课上，老师要求两个人组成一组做实验，结果是马蒂斯坐到了我旁边，而不是克莱利亚。问题是，傻子才不知道，马蒂斯是玛农的小男友，每次课间休息，他们都嘴对嘴贴在一起，就跟清道夫鱼吸在玻璃上一样。总之，我转过身，发现玛农几乎想用眼神杀死我，我朝她微微笑了笑，意思是"别担心，我不会碰他的"，但她朝我竖起中指，我猜她以为我是在嘲笑她吧。

课间休息时，我和克莱利亚坐在操场边的棚子底下，双胞胎姐妹过

---

① 莉莉的笔误，应为"四大发明"。
② 原名法比恩·马索（1977—），法国说唱诗人。
③ 法国的海洋纪录片。

来问我是不是有毛病。我说没有，因为我很正常，玛农却反过来说她倒是有一个，那个心病就叫作莉莉。我就回答说那可真有意思，我的名字和她的毛病一模一样。她皱了皱眉头，于是我就尝试跟她解释说我跟马蒂斯什么关系也没有，我也没打算在初一就和哪个人成双结对，我还有别的目标。更何况，那家伙口臭得无法想象，就好像他每天在早餐时都会吃上好几片抹了羊乳奶酪的面包似的，所以她可以放心了。朱丽叶扑哧笑了一声，玛农命令她不准笑，然后她就蹲到和我一样高的位置，直逼到我的面前，近到我几乎都可以闻到通过口水传播的奶酪的气味，道理和单核细胞增多症相同，接着她小声说，我就是一个小婊子，跟我姐姐一样。

我不知道我当时是怎么了，可能是因为周末看过的一个关于羊驼的新闻报道，我突然朝她的木头脑袋上吐了一大口痰，吓得她差点站都站不住。朱丽叶过来抓住我的头发，克莱利亚抓住了朱丽叶的头发，玛农又抓住了克莱利亚的头发，最后我抓住了玛农的头发，我们四个人就这样待着，一动也不动，直到上课铃响起来，我们就跑回去上地理课了。

我不知道她那样说克洛艾究竟是什么意思。我姐姐是个傻瓜，关于这点我最有发言权，但她不是个婊子。

亲亲马塞尔，祝你晚上过得愉快！

莉莉

附：我不是个马屁精。

安娜

"妈妈，绿灯了！"莉莉大声喊道。

我通过后视镜朝她笑笑，开过第一个十字路口后，又重新陷入了沉思。

我计算了一下。我需要 12689 欧元才能还清所有的债务，一想到这个数字我就想哭出来。好几个月来，自从我意识到自己再也摆脱不了这个困境，胃溃疡也多次发作，睡觉总是做噩梦，我就变成了一只鸵鸟。既然已经知道敌人肯定会把我们打得满地找牙，又何必去对抗它呢？

我们夫妻两人曾经共同签下一份贷款，然而以我一个人的力量根本不可能付得起每月需要支付的钱，为了偿还这笔钱，我最后签下了利息比本金还高的高利贷借据，从那一天起，我就彻底停止了思考。我再也不去查看银行账单，因为上面的每一次拒付、每一笔透支，都会火上浇油般地额外扣掉一大笔钱。同时我再也没有打开过任何信封，忽视所有陌生来电。几个月来，我仿佛故意麻醉了生活的一部分，睁一只眼闭一只眼地度日。每天醒来都很痛苦，因为它意味着还是要还 12689 欧元。

"我们到啦！"莉莉尖叫道。

我把车停在父亲的房子前面，雨刷还在锲而不舍地和暴雨抗争。克洛艾坐在旁边的副驾驶座上，从离开家到现在，她就一直目不转睛地盯着手机。

"克洛艾，我们到了。"

"那再好不过了。"

"稍微用点心吧，毕竟外公见到你们很开心。"

她耸耸肩，把安全带解开，下巴却不知为何颤抖了起来。

"亲爱的，发生什么事了？"

"没什么。"她应道，然而看得出来，她在拼命忍住眼泪。

我摸摸她的脸庞问："真的没事吗？"

"得了，妈妈，我跟你说了我没事。"

她走下车，砰地把门关上，然后用包遮住头顶，跑到房门前和妹妹会合。

我的父亲，还有继母让内特分别往我们每个人脸上亲了四次，仿佛前面三次还不足以让我们明白他们的热情似的。他们笑得很夸张，几乎连智齿都要露出来了。

"我们一直盼着你们能早点来，因为我们有样东西要给你们看看！"我的父亲兴冲冲地宣布说。

让内特在他一旁鼓掌。上一回我见到他们有这股兴奋劲，还是在他们把对方的昵称文到自己心脏部位的时候：分别是"帅爸"和"美妈"。

父亲打开落地窗，带领我们走进花园里。

"跟我来！"

"外公，下着雨呢。"克洛艾反对说。

"也就几滴雨而已。"让内特反驳道，便把我们推到了外头。

靠近房屋的一角时，父亲做手势让我们停下来。

"你们准备好了吗？"

"好啦！"莉莉高声欢呼。

"等等！"让内特突然插了一句，"我们让她们猜一猜？"

他表示赞成，一副欣喜若狂的模样。帅爸和美妈可真会玩。

"你们买了一只狗？"克洛艾猜道，她快要郁闷到极点了。

"一只老虎？"莉莉有所保留地表达了自己的想法。

"一辆新车？"

"很接近了，安娜！"让内特回应道，"比一辆轿车还要大一点！"

"一艘宇宙飞船？"莉莉提出来。

"一辆房车？"

父亲眨了一下眼睛。他同意我们往前再走几步，然后张开双臂："当当当！"

在他的身后停着一辆气派的大型白色汽车。他搂着让内特的肩膀，她笑呵呵的。

"我们决定退休后也要让自己过得开心一点，准备今年夏天开车去意大利。这辆车虽然不是新的，但是也就用了十年而已，我们当时根本没办法不把它买下来。快进来参观参观吧！"

他用钥匙打开门，让我们进入这间流动的度假屋里，同时不忘提醒我们记得脱鞋。

真是麻雀虽小，五脏俱全。车内的房间里放了一张双人床，到处都摆着收纳柜，客厅只占有一个角落，那里的软垫长椅也能用来睡觉，有一个小厨房，甚至还有一个淋浴间，我一只脚站进去肯定是没有问题的。

帅爸和美妈站在外面，尽管雨水顺着额头直往下淌，他们却还在急切地等待着我们的回应。我朝两个女儿点头示意了一下，她们马上就明白了我的意思，随后我先赞叹说："真是太棒了，你们到时肯定会待得很舒服的！"

"窗帘也很有美感！"克洛艾接着说道，同时摸了摸印有大朵黄花的布料。

莉莉扫了房车一眼，希望可以找到点灵感，只见她的脸上忽然焕发出光彩："这儿很方便，小到你们可以边做饭边拉屎！"

吃完一顿饕餮大餐之后，我们去客厅里喝咖啡，这时克洛艾却一个人走到书房里把自己关了起来。整个吃饭期间，她的心情就跟玩悠悠球似的起起伏伏，而控制着那根线的主角就是手机。每次她查看手机，眼里要么闪烁着泪光，要么闪耀着星光。青春期真像是变幻莫测的天气。

当我过去找她时，发现她坐在靠垫上，手里捧着《呼啸山庄》。

"你还好吗？"

"还行。"她应道，眼皮连抬都不抬一下，继续看书。

我在她旁边坐下来。

"你可以跟我说的，知道吗？"

她耸了耸肩，不以为意。

"你知道的吧，克洛艾？"

"我知道，妈妈，可是……"

"可是什么？"

"没什么。"

"亲爱的，可是什么呢？"

"没什么事，一切都好，妈妈。不过，你能抱我一下吗？"

我当然可以抱抱你，我的大宝贝。我张开双臂，她在我的怀抱里缩成一团，脑袋抵着我的脖子，头发蹭得我鼻子直发痒。这孩子又偷偷喷了我的香水。

克洛艾总是很喜欢我抱着她、哄着她。在她小的时候，她只有依偎着我才睡得着。每天晚上，当我准备睡觉时，都会发现她就躺在我的床上。这可把她爸爸给气疯了。我尽管也会小声埋怨几句，同时却享受着这些温存的片刻，因为我深知它们是转瞬即逝的。有时她甚至会在半夜过来找我，借口说做噩梦或者是肚子疼。我不会再抱怨什么，直接掀开被子让她躺在热乎乎的位置上，心里想说却没有说出来，其实她不需要编造什么理由的。

她轻轻地往后退，坐直了身体，把头发整理好后便重新投入阅读之中。我也慢慢站起来。

"记住，如果你需要聊天的话，我会一直在你身边的。"

我离开书房，顺便把门也给带上了。就在门快要关上时，克洛艾的声音传了过来："你不工作的时候再说吧。"

安娜

每天早上我去到餐馆时，都希望托尼主动承认自己的提议是不合理的。而每天晚上我离开时，则会希望他在夜里能突然失忆。

然而他从来都没忘记，也始终不肯放弃。

"对了，你改变主意了吗？"

他伫立在吧台后面，看着我在桌子之间来回拖地。

"一直都没有，托尼。"

"为什么你就不想要呢？"

"我跟你重复过上百遍了，一个三十七岁的人，是不可能再找到一份新工作的。"

"可是你自己明明又说，这里的活太多啦！另外，大家都觉得最近这些日子你有点累了，你很容易就喘不上气，而且还抱怨个不停。"

我猛地停住手中的拖把，转过身来面向他："你就别讽刺我了！别去找什么解雇的理由，你是找不到的，所有人都能为我的敬业做证。我一个人干两个人的活，如果我感到累，那是因为你不愿意再招人！"

他给自己倒了一杯酒，然后一口喝光。

"我不会这样对你的，我是个讲规矩的人，否则我也不会跟你提出那个协议。我很喜欢埃丝特勒，你知道的，不仅仅是因为她的屁股。"

"我不想知道。"我回应道，尽量不在脑海里想象那些画面。

他摊开双手平放在柜台上，用一种温和的语气继续说："她是个好姑娘，我真的很希望能和她一块儿干活。她也同意了，不过条件是我把她的妹妹也招进来。"

"她的妹妹？你的意思是她们两个都来当服务员？"

"我们是这么计划的。"

我一个字都没说，接着拖地，同时尽量忽略手里拖把的呐喊，因为它在恳求我把它直接扔到吧台的另一边去。

"安娜，是因为我妻子你才拒绝的吗？"

"你说什么？"

"出于女性之间的团结之类？还是说你忌妒了？"

我放下拖把，怒气冲冲地朝老板奔过去。

"你以为全世界都是围着你转的吗，托尼？你知道吗，你可以想和埃丝特勒睡觉就和她睡觉，你要是乐意，甚至可以把埃丝特勒、她妹妹、她爷爷、她的仓鼠都给上了，我也根本一点都不在乎。我要说的话可能超出你的理解范围，但现在我要考虑我自己，还要考虑我的女儿、我的未来、我的银行账户。并不是因为你我才说的，这只是为了我自己。所以，我请你别再跟我提这件事了，我永远也不会答应的。"

他又给自己倒了第二杯酒，一声不吭地小口抿着。我重新拿起拖把，把剩下的方砖地板给拖干净。随着来来回回的动作，我的怒火也渐渐地消散了，进而被疲惫所取代。等到我绕过吧台去拿包的时候，已经累得仿佛只剩下一具空壳了。我的老板却还在那儿，一动不动。

"晚安，托尼。明天见！"

"安娜，"他还在坚持，"真的没有任何办法能让你改变主意吗？"

我感觉身上的刺一下子竖了起来，随时准备喷射出毒液。然而当我转回身去，出乎意料地听到自己脱口而出："也许可能有吧……"

克
洛
艾
连
载
专
栏

凯文再也不喜欢我了。其实，他也没有真的这么说，他只是借口说对他而言，我太优秀了，他配不上我。今天我起码跑了十几趟面包房，希望能见他一面，和他商量商量。毕竟我们曾经一起经历过那么多，我不想到最后只收到一条写着"分手把"①的短信。我的确见到他了，不过只是远远地望了一眼而已，当时他正在休息。显然，克拉拉对他来说就没那么优秀了。

我坐在楼底的大厅里，一边等邮差，一边想事情。

我百思不得其解，于是便列了一张表，写下到目前为止，我总共和几个男生谈过恋爱。前四个把我甩了，是因为我不想和他们睡；后三个则是我刚和他们睡完，他们就把我给甩了。我原以为这就是他们日夜期盼的，毕竟他们曾明目张胆地向我传递过粗俗而毫不隐晦的信息。那又是为什么，当我给了他们想要的东西之后，他们却再也不想要了呢？

每一次，我都会信以为真。他们又温柔又体贴，说话总是以"我们"开头，又总会讲到将来的事情，我怎么可能不陷入爱河呢？

伊纳斯斩钉截铁地说我应该再等等，让他们多受一阵子煎熬，给他们足够的时间来认识我；玛丽昂则断言我肯定是床上功夫不好，网上有不少教学视频可以参考，从而让自己表现得更完美；夏洛特则总结说他

---

① 凯文打的错字，应写作"分手吧"。

们都是猪头。但我还是不明白，或许男人就像灰姑娘一样，在得到爱情后都会变成另一副模样。

通常负责我们街区的邮差是索尼娅，小学时我曾和她一起学过花样游泳。她一直都愿意把信直接交给我，省了塞进信箱的工夫。可今天来的却不是她，而是一个头发卷曲的年轻人。他把自行车靠在墙上，满脸困惑地盯着那十来个名字。

我便站起来说："要是能帮上忙的话，您可以把收信人为穆利诺的信直接给我。"

"放心吧，我会找到的，谢谢！"

"没关系……我正在等一封很紧急的信，不巧我又把钥匙给忘了。"

他摇摇头。

"我不确定我有权利这样做。"

我朝他摆出一个理直气壮的笑容，向他保证穆利诺就是我的名字，千真万确。他要我出示身份证，我掏出来给他看，并且解释道："好吧，其实我也不完全叫穆利诺，我爸妈离婚了，但那是我妈妈的姓氏。"

他看了看照片，看了看我，然后又看了一眼照片，又看向我。

"您本人比照片好看。"

我笑了，这次是出自真心。

他在邮件包里翻了翻，从中抽出两封信递给我。我只把信封上盖有学校图章的那一封留了下来，另外一封则塞到了信箱里。

当我朝楼梯走去时，他忽然叫住我："穆利诺！我们可以再见面吗？"

他名叫卢卡，今年二十一岁，前不久刚被邮局录用，当中少不了在邮局的营业窗口工作的母亲帮忙，他在一个乐队里弹吉他，这周三下午我会和他一起去看场电影。

我没有乘电梯，而是三步并作两步地跑上楼梯，好让强烈的心跳有个合理的理由。妈妈一小时前出门去工作了，她的香水气味还浮荡在公寓里。我把自己关在房间里，跟爸爸的照片打了个招呼，这张照片一直放在我的床头，上面是我两岁时他把我抱在怀里的画面。我躺在床上，脑海里想象着周三的场景。希望我们会去看一场爱情电影。

3 月 21 日

亲爱的马塞尔：

　　对不起，好几天没给你写信了，但我前阵子得了流感，唉，别提了。有那么一阵子，我烧得特别厉害，弄得我都不敢往塑料椅子上坐了。你别担心，我现在好多啦，虽然早上起来的时候，说话还是有一点点像狼人。

　　今天，学校罢工了，老师们都跑到街上去参加时装大游行，因为克洛艾还要去高中上学，所以妈妈希望我去外公家，可是跟一群六十岁的老头老太待一天，我谢谢您了，我又不是个老古董。于是，我就去克莱利亚家玩，她爸爸答应照看我们俩，但他实际上照看的是电视机。

　　我很喜欢去克莱利亚家，首先因为她养了一只特别可爱的叫洛奇的小狗，但更主要是因为她还养了老鼠。老鼠真是太酷了，所有人都觉得它们很脏，可实际上它们很爱干净，而且它们超级聪明。我看过一个报道说它们会去帮助那些有困难的同伴，甚至都不要求任何回报，如果人类也跟它们一样善良的话，也许我会比现在更喜欢跟人相处吧。

　　克莱利亚的老鼠叫作杠杠和牙牙。之前她以为它们都是母的，不过因为杠杠生了七个宝宝，所以要么牙牙其实是公的，要么就是老鼠吃胡萝卜也会怀孕（但愿不会吧）。我也想养一只，但是我不得不死了这条心（虽然菈姆^①唱的是《永不远离你》）。原因是有一次，在我小时候，我们曾经在楼梯上碰到一只小老鼠。妈妈当时尖叫的声音大得我的耳膜索性选择自杀，几乎聋了好几分钟，接着她就像脚蹬滑雪板一样飞快地跑下了楼梯。就是因为这个，所以我才一有机会就去克莱利亚家，我们把牙牙和杠杠放在肩膀上玩，然后出去散步，它们会爬过来喝我们舌头上的水，小爪子搁在我们的嘴唇上，简直太可爱了。

接下来，我就回家写那份关于极光的报告作业，克洛艾又把自己锁在房间里听音乐，我去敲门时，她没有理我，她也没出来吃焗面，那是妈妈出门前给我们准备好的。

现在，我得去睡觉了，我不知道你怎么样，但我可真是累坏了。我明天再刷牙吧，希望妈妈下班回来亲我的时候，可别闻出什么味道。

亲亲马塞尔，晚安！

莉莉

附：我因为脚冷，所以想用吹风机把床单给烘热，可是我刚把吹风机放下，床单就已经凉了。

---

① 菈姆（1971—），法国流行女歌手。《永不远离你》（Jamais loin de toi）是她的成名曲之一。

安娜 —————— Anna

我失业了。从醒来到现在，我就一直在反复跟自己念叨这句话，仿佛是在说服自己去相信这件事似的。克洛艾和莉莉去上学后我又睡了个回笼觉，再睁眼就已经快到中午了。我很久没有赖在床上，也很久都没有不慌不忙地做事情了。这的确很令人享受，但我绝不能因此而上瘾。从今天下午开始，我就得开始找一份新工作了。等我找到工作，而且也只能在我找到时，我才会去告诉两个女儿。没必要再让她们俩徒增烦恼，我一个人来承受三人份就可以了。

托尼当时并没有马上就答应我的提议。他一开始还冷笑一声，直到他明白过来我是认真的。要么就是他让步，要么就是我留下来。接下来的整整两天他都没跟我说过一句话，结果，到了昨天晚上，他突然递给我一个信封。

"你跟我说过你更想要现金对吧？"

里面塞着各种颜色的钞票，拿在手里让我觉得自己就像是《大富翁》游戏里开银行的。我跟他走进办公室，签了解除合同的协议书，然后他把合同终止的所有文件都交给我。

"今天就是你在这儿的最后一天了，"他加上一句，"我就不提前通知你了。"

"我不是很确定这样做行不行……"

"安娜，我都给你这么多钱了，你不会还要继续烦我吧？"

我低下头，喉咙像打结似的说不出话来。这是我最后一次站在这里了，我甚至都没有时间跟那些熟客道别：安德烈和若西亚娜，每周三都会坐在靠窗户的那张桌子旁边，十年以来几乎雷打不动；贝特朗、雅美尔和迪伦，每天中午都会过来点一份快餐，走的时候总是会留下几个硬币和几张餐券当作小费；还有玛莱娜，每天晚上都会过来慢吞吞地品尝一杯咖啡，将孤独的时刻再推迟几分钟。

"好吧，那么谢谢你了托尼。你知道的，虽然工作很辛苦，但我还是很喜欢在这儿干活的。"

我以为他的眼睛亮了一下，但他转身朝向门口。

"我都看在眼里，你在工作上做得很好。好啦，总之，我得关门了，我的老婆等着我呢！"

外面很冷。托尼着手去把卷帘门给降下来，然后他笨拙地往我脸上亲了一下。

"希望你能找到一份不错的工作。"

我不知该回答什么，便直接走到车旁，同时命令眼泪好好地待在心里，千万不能流下来。

我一坐进车里，就开始数起了钞票。

这笔钱当然买不起一座城堡，可是足够把所有债都还清了，系上安全带时，我想到在接下来的两三个月都不用再担心执达员会过来了，如果运气好的话，或许我还能找到一份工资更高的工作，这样家里就再也不会入不敷出了。说到底，终止合同也许是件好事，我边启动车子边这样想。

但接着，烦恼马上又不请自来。如果我花了好几个月才找到一份工作呢？如果我一直都找不到呢？如果我们最后穷得被赶到大街上呢？

赶在那些负面的想法占据头脑之前，我从床上爬起来。我拿掉隔音耳塞，走出房间，这对耳塞是今天早上才塞进去的，因为楼上的邻居把自己当成了玛丽亚·凯莉[1]纵情高歌，可惜她的嗓音却像是把狼人吞进了肚里一样。

我叹了口气，把客厅的落地窗给关上。莉莉总是固执地坚持要敞开窗户，不管春夏秋冬，仿佛"把窗户把手往上扳"[2]这个选项从她脑海里被擦掉了似的。前一天晚上的脏盘子还放在矮桌上。如果我去收拾的话，两个女儿就会继续认为这是属于我的义务。而如果我放任不管的话，一个月后这套房子就没救了。我下定决心一定要找到一个办法，让她们参与到家务活当中。

当我推开厕所门时，眼皮底下却冒出来一个屁股，一个雪白的、陌生的屁股。一个一丝不挂的男人正在我的厕所里小便。

"啊啊啊！"我叫道。

"啊啊啊！"屁股回应道。

我立马把门重新关上，死死地抓住门把手不让他出来，与此同时不忘继续尖叫。就在我想着怎么才能去到房间里拿手机报警时，克洛艾突然跑出来，头发乱糟糟的。

"克洛艾，你别过来，有一个光着身子的家伙在厕所里头！"

她的脸腾地红了，我瞬间就懂了。

"克洛艾？你在这儿干什么，你不是应该在学校吗？"

没有回答。然而我真的有必要知道答案吗？眼见我的女儿此刻只穿着一条内裤。

我打开厕所门，光屁股以迅雷不及掩耳之势逃回克洛艾的房间里去了。两分钟后，他穿好衣服离开了公寓。我独自待了一会儿，试图让自己颤抖的身体平复下来，并且尝试去接受这个令人痛苦的事实：我的女

---

① 玛丽亚·凯莉（1970— ），美国流行女歌手、词曲作者。

② 欧洲部分地区采用"内开内倒"式窗户，不仅可以在水平方向上朝室内打开，也可以将把手往上扳，窗扇下框保持不动，而窗扇上部向室内倾斜，以达到通风的效果。

儿不再是个五岁的小孩了。然后我便起身去找她谈话。

"你不想跟我解释解释吗？"

她躺在乱七八糟的床上，眼神愣愣地凝视着天花板，泪流满面。

"克洛艾，回答我。那是你的男朋友吗？多久了？你没课吗？"

我走过去坐在她旁边。她一下子投入我的怀抱，身体因为抽噎而一颤一颤地抖动。但我还是坚决地把她推开。

"克洛艾，你必须跟我说清楚才行。你从什么时候开始跟那个男生睡在一起的？这个点你在家里干什么？"

她擦擦眼泪，靠在墙上抱膝而坐，直直地盯着我问："那你呢，你这个点又在家里干什么？"

卢卡再也没有回复我的短信。我向他发誓说我当时并不知道我妈妈也在家，同样的事情不会再发生的，可他还是装死不肯理我。

我在阳台上等他再次过来送信，不过他被派到另一个街区去了，因为索尼娅又回到了自己的岗位上。我本来应该直接去找他的，可是我被关禁闭了。妈妈只批准我去学校以及阳台，简直如同待在地狱一般。而且现在，她整天都待在家里。我差点连上厕所都得得到许可才能去了。真希望时间能够加速，接下来的三个月又三周又一天能快点到来，那时我就满十八岁了。

这是我从小到大第一次被禁足。这的确令人很难受，可是还有更糟糕的，那就是妈妈再也不信任我了，我让她失望了。

她问了我一大堆问题，她想知道事情的来龙去脉。我没有回答她，她就把我的东西翻了个遍。问题是只要你想找，你总能觅到点蛛丝马迹的。

当她发现那盒避孕套时，她的脸唰地就白了。

当她注意到那盒避孕药时，她气得脸都红了。

当她最后无意间看见那支大麻烟时，她忍无可忍地直接离开了我的房间。

我一直拖到晚上才去找她。她当时正和莉莉一起看电视，双眼红红的。我对她说我感到很抱歉。她张开双臂，我便蜷缩着身子靠在她怀里。她轻轻地抚摸我的头，我听到她的心脏跳得飞快。

"跟我说说吧，我的小乖乖，"她低语道，"告诉我你哪里遇到了麻烦，我要怎样才能帮到你？"

我还是没有回答她。因为连我自己都不知道是哪里出了问题。我更不知道她怎样才能帮到我。我突然号啕大哭，哭了很久很久。

夜里，妈妈临睡前走到床边亲了我一下。她跟我说她不能袖手旁观，不能让我这样继续自暴自弃。她在后面还加上了一句，说这固然不是一个解决的办法，但是她为了保护我，还是要惩罚我一下。

"你不能不让我出门。"我反驳道。

"当然可以，克洛艾。我是你妈妈，你还未成年，我完全有权利不让你出门。"

我顿时勃然大怒，气得胃疼。

"你是想让我自杀，对吧？"

我看见她的眼里闪过一丝恐惧，但她还是在我的额头上亲了一口，然后便离开了房间。我最后哭着睡着了，怀里紧紧抱着爸爸的照片。

3月25日

亲爱的马塞尔：

　　刚刚我在新闻里听到，说今天是拖延日。所以我明天再给你写信吧。

　　亲亲。

莉莉

安娜

克洛艾就读的高中的校长名叫马丁·马丁。当我站在办公室门前等候的时候，我不禁在心里嘀咕，当时他的父母给他取名字时脑袋里究竟在想什么。其中两个解释最具说服力：要么他们不喜欢自己的儿子，要么他们就是口吃。

"穆利诺太太，您可以进来了！"

这位五十多岁的先生打开门让我进去。我同他握了握手，随后便坐到他指给我的座位上。

"很高兴终于可以见到您了。"他向我表示欢迎，同时自己也坐了下来。

"终于？"

"是的，我很久前就希望能和您见上一面。您是为克洛艾的事而来的，对吧？"

一种不祥的预感占据了我的脑海，通常他接下来都会宣布一些坏消息。我向校长诉说了自己的担忧，他双手交错搭在下巴底下，耐心地倾听。克洛艾上一次考试的成绩非常优异，当时老师们既表扬了她的功课，也对她的表现赞赏有加。我自认为能成为这样一个乖孩子的母亲，真可谓是中了大奖。她适应周围世界的能力如同变色龙一样，常常如鱼得水并且时刻保持好奇。然而近段时间以来，变色龙好像固定在了一种颜色上，而且这种颜色显得有点暗淡。对此我爱莫能助，也许校长或者某位老师察觉到了什么？

马丁·马丁好几次都点头表示同意，最后稍微调整了一下眼镜的位置。

"您没有收到我的信吗？"他问。

"您的信？"

"好吧，我之前很惊讶您竟然没有回信，不过克洛艾跟我解释说您工作很忙，所以没空。于是我就又给您寄了好几封信。最近几周，您的女儿一直缺课，她变得十分消极。我找她谈了好几次，想要了解一下原因，但她总是言之凿凿地说一切都好。不知是否发生过什么事情，导致她这种行为上的变化。"

他的句子在我的脑中上蹿下跳，我完全抓不住他的意思。

"您确定您讲的是我的女儿？克洛艾·勒鲁瓦？"

他很肯定。在接下来整整三十分钟里，他一一列举了她缺席的时间以及顶撞老师的次数，他还给我看了几张底下有我签名的请假条。他的确是在谈论我的女儿，我的温柔的、敏感的克洛艾，我却感觉他所描述的是另一个陌生人。一个即将放弃自己人生的陌生人。

我内心的惊愕大概表露到了脸上，于是马丁·马丁递给我一张纸巾。我把整包都接了过来。

结果这一整包纸巾都被我用光了，与此同时蓄着泪水的池子也流光了。最后校长送我到门口，对我说了句加油。

我漫无目的地开了好几分钟，今天按理来说不应该是这样展开的。我本来打算和两个女儿一起吃一顿丰盛的晚餐，庆祝我们告别了债务的烦恼：列那胡先生同意和我在下周会面，以结清欠款。我本应感到轻松，而不是心事重重。我怎么会什么都没发现呢？我还以为克洛艾没有对我隐瞒任何事情。她心里该有多寂寞、多痛苦啊！我不顾后果地直接把车停下，其中一侧还压到了人行道上，我一把掏出手机拨通电话。

嘟了三声后，他接听了。

"喂，我是安娜。"

"你好，安娜，真高兴听到你的声音。你过得还好吗？"

他温柔的嗓音令我眼前顿时涌现出无数回忆。我清了清嗓子说："其实不大好。克洛艾遇到点烦心事，我觉得我应该跟你谈谈。"

"你做得对，说吧，我听着。"

我把事情的始末都告诉了他。眼泪、沉默、缺席、谎言、男生、高中等等。我只把大麻这件事给省略了，因为我实在没办法大声把这个词说出来。

"这些都是求救的信号，她很痛苦。她肯定觉得特别孤独，因为我工作太忙，而你又住在马赛。"

"你不必太过自责的，安娜，你已经尽力做到最好了，我也一样。我每周都会跟她们进行至少一次视频通话，而且我也尽量一有机会就把她们接过来住住。"

"她们已经一年多没见你了。"

他停顿了好几秒不说话。

"我知道，我都知道，对此我自己也觉得很难过，"他又接着说了下去，"问题是这阵子我妈太累了，我现在没办法把她们接到她家里。如果我有钱能给自己买张车票过去就好了……我很想她们，你也了解的。"

他的嗓音突然变得沙哑，随后抽抽搭搭地深吸了一口气。

"有时候，我会特别后悔当初来到这么远的地方。我当时应该多做考虑的，但那对我来说是一个攸关性命的决定。我不能明知你不再需要我了，还硬是要待在你身边。"

"行了，马蒂亚斯，我要挂电话了。"

我的心跳突然加速，双手不停冒汗，这些症状我再熟悉不过了。

"安娜，你只需要说一个字，我就能放弃这里的一切过去找你。"

"我只是让你尽量多看看你的女儿。她们不应当为这些活受罪的。"

"我们也一样。"

"我先挂了，祝你一天过得愉快，马蒂亚斯。"

就在我挂断电话前，他还在另一头喋喋不休地说着什么。我的耳朵开始嗡嗡作响，下颌处有刺痛感阵阵袭来。我闭上双眼，迅速吸一口气，然后再慢慢地吐出来，这是我第一次阵发性焦虑症发作后，去咨询的精神科医生教给我的方法。快速吸气，慢慢吐气……快速吸气，慢慢吐气……心跳渐渐地放缓了……快速吸气，慢慢吐气……颤抖渐渐也缓和了下来……快速吸气，慢慢吐气……快速吸气，慢慢吐气……危机终于过去了。

当我觉得自己可以重新上路时，电话又响了，是一个陌生的号码。我摁下接听键。

"是穆利诺太太吗？"

"我是。"

"您好，我叫马蒂娜·拉罗什，是爱弥尔·左拉①初中的教导主任。现在我们需要您赶紧过来，因为莉莉出了点麻烦。"

---

① 爱弥尔·左拉（1840—1902），法国作家。

日记莉莉

3 月 30 日

亲爱的马塞尔：

How are you?（你好吗？）我今天早上有一节英语课。我的话就还行吧，除了妈妈最近一直都待在家里，变得有点烦人之外。她可能以前也很烦人，只不过因为我们不怎么能见到她，所以就不那么明显，这一点很符合数学逻辑吧。

她是个好妈妈，这我同意，可她总是让我收拾桌子、叠被子、打开百叶窗、记得冲马桶，我感觉她简直把我当成灰姑娘了！现在，她又一根筋地认为我在学校里遭到了霸凌，所有这一切都只是因为一个小细节。

我先告诉你是怎么回事，然后你跟我说说你的想法。

事情是从地理课开始的。当时我和克莱利亚一起在课上展示关于极光的报告，老师看起来很满意，不过这其实是我们猜的，因为他不论高兴还是生气都是同样一副表情。总之，他没有睡着，这就已经是个不错的信号了。

我们之前很认真努力地准备了，必须承认我们能抽到这个主题还是很走运的，甚至连妈妈和克洛艾都觉得这个题目很棒，不像朱丽叶和玛农，她们俩就不得不去研究冻原地带。我们做了一个幻灯片，班上所有同学都喜欢得不行，但玛农宣称要这种小手段要得高分简直易如反掌。瓦尼埃老师反驳她说他只会评价作业的质量，而不会受到主题的影响，接着朱丽叶又抱怨说，真是巧了，居然是马屁精抽到了最好的题目（都说了我不是个马屁精）。不知道为什么，我当时觉得她们都在针对我，然后我就说拍马屁总比忌妒别人要好得多。突然，玛农很凶地骂我，说我长得跟豚鼠一模一样，又突嘴又龅牙，根本就没什么好去忌妒的，我回嘴说那我宁愿长成豚鼠的样子，也不要像某人一样长成跟贡多拉船一样的鞋拔子脸。老师命令我们住嘴，于是我们做完报告后就去上数学课了。就在这个当口儿，发生了那件事。我什么都没看见，只是感觉到有人从后面抓住了我的头发。

当妈妈到拉罗什老师的办公室里接我的时候，她脸上就是那种快要打喷嚏时的表情。其实应该说玛农这家伙并没有毁了我的形象，我以后会去问问她那把剪刀的牌子的。克莱利亚说这个发型很独特，就好像是在后脑勺留了刘海似的，我倒没有气得怒火中烧，反正头发会再长出来的。可我妈妈却坚信我是校园霸凌的受害者，这个问题极其严重，绝对不能坐视不管。接下来，她就不停地亲我，用各种小动物的昵称叫我。（难道我的头像宝贝蛋一样圆吗？）

玛农要被送去教务处开会接受处分了，但我希望她不要被学校开除才好。

所以，马塞尔，这件事你怎么看呢？一会儿我会把你合上然后扔到空中，如果你掉下来的时候是打开的，意思就是你同意我的观点；如果你掉下来的时候还是合着的，那就是你同意我妈妈的观点。

好吧，你是合上的。我早就知道你是我妈妈的马屁精了。

不亲你了。

莉莉

附：我其实还是喜欢你的。

每周四，外婆都会一如既往地在房间里等着我。她往脸上抹了腮红，并且还喷了点她最喜欢的香水。另外，她在托盘上准备了两个玻璃杯和一瓶柠檬汽水。我弯下腰抱了抱她。

"你还好吗，我亲爱的娜娜？"她关心地问道。

"挺好的，外婆你呢？"

她眯起眼睛注视着我，直到我承认说了假话为止。在她面前我什么都藏不住，外婆根本就是一台测谎仪。

我坐到她的床边上，跟她细细讲述了刚刚过去的混乱的一周。我把身上这些太过沉重的包袱都卸到了她的脚边。

"我能感觉到她们需要我，但我又不知道怎么帮她们。如果我能随心所欲的话，我真想放弃这里的一切，然后带着她们远走高飞！"

她放下手中的玻璃杯，拿起一张餐巾纸轻轻擦了擦嘴。

"那就这么做呗。"

"怎么做？"

"你就按照你的想法，就这一次，跟随自己的直觉。你想要远走高飞，那就走吧。这也许不是最终的解决办法，可是难道你有其他的办法吗？"

"但我不可能这样做啊！外婆。"

她摆摆手，不同意我的抗议。

"有什么东西阻碍你呢？如果是钱的原因，那你就把你老板给的那笔钱拿去用就行了，毕竟你接下来还有大半辈子的时间可以用来还债。我虽然没什么钱，但也能帮你一点。"

我仔细观察着外婆的表情，就等她下一刻心满意足地笑出声来，因为她刚刚又在逗我玩。

"你没必要这样看着我，"她嘟囔道，"我又不是在吓唬你！"

我笑着摇摇头。

"外婆，我不能走。不仅仅是钱的问题，而且孩子们还在上学，我还得去找工作，总之，这是不可能的。更何况，我连去哪儿都不知道呢……"

"我相信你会找到的，你上次不就跟我提到过极光吗？"她朝我眨了眨眼睛反驳说。

"好啦，不谈这个了！你想一起出去散个步吗？"

"当然想啊！我再也受不了困在这四堵墙里了。"

我站起身，握住轮椅的把手，推着她沿走廊走到外面，自从她的双腿不听使唤之后，她就一直住在这家养老院里。花园被暗沉的土色统治了好几个月以后，如今由葱郁的绿色来接管。老人们三两成群地聚在一起，享受重返大地的阳光。

"时间过得可真快啊，你也觉得吧？"外婆低声感叹。

"你为什么突然这么跟我说？"

"因为我爱你呀，亲爱的娜娜。"

我顿时感到如鲠在喉。我也是啊，我也爱你，亲爱的外婆。正因为我那么爱你，所以每次来探望你时我都无比痛心。我那么爱你，所以亲眼看见你一点点消散，心里清楚不久之后你甚至会完全消失，都会让我痛苦万分。我那么那么爱你，以至于会在夜里哭得眼睛都红肿了。每当我想起你，想起你还能站立的那些年，身体强壮，战胜了死亡，战胜了癌症，以及你还年轻，拉扯我长大的那些岁月。那时你就是我避风的港湾、我的支柱、我的一切，每念及此，我都会在心里无声地哀号。

然而我只能把悲伤咽下去，努力挤出一个微笑。

"亲爱的娜娜，我能请你帮我个忙吗？"

"外婆，你说。"

"如果哪天你真的去看极光了，你能替我做一件事吗？"

伊纳斯告诉我说，她有一天撞见我妈妈从校长办公室里出来，而且当时还哭了。今天晚上，我没让她进厨房，而是自己动手准备了一份橄榄鸡肉。妈妈、莉莉，还有我，我们仨一起安静地把它吃完了，既没有开电视，也没有人打电话来打扰。虽然其间沉默了许久，但我们还是聊了会儿天。我们聊到了妈妈期望找到的工作，聊到了莉莉新的短发发型，还有极光、地下室被偷走的自行车，以及过于浓稠反倒更像是蔬菜泥的菜汁。到了吃甜点的时间，我觉得是时候宣布这个消息了。

"我不打算继续读高中了。"

莉莉原本在往酸奶上呵气加热，听到这句话便停下了动作。妈妈刚把一整勺甜点送到嘴边，这时却把勺子放了下来。

"为什么，你要辍学吗？"她一字一句地问道，"你不想去上大学了吗？"

"不去了，我更想现在就结束学业。幼儿园的食堂在招人，伊纳斯的妈妈可以帮我走后门。"

"那你的中学毕业会考呢？"

我耸耸肩不以为意，但我还是不敢抬头，继续盯着桌面。

"那个没什么用的。总之我得去工作，去挣钱。"

妈妈没有再说一个字。她还没吃完她的鲜奶酪就直接离开了厨房。我知道她很失望，可是，终有一天她会理解，我是为了她才这样做的。

至于我的梦想，那是去澳大利亚生活，就像爸爸年轻时一样。我曾经花了很长时间去搜集资料，甚至都已经着手填写打工旅游签证的申请表格，这样便可以一到了十八岁就立马飞走。我可以在一家餐厅找到一份服务员的工作，毕竟他们都挺热衷法式风情的，然后我就能边挣钱边学英语，这简直美妙得超乎想象。也许我还能在当地成就一番事业，这样便能买机票让家人飞过来看我了。

问题是我不能扔下妈妈。

必须有个人帮她一起偿还债务。她千方百计对我们隐瞒这件事，不过我很清楚，只靠她一个人的话，根本没有办法摆脱这个困境。尤其是她现在又失业了，我更加不能再拖下去。牺牲一个人的梦想总比毁掉三个人的生活要好一点。

然而没过一会儿妈妈就又回到了厨房，我们一动也不敢动。她交叉着双手抱在胸前，站在灯光的下方。我以前从来都没注意到她的眼窝已经如此深陷。她等到我们都看向她，才开始张口，用一种"我才是你们的母亲"的威严语气说道：

"去收拾行李，我们出发。"

安娜 ——————— Anna

列那胡先生对我推迟会面时间这件事很是不满。我借口说家里出了点问题，当然这也不全是假话，然后向他保证说我一定会尽快再联络他。

莉莉初中的教导主任并不是最难说服的那一个。因为她也认同我的确不能就这样放着女儿不管，并且还将所有需要的文件都交给了我。

克洛艾高中的校长询问了我很长时间，我临时编了不少理由。马丁·马丁还是深表怀疑，但他也承认自己没有任何办法能阻止我去执行这个计划。

外婆对我表示由衷的赞赏。我已经许久都没有见过她的眼睛闪烁光芒了，尤其是在她向我详细解释她希望我帮忙做的那件事的时候。

我原本以为父亲，还有让内特是最容易说服的，结果却花了我一个多小时的时间与他们唇枪舌剑。最终，那个令我下定决心的原因也成了促使他们让步的理由。

"爸爸，这是我人生中唯一能够自己去做的选择。这笔钱，我可以用来还债；又或者，我也可以用来帮助我的两个女儿。"

4 月 3 日

亲爱的马塞尔：

　　这回可好了，我想妈妈的脑袋是被门给夹坏了。我现在坐在外公的房车的副驾驶座上给你写信，完全不知道我们是在德国的哪个地方。

　　今天从一大早开始她就在开车了，我们中途只停了一次，在高速公路的休息站吃了三明治。那里有几名穿制服的警察，我差点就想扑到他们身上向他们求救了，可惜我不知道"救命"这个词用德语应该怎么说，所以我这个法国人还是乖乖地把我的法式三明治吃完了事。

　　昨天晚上，当她让我们收拾行李的时候，我还以为她是要带我们去找爸爸，我很不情愿，跟他这个马赛佬我没什么好讲的，更何况我都已经被迫要通过视频跟他聊天了。可是当她跟我们仔细说明要准备厚的衣服时，我就放心了。我不停地追问我们要去哪儿（我也想当个乖宝宝，可是我不想一直被蒙在琴里，被人当成笑饼 ①），她最后宣布说我们要去斯堪的纳维亚半岛看极光。我跟你说，那一刻她真是帅呆了。我想这肯定是因为我做的报告作业，幸好我当时抽到的不是黑洞那个题目。

————————————

　　①　莉莉的笔误，"蒙在琴里"应为"蒙在鼓里"，"笑饼"应写作"笑柄"。

今天早上，我们先去跟曾外婆说再见。她把一个盒子递给妈妈，很明显里面装着她丈夫的骨灰瓮。她曾经跟他发誓说要把他的骨灰撒在挪威的大地上，我忘了具体是在哪个岬角上了，因为他们很久以前曾经一起去过那儿，但她后来没有勇气这么做，而现在因为双腿她也没办法这么做了，所以她就让妈妈替她完成这件事。我从来都没见过曾外公，不过我想他的个子一定特别矮小，不然怎么可能塞得进盒子里面呢？

接着我们就去了外公家，他跟我们解释了房车该怎么用，我没仔细听，除了厕所那一部分。那儿装有一个小水箱，每次满了之后就得倒掉里面的东西。我跟你说，我宁愿趁着汽车飞快地开在高速公路上时，从窗口解决三急，也不要去清理这个玩意儿。

因为我不知道我是否还能活着回来，所以我就借此机会写下我的遗嘱，万一真是这样，你就把它交给埋葬我的人吧。

立遗嘱人莉莉，本人现在头脑健康、身体清醒。①

把我收集的石头以及矿石送给克莱利亚，我知道她会好好珍惜它们的。

把我那条紫色的编织手链送给牙牙，那条绿色的编织手链送给杠杠。

把我的字典捐给玛农，珍贵水捐给朱丽叶。

把我那套漫画《史高治》②留给我的妈妈，如果她还活着的话。

把我的乳牙留给我的姐姐，如果她还活着的话。

此外我希望父亲不要来参加我的葬礼。在墓碑上我想把那张我和布朗尼在一起的照片给放上去，它是我小时候养过的小狗。绝对不能放最

---

① 莉莉的笔误，应为"头脑清醒、身体健康"。

② 史高治是迪士尼的动画角色之一，在故事里，它被塑造为全世界最富有的鸭子。

近的照片，就算我不介意现在这摩比人^①的发型，但我长头发的样子起码没那么吓唬人。

　　好啦，马塞尔，但愿这不是我最后一次给你写信，不过，万一真的有什么事，我还是很高兴能认识你的，你是一本特别棒的日记本。啊，这不会是真的吧！我妈妈刚刚开始播放席琳·迪翁^②的唱片了！
　　亲亲，马塞尔。
　　也许是永别了。我用手比个爱心送给你。

莉莉

　　附：我真应该学会用各种语言喊"救命"的。

---

① 摩比人是摩比世界（拼组情景玩具）的人偶模型，其大多数为短发造型。
② 席琳·迪翁（1968—），加拿大歌手。

　　我原本以为我们只是出去绕一小圈，两三天后就会回来继续我们搁置在一旁的日常生活。然而当妈妈宣布说我们要去斯堪的纳维亚半岛时，我才明白过来她已经把自己的理智抛诸脑后了。

　　当我们越过法德边境线时，这件事情得到了印证，因为我收到了一条短信，通知我说我的手机没有办理国际套餐。妈妈让我别担心，因为她给自己办了一个。正当我忙着往她的手机里下载脸书、照片墙、推特、色拉布①以及管理博客的应用软件时，她突然打破了我的美梦。

　　"每天只准用十分钟，多一秒都不行。"

　　"意思是？"

　　"意思就是，这趟旅行的目的是大家待在一起，欣赏不同的风景，探索不同的文化，而不是用眼睛盯着屏幕不放。"

　　我们跟在同一辆卡车后面开了一个多小时了。往右边看是一棵棵树，往左边看还是一棵棵树，就风景而言，我们现在已经完全欣赏够了。

　　莉莉用食指轻轻指了指太阳穴。如果连她都觉得妈妈疯了，那事态就很严重了。

　　但我还是尝试跟她谈判一下。

---

　　①　一款照片分享应用。

“一小时可以吗？”

“十分钟。”

“两小时？”

“克洛艾，别说了，不行。”

“可是妈妈，没有氧气你能活下来吗？对我来说这是一个道理啊！”

她听了忍俊不禁，莉莉也跟着笑了出来。一场持久战过后，我终于成功争取到了半小时的时间。或许我也能活下来了。

傍晚时我们抵达了科隆，妈妈决定今晚在这里过夜。她把车停在莱茵河畔的露营地后，便执意要进城参观参观。我当然很乐意接受，因为在城里肯定能找到网吧。

露营地的女管理员借给我们几辆自行车，还给我们指了路，向我们保证说城区离这儿一点都不远。我们沿河骑了一个多小时，其中包括妈妈要求停下来休息的时间，可她非得说那是为了欣赏风景，说得就好像我们看不见她的脸红得就跟身上那件 T 恤衫一样，而且上气不接下气，喘得像吸尘器似的。我和莉莉两个人故意蹬得很快，一路上笑个不停。

到了之后，我们便把自行车锁在一起，然后随意地走走瞧瞧，一直逛到夜色降临。城市华灯初上，美轮美奂。时间还早，我们就先买了几个椒盐卷饼填饱肚子，撑到饭点再吃晚餐。莉莉坚持要买一瓶水，可是妈妈给她买了之后，她又不肯打开，理由是要把它留作纪念。妈妈对此百思不得其解。

莉莉耸耸肩膀，那副表情就好像是我们俩的脑子都缺根弦似的，不屑地解释说：“很简单啊，这就是科隆水 ① 嘛！”

至少，我的妹妹还是老样子。

妈妈想去参观大教堂，打算亲自去数一数登上塔顶需要走多少级台

① 即古龙水，又称科隆香水。

阶。在教堂对面有一座形状怪异的桥——霍亨索伦桥，一眼望去仿佛是有人架了三把弓在河上面。桥上的行人来来往往，于是我们也跟着他们走上桥去看，发现桥栏上挂满了恋人们的挂锁。

妈妈提议我们也挂一个上去，写上三个人名字的首字母，为我们的旅途留下一个痕迹。

莉莉的双眼瞪得滚圆，质问道："你是想把鱼都给害死，对吧？你明知道之后要把挂锁的钥匙扔进河里，你真的以为那些鱼能消化金属吗？"

我也赞同她的意见。所以我们只需自己保留着钥匙就行，这样便能够不让鱼，也不让莉莉受罪了。

不过卖锁的人只肯卖一对锁。

我们从一对英国的夫妇那儿借来了记号笔，在第一把锁上写下了我们三个人各自名字的首字母以及日期。在第二把锁上，我写了"你＋我"。这样的话就不管是和谁在一起都行得通了。

骑车回去比来的时候更难受。我不知道是谁发明的坐垫，但它实在是太令人来气了。当我们回到房车时，每个人都已累得筋疲力尽。我们狼吞虎咽地吃了点面条就去睡觉了，莉莉和我睡在双人床上，妈妈则睡在软垫长椅上。我等了许久，才听到妈妈的呼吸声平稳下来，她总算是睡着了。我尽量不弄出一点声响，轻手轻脚地从床上溜走了。

我花了很长时间才睡着。长椅的垫子又薄又硬，而我的身体偏偏又厚又软。要么就是这张垫子，要么就是我的身体，两者总归有一个要受罪的。忽然有一股热气呼到脸上，把我从睡梦中拽了出来。我睁开眼睛看到一张脸，因为靠得太近，反而辨认不出是谁。

我尖叫起来。那张脸也尖叫起来。莉莉也尖叫起来。

那张脸往后一跳，昏暗中我认出了女儿的身影。

"克洛艾，你在搞什么鬼？"

"没什么，我就是过来抱抱你。"她一只手放在背后，含混地说道。

"你手里拿的是什么？"

"没什么。"

我往枕头旁边扫了一眼，结果那里空了。

"把手机还给我。"

"可是，妈妈……"

"现在马上把手机还给我，克洛艾！如果你敢再偷拿我的手机，以后就别想再碰到它。"

她心不甘情不愿地把偷窃的"赃物"递给我，转身回到床上。我刚闭上眼，就听到莉莉悄声对她说："你太小看她这根葱了，毕竟葱还

是老的辣 ① 。"

　　夜晚剩下的时间都平安无事地度过了。

　　早上七点钟时，我们都被寒意驱赶出了梦乡。昨天晚上，我们骑完自行车回来，热得汗流浃背，我就忘了开暖气这码事。这导致我今早一会儿觉得浑身酸痛，一会儿又起鸡皮疙瘩，处于感冒的边缘。

　　于是我便把桌椅摆到太阳底下。等早餐准备好，两个女儿才从被窝里爬出来。我们面朝着莱茵河，安静地分享一顿早餐。太阳倒映在河面上，宛如在欣赏镜中的自己，同时也让我们冰冷的身躯暖和起来，熟悉的咖啡香味也令我感到安宁。从出发到现在，这是我第一次觉得，这也许是一个正确的决定。

　　如果我再三考虑的话，反而可能会改变主意。我并不是一个热衷冒险的人。我不喜欢惊喜，而是需要提前知道一切，从而把一切都安排好。陌生的事物会令我焦虑，对事情失去掌控更是会把我直接吓瘫痪。我一直把自己封闭在一个安全的气泡里头，身边全是不变的地点、不变的人群、不变的路线。在这个范围以外的事物，不管三七二十一我都一概拒绝。诸如某个表亲在法国另一端举办的婚礼，在一家我不认识的饭店里举行的晚会，约在图卢兹另一头的会面，以及出国旅行，等等，这些事情提都别提。而且我总是振振有词地为自己辩解说：我没空啦，我很累啦，我的女儿很久没见过我啦，法国已经够美啦，没必要再去别的地方，等等。因此所有人都以为，我只喜欢窝在家里，懒懒散散不愿出门，未老先衰。我也常常能说服自己就是这样的人，但实际上，我深知事实并非如此。

　　我十八岁的时候，第一次经历了恐慌症发作。那时是在夜里，环

------

① 莉莉的口误，应为"姜还是老的辣"。

城公路上，我刚和朋友们结束聚会，开车回家。车流渐渐变得缓慢，到最后索性停了下来。一开始我感觉到手指上像是有蚂蚁在爬来爬去，然后觉得身上一阵阵发热，直到喘不过气来。我打开车窗，并且把音乐声放大。我的下巴开始抽搐，心脏猛烈地跳动，它跳得那么强烈、那么迅速，以至于我觉得它下一刻就会骤然停止。我呼吸困难，晕头转向。我赶紧把车停到了紧急停车带上，对发生在身上的事情一头雾水，甚至还以为自己会就这样一个人孤零零地在那儿断气。我把座位放平，闭上双眼，祈祷死亡不会太过痛苦。周围的一切都模糊不清，仿佛不是真实的世界。我的身体不停颤抖着，连汽车从我身边经过的声音都完全听不见，因为我只能听见自己的心跳声。这个过程如同持续了一个世纪那么漫长。慢慢地，我感觉到心跳的节奏放慢了，呼吸也渐渐平息下来，身体也变得松弛。我吓得直哆嗦，一秒都没有犹豫，立马就抓紧方向盘开回了家。父亲和让内特都已经睡觉了，我静悄悄地爬上床休息。

然而在夜里，症状又出现了。接下来的几天也一样。

家庭医生让我去看一个精神科的医生，最后诊断为伴有广场恐惧症①的阵发性焦虑症。他给我开了药，我连着吃了好几个月，此外他还为我安排了一个行为及认知的治疗。在治疗过程中，我必须直面我的焦虑，对抗它们，从而让自己习惯这些情绪乃至对此失去感觉。我坚持了三次就不行了。当我跟精神科医生说我想放弃这种治疗时，他也承认说重现情景从而引发焦虑这种治疗方式通常都非常痛苦。此话不假，然而更为痛苦的是毫无希望。有效的治疗方法是存在的，只需要知道这一点便足以令人安心，尤其是在惊恐的海浪没过头顶的时候。如果我接受了治疗，结果它却不管用，那我就连一个救生圈都没有了。

---

① 广场恐惧症指在公共场合或者开阔的地方停留的极端恐惧，因为要逃离这种地方是不可能的，或者是会令人感到尴尬的。

因此待在安全的气泡里，至少能让我降低风险。我还是一如既往地只去同样的地方，见同样的人群，走同样的路线。一直到我做出这项决定之前，都没有任何改变。但我当时没有思考，也没有考虑我自己。我的孩子们需要新鲜空气，所以我就把气泡给刺破了。

4 月 5 日

亲爱的马塞尔：

　　希望你一切都好，我也还行，只不过我特别困，但是又不能去睡觉，因为轮到我看门了。现在是凌晨四点，或者差不多这个点吧，我本来想安安静静地给你写封信的，可是妈妈、姐姐却都抱怨说开着灯会让她们睡不好觉。所以我只好把手电筒绑在额头上，用透明胶带在脑袋上缠一圈固定住，躲在被子里写，就在克洛艾的身旁。只不过我不能把头晃得太厉害，不然我就看不见我写的东西了，但勉强还过得去吧。

　　你想象一下，我们现在就在德国，而且已经来到了汉堡。妈妈在港口的正对面找到一处房车露营地，然后我们就进城去逛了，这次可没骑车。城里的风景挺不错的，我们看到了一片很大的湖泊，那儿住着不少天鹅，水边还有一些仓库，我以前从来都没见过那么大的船和房子，我还捡了一块漂亮的小石头当作纪念，后来天却下起雨来，于是我们就回去了。

　　妈妈想把厕所污水箱里的东西给倒掉，但她一个人又弄不来，我和克洛艾两个人捏着鼻子，躲在玻璃窗后面看她，并且还听到她不停地骂脏话。一个住在旁边房车的叔叔过来帮忙，但她好像很不情愿，我猜她是不好意思吧，不然你以为呢？他笑得很大声，最后还是说服她同意让他来帮忙了，一切都弄完后，为了对他表示感谢，我们还跟着一起去喝了点开胃酒，因为他雪中送鹅毛①，送了我们一个大大的人情嘛。

其实，停在这里的还有一帮一起出来旅行的法国人，这个叔叔就是组织者，他名叫朱利安。他有一个年纪跟我差不多的儿子，名字叫诺埃。我试着跟他搭了几次话，他却不理我，还摇来晃去的，他爸爸跟我说他不怎么爱说话，另外也需要一点时间去适应周围新的朋友。哦，对了，他们还养了一只狗，让－莱昂，超级可爱的，我还跟它一起玩了。

然后就到晚上啦，我们都去睡觉了。我不知道自己才睡了多久，就被一些悄悄说话的声音给弄醒了。声音来自外头，我听得一清二楚，房车的隔板还不如不装呢。过了一会儿，我又隐约听到一阵类似刮东西的声音，紧接着门口传来"咔嗒"一声，我开始感到害怕，但我又马上想起以前曾在一个新闻报道里看到过，一个心理医生说恐惧就像一只动物，人需要去驯服它，所以我就命令它赶紧回窝里睡觉，它乖乖地听话了。接下来我试着叫醒克洛艾，可问题是，当她睡着的时候，就跟断电了似的。我妈妈就更不用说了，我甚至都觉得她每晚都会死去一次，第二天早上再复活过来。看来我只能靠自己了，于是我从姐姐身上跨过去，再爬下床，就在这时，我看见门打开了，一个黑影在慢慢靠近。我一下子跳到地上，赶紧抓起手边第一个碰到的东西，一边大喊着"万岁"，一边朝敌人冲了过去，这句话还是我在一个电影里学到的，说着我就用平底锅好一阵狂敲猛打。那个影子马上就逃跑了，妈妈和克洛艾猛地从床上蹦了起来，就像面包突然从烤面包机里弹出来一样。几分钟后，邻居朱利安也赶了过来。他跟我们解释说房车偷窃这种事经常发生，最好还是装一个警报器提防小偷，这也是为什么他们要组团出游。我们决定今晚轮流看门，明天就去安装警报器。因此现在就轮到我了，

---

① 莉莉的笔误，应为"雪中送炭"以及"千里送鹅毛"。

可我困得不行，为了不让自己睡着，我才给你写信的。（不过你别担心，我绝不是把你当备胎！）

好啦，亲你一下马塞尔，我得趁着所有人都睡着的时候，去看看我的秘密怎么样了（我不能告诉你那是什么，我很担心妈妈会偷看到你）。祝你睡个好觉。

莉莉

附：我刚刚试着把缠在头上的透明胶带给撕下来，结果胶带却扯着一大把头发，疼死我了。我不管了，就先这样留着吧。

　　我是一个高度敏感的人。有一次我不小心切到了手，下一刻就不省人事了，因此学校里的护士后来便这样告诉我。那一刻，她仿佛一语道破了人类进化史上的缺失之环，又如同把我曾经失去的某样东西归还了回来。一切都源于此，我是个高度敏感的人。

　　不久之后，我又被判定为"资优"①，"高度敏感"这一特点常常与之相伴。我花了很长时间阅读网上那些症状描述和实际情况，我几乎符合所有的判断依据。

　　我所有的感受都强烈而深刻，几乎是别人的十倍以上。脑海里总是充塞着各种感知，内心也总是涌动着万般情绪。

　　我经常哭，因为悲伤，或者喜悦，又或者是疯狂。

　　我常常为了让别人开心而忘记了自己的需求。

　　我的共情能力十分强大，我太能够理解别人的感受，以至于自身也会受到影响。因此，我无法坚持自己的意见。

　　我不喜欢我自己。但这无关紧要，只要别人还喜欢我就可以了。

　　我总是在审视自己，并且是以非常严格的方式。

　　我的大脑活动一刻也停不下来，想象力仿佛一架战争机器似的随时随地攻城略地。当我看电影时，我会联想那些演员在这一刻都在做些什

---

　　① 资优指先天性的、异于常人的智能。

么；当我使用某个物品时，我会去设想制造这个物品的人的生活，背后的故事是什么。

而且我随时都保持着高度的警惕。当我在走廊上碰见妈妈，会猛地一惊；当莉莉不敲门就直接走进浴室里，我会吓得大喊大叫。

当我听说一则社会新闻时，我会设身处地地想象受害人的情况。我能真切地体验到当时的情景，好像我就在现场一样。

我很理智，甚至是有点太过理智了。

但这也有好的一面。

我是一个很好的朋友，善解人意，从不对人指指点点。

我时常会反躬自省。

我会留意到那些美好却常常被人们视若无睹的小事。我的快乐可以无限放大，一束阳光、一阵丁香的香气、圣诞节的灯光装饰，这些都会让我的心里涌现满满的幸福。

妈妈很喜欢听我兴高采烈地讲述各种事情。听妈妈说，在我小时候她开车载我回家时，我会让整趟归途变得既吵闹而又愉悦。长大后我变得内敛了，然而在我的心里，那些灿烂的烟花仍在不停地绽放。因此，当我们在森林里开了不知多少公里，然后又走了一小段路，爬上一段阶梯之后，终于抵达的那一刻，我再也抑制不住，完全抛下了自己的拘谨。

"哇啊！"

在我们面前，大海展现着它千变万化的蓝色，而在我们脚下，陡峭的白色悬崖伸出自己的脚掌浸泡在海水中。有生以来，我从未见过如此壮观的景色。

妈妈跟我们解释说我们现在已经到了丹麦的默恩崖。我已经许久都没在她的脸上看到过这样的笑容了。

悬崖上除了我们，还有其他几个游客，但我尽量撇去周围的说话声，只把鸟鸣和海浪的声音保留在记忆中。海风凉飕飕的，然而日光猛烈地照射过来抵挡住凉意。我应该在那儿多停留一会儿，感受日光轻抚我的脸庞。

不一会儿，我们便下到海岸边，脚踩在灰色的鹅卵石上沿海漫步。莉莉趁机捡了十几块石头。从底下仰望，悬崖显得更加雄伟。我感觉自己如同一粒沙子，迷失在无尽的空间中。

最后我们默默地回到了房车里，连话语都被风吹散了。妈妈重新坐到了方向盘前，继续开车上路，在接下来的很长一段时间里，车窗两侧都是不断后退的行道树，我的思绪还在幸福的气泡里飘浮。突然响起的铃声让我回过神来。妈妈的手机上显示有一条未读信息，她用眼神示意我可以查看。短信是凯文发来的，那个在面包店干活的男生。

"嘿，克洛艾，你还号码？我想跟你聊一聊，你在家吗？"①

你们还记得我在上文提到过的那种油然而生的幸福感吗？如今，我又产生了同样的感受。我花了十分钟去思考该如何措辞，手指仿佛弹琴似的在手机上敲击了几下，随后便发送出去。我就知道他是个不错的男生。

---

① 凯文打的错字，应写作："嘿，克洛艾，你还好吗？我想跟你聊一聊，你在家吗？"

安娜

"妈妈，你知道阿波利奈尔^①吗？"

莉莉注视着我，等着我回答。

然而问题是，当人们头脑一热去做什么事情时，往往意味着他们并没有把全部的因素都考虑在内。因此，我怎么也想不到，不让孩子去学校上课的后果会是那么复杂。

每天早上，我们都会花上两小时学习新的内容以及做练习题。然而其实每天早上，克洛艾都会嚷嚷整整两小时，说她无论如何都不会去参加毕业会考的；莉莉则在一旁玩笔玩得不亦乐乎，就跟在玩洋娃娃一样。

今天，大概是外面下雨的缘故，两个姑娘多少都专心一点了。克洛艾读纪德^②的《伪币制造者》时只打了两次瞌睡；而莉莉为了节约时间，只问了几个问题。

"我知道一点，以前在学校里学过。"我答道，然后在她旁边坐下来。

"他是瞎子吗？"

"为什么这么问？"

---

① 纪尧姆·阿波利奈尔（1880—1918），法国诗人。

② 安德烈·纪德（1869—1951），法国作家。

她把书本挪到我眼皮底下，指着其中一行说："他在这儿写道，'该是重新点亮星星的时候了'，可是星星本来就是亮的啊！他该换个眼科医生了！"

克洛艾叹了口气说："他指的并不是天上的星星。"

莉莉又瞪圆了眼睛，盯着对方说："啊？难道说除了在天上，还有别的地方会有星星吗？你们这些大人可真是奇怪。"

我正准备再尝试解释一遍的时候，手机铃声把我给解救了出来。

"喂？"

"穆利诺太太，您好，我是邮政银行的巴里埃。我们约在半小时前见面的，我一直在等您来……"

每次我做错事情被别人发现时，都会立刻变成一个乖乖的小女孩。

"哎哟，糟糕！对不起，我完全把这码事给忘了！"

"我猜也是这么回事。我们必须见个面，谈一谈您的账户问题，明天上午十一点我有一个空出来的时间段。"

"我去不了，我们可以在电话里直接谈吗？"

"那周四下午两点钟呢？"

克洛艾向我投来疑惑的眼神。我没办法对银行顾问坦白说我现在正在高高兴兴地出门旅游，而在电话另一头，她正盯着屏幕上我的名字，用红色的字体加粗重点标记出来。我爬上女儿睡觉的双人床，拉上窗帘，尽量压低声音说道："非常抱歉，我不……"

"行，我明白了，"她突然打断我，"穆利诺太太，您已经连续三十天透支了账户金额，但这个月却没有任何工资打进来。我们总得找个办法解决，对吧？"

我连忙点点头，像个五岁的小孩。

"您说得对，我会找到办法的。我刚刚丢了工作，不过在找到下一份工作之前，我会领到一些失业津贴。我会尽力的，您放心吧。"

"您没有工作了？"

一个五岁的小孩，话总是说得太多。

"现在的确没有，但是……"

"听着，鉴于您目前的情况，我不得不止付您的账户，以后您将无法付款，直到您把欠款全部还完为止。您应该知道……"

我没有再听下去。连我自己也不知道在出发那一刻，我所期望的到底是什么。就好像是只要我远离了这些纷扰，债务就会自己消失，仿佛烦恼被扔在哪儿就会留在哪儿，不会追上来似的。我本来有机会可以把所有账单都结清，从零开始。结果突然之间，我却坐在这张薄薄的床垫上，困在雨中的房车里，远离了我所熟悉的空间，我感到万分迷茫。我到底在做什么？我的脉搏一下子变快了，呼吸也变得急促，我赶紧去数窗帘上花朵的数目，然而还是不足以转移注意力。眼下我只有一个愿望：那就是立马启动油门，开车回家。回去，重新找回我所熟悉的世界。

"祝您今天过得愉快，穆利诺太太。"

"谢谢，您也一样，再见。"

我哆嗦着手挂断了电话，随即便躺到床上，尽量让自己放松下来。快速吸气，慢慢吐气……快速吸气，慢慢吐气……床底传来一阵金属的响声……快速吸气，慢慢吐气……心跳的节奏慢了下来……床底又传来一阵金属的响声……快速吸气，慢慢吐气……床底连续不断地传来金属的响声……反正情况已经够糟糕了，也不差这时候汽车也出故障了。

我站起身，双腿还是发软无力。克洛艾已经枕着书睡着了，莉莉在画画。我把耳朵贴在床上，想弄清楚金属声的来源。里面又响了起来。我掀起床垫，下面是一块配有拉手的木板，底下藏着一个我从没注意到的收纳箱。我打开来，然后便如同掉入黑洞一般眼前一黑。

莉日
莉记

——————————— Lily Diary

4月8日

亲爱的马塞尔：

　　妈妈眼冒火星^①一下子晕过去了，因为她发现了我的秘密。但我之前明明藏得很好的，克洛艾也是个很能干的帮凶，可是，一切都完蛋了。而且，妈妈当时太害怕了，以致她摔倒时撞到了床边，结果她嘴唇从中间向两边裂开了，仿佛摩西^②从上面经过了似的。我们去了哥本哈根的医院，现在她已经包扎好了，看起来就像是用万用橡皮泥胶把嘴巴给重新粘住了一样。不过我宁愿他们把她的上嘴唇和下嘴唇给粘起来，因为这样的话，她就不会抓住我审讯个没完没了了。

　　我不得不跟她解释一通说那是一只宠物老鼠，跟人们平时在垃圾桶里见到的那些完全不是一回事，它很干净并且也不会去伤害人。她问我是怎么做到能把它藏那么久的，我就坦白说其实每次她没空管我的时候，我都会把它放出来，夜里它和我们一起睡在床上，不过关于这一

———————————

　　① 莉莉的笔误，应为"眼冒金星"。

　　② 摩西为《圣经》中的人物，据《出埃及记》记载，摩西带领希伯来人来到红海时，神使海水分开，露出一片干地，希伯来人由此顺利到达彼岸。

点，它倒不是特别喜欢。她希望我把它给放了，我就大声说除非她从我身上踩过去，不然我绝不可能放弃马蒂亚斯。她的眼睛瞪得就跟圆圈似的，她问我说自己没听错吧，这只老鼠的名字难不成跟你爸爸的名字一模一样，她看起来受了很大的刺激。可是这很符合逻辑啊！因为我听说过，船要沉的时候，老鼠总是第一个逃跑的，难道不是吗？

过了一会儿，她答应让我继续养马蒂亚斯，前提条件是不能在公共场合放它出来，以及尽可能避免它挡住她的去路。我把老鼠抓起来递给她，提议让她摸它一下，妈妈却大声喊说别做出这种会让她改变主意的行为。

我们可真是侥幸啊，马塞尔，你不觉得吗？尽管我很喜欢在心里藏着一个秘密的感觉，不过我得跟你承认，我还是挺开心的，因为我再也不用把马蒂亚斯的笼子给藏起来，而且还可以经常把它放出来玩了。

另外，我们还去哥本哈根散步了，这座城市还是很漂亮的，尽管暴雨下得像落汤鸡一样[①]（幸好也只是下一阵停一阵）。我长大以后，也想有一套跟这里一样的彩色房子。克洛艾特别想去趣伏里公园，那是一个半是游乐场半是普通公园的地方，妈妈一开始不是很想去，因为又得花钱，不过最后她说"唉，不管了，这算什么"，于是我们就一起进去了。看来在妈妈的脑子里，也是一会儿晴天一会儿雨天。

马塞尔，真可惜你没能亲眼见见这个公园，不然你肯定会尿裤子的（因为你会笑到直不起腰来）。我们去坐了摩天轮，下面的景色真是太漂亮了，但是在上面的时候，妈妈的脸变得煞白，她说自己还好，可是谁都能看出来她一点都不好。证据就是，她最后索性直接平躺在观光舱的地面上，双腿抬起来，大口喘着气，就像在潜水似的。至于过山车，她更情愿站在地上给我们拍照片（最后拍出来的照片都是糊的）。

我们走了很多路，克洛艾走到脚都疼了，我得说明那是因为她穿了

---

① 莉莉写的病句，应写作"暴雨把我们淋得像落汤鸡一样"。

高跟鞋出来。她出门时把头发梳得特别柔顺，后来因为下雨，她就抱怨个没完没了。丹麦人吃晚饭的时间超级早，下午六点饭店就都满了，看见大家都在吃东西，我们就更觉得饿了，于是就去买了"开放式三明治"来吃（其实就是人们可以在面包片上放自己想吃的东西，我在一片面包上放了奶酪，另一片上放了鱼肉），接着就回房车去了。马蒂亚斯很高兴，我很确定它朝我摇了摇尾巴。停在我们周围的还是上次遇到的那群法国人，不过我们没跟他们一起吃。

妈妈把手机放在桌上，来电信号一直闪个不停。她说那是因为爸爸之前打电话过来了，我假装没听见，克洛艾却说她想打回去，所以我转身就离开饭桌跑去洗澡了。

我先跟你说到这儿啦，要关灯了。

亲你一大口，我的马塞尔。

莉莉

附：我左边的鼻孔堵了，所以我就向右躺着，然后鼻子就通啦！不过接下来，又轮到右边的鼻孔堵住了。这回我准备坐着睡了。

连载专栏 克洛艾

在开始之前，我有一件小事想先告诉我的读者们。

看了你们的评论，我很开心，并且很高兴得知你们这么喜欢追我的游记！

虽然个别留言有些冒犯，可是发现有那么多人理解我，不对我妄下定论，令我深受感动。至于那些想看我照片的朋友，这是不可能的。尽管已经有几个人从名字上猜出来我是谁了，但我还是更希望这个博客尽量保持匿名的状态。谢谢你们一直都在。（爱心）

爸爸已经三周没打电话过来了。我很喜欢跟他聊天，虽然常常感觉有些异样。一开始，我总觉得电话那头是个陌生人，然而渐渐地，在我习惯了他的声音之后，我可以跟他讨论好几个小时。每次挂电话时，我都如鲠在喉。我想念爸爸。我也想能更经常地见到他，但是情况比较复杂。他的公寓太小了，每次只能把我们安置到奶奶家里，但这又会让奶奶累得筋疲力尽。但愿有一天爸爸能挣够钱，这样他便能买下一套足够大的房子，我们什么时候想去都行。

莉莉还是一如既往地不愿意跟他说话。她和爸爸之间有些矛盾，她总是说爸爸把我们抛弃了。然而，她分明知道是妈妈主动离开了爸爸。要是可能的话，爸爸肯定会更乐意留在我们身边的，而我也一样。

"宝贝，你还好吗？"他问道。

我很喜欢听他叫我"宝贝"。我多想回他一句"我最亲爱的好爸爸"，可我还是不敢。

我跟他讲了长途旅行的事情，不过故意省略了出发的理由，毕竟没必要让他费心再对我说教一通。我还担心他生气来着，不过正好相反，他听起来很高兴的样子，还问了我一大串问题。

"你们妈妈的这个主意特别棒！"他对此很是赞赏，"没有什么比旅行更能够开阔视野的了，这也有助于你们的成长。"

他顿了一下，然后低声道："我多想跟你们待在一起啊！"

我感到喉咙一紧，却没有让任何情绪流露出来。我知道妈妈在注视着我，因为她已经把同一个玻璃杯洗了快十分钟了。

我试图不去怨恨妈妈。她肯定也有离开他的理由，也许是她不再爱他了，也许是她再也感受不到幸福了。但我见过爸爸流眼泪，我也听他诉说过自己有多不幸。我永远也忘不了六年前，我们第一次去马赛度过了一个周末。那时我们已经好几个月没见过他了，在那之前我们甚至连跟他说再见的机会都没有。他在火车站台上等我们，我当时并没有马上认出他来，因为他的双眼变得黯淡无神。他用力抱住我，我一下子就心软了。我能感觉到他的悲伤一阵阵地向我袭来。那一刻我特别地恨妈妈。

"宝贝，我先跟你说到这儿，你让你妹妹来接电话好吗？"

"她去洗澡了，不过她说她要抱着你亲上一大口。"

我挂断了电话，在把手机还给妈妈之前，查看了一眼是否有凯文的回复。还是杳无音信。

安娜

"妈妈，你快停车，我想吐。"

莉莉一个字一个字地迸了这句话出来，声音小得几不可闻。我们现在行驶在厄勒海峡连接丹麦和瑞典的大桥上，桥上只有一处狭窄的紧急停车带能停下来休息。问题是跟房车的宽度相比的话，它还是太狭窄了。

"你尽量忍住，我一下了桥就找个地方停车。如果你实在忍不了，就去浴室那里吐吧！"

她不回答，两只手紧紧地捂住嘴。

"是隧道那一段路让她不舒服的。"克洛艾下结论说。

莉莉点点头表示同意。接着她的姐姐又继续说："不过你怎么开得那么奇怪，你不停地突然松开油门，弄得车子一顿一顿的，搅得人的胃里翻江倒海。"

莉莉再次点点头。

我不禁感到恼火，脚便一直踩在油门上，直到下了桥才松开来。大桥两侧的防护栏杆刚从眼前消失，我就放慢速度，最后停到了路肩上。莉莉打开车门，一下子跳到地上，随后便一路跑到草丛里。我拔掉车钥匙，赶紧跟着她走过去。

呼吸了几分钟瑞典的新鲜空气之后，我的女儿终于恢复了她原来的声音。"妈妈，你考驾照那会儿，车上没有油门的脚踏板吗？"

看来她已经缓过来了。

我们回到车上，继续往下一个目的地行进。克洛艾一直坐在原来的位置上，双目无神，不知看向何处。大概是昨晚她爸爸的电话让她烦心吧。

刚开了五百米，房车又猛地颠簸了一下。两个女儿不约而同地转过头来瞪着我。

"我并没有松开油门啊！"

几秒过后，车子又发出一阵噼噼啪啪的声响。莉莉忍不住笑出了声。正当我几乎要怀疑是不是我的右脚出了问题时，房车慢了下来。赶在它彻底熄火前，我连忙把它停到路边。

"发生什么事了？"莉莉问。

"你觉得呢？"克洛艾反过来问她。

"行了吧你，我又没问你！"

"别用这种语气跟我讲话，你这个神经病。"

"你才是神经病。"

"你才是。"

"你才是！"

"好啦，你们两个够了！"我出面干预，同时第三次尝试启动车子，"这里没有人是神经病。"

"总之，是莉莉先骂人的。"克洛艾忍不住说道。

"你才是先骂人的。"莉莉又顶了回去。

"你才是！"

我转身面对这两个一点就着的火药桶。

"如果你们不马上停下来的话，那我现在就把你们俩赶下车，自己一个人上路。"

克洛艾抬了抬眉毛表示不屑："你一个人推着房车上路吗？"

她妹妹也轻蔑地一笑。我无视她们的反应，再次试图启动车子。

发动机在转，但是启动不起来。眼下我们停在一条瑞典的马路上，前不着村后不着店，汽车出了故障，一动不动。我尽量控制自己呼吸的频率，以保持头脑清醒。

"要不给外公打电话吧！"莉莉提议道，"他可能知道车子为什么会动不了。"

好主意。于是我拿出了手机，拨通父亲的号码。"嘟"的一声，两声，三声，四声。

"您好，这里是帅爸和美妈的语音信箱！请留下您的信息，我们会回复您的……当然也有可能不回！"

他们俩闭嘴后，便轮到我说话了，我却直接挂断了电话。在接下来的几分钟里，我又试了两次启动引擎，同时思考着怎么才能离开这个鬼地方。克洛艾忽然想到了一个主意。

"你有朱利安的手机号码吗？"

"朱利安？"

"对，你认识的，就是我们碰到过三次的那个旅游团负责人啊！他们应该离得不是很远，昨天我们还见到他们来着。你没有他的号码吗？"

"有，他给过我，可是让他特地跑一趟，就是为了过来帮我修车，有点不好意思吧？"

"那你宁愿我们一辈子都待在这儿干等，最后被瑞典的棕熊吞进肚子里吗？"莉莉大声质问，"你是这么想的吗？"

要不是我当时太过紧张，我肯定会笑出来的。我从手机联络人里翻出他的名字，拨通号码，朱利安马上就接了电话。他现在在马尔默，离我们不到三十分钟的车程。他说他把停车场地的问题解决完后就会立刻过来，一言为定！

一小时后，另一辆房车停在了我们的车后，一个男人下车朝我们走过来。

"得派个人去告诉他这种格子衬衫已经过时了。"克洛艾脱口而出。

"是你自己太土了。"莉莉回嘴道。

"姑娘们，我可再也不想听你们吵架了。"我说着便打开车门，正好朱利安也走到了我跟前。

他朝我伸出手来说："您打电话实在是找对人了，我可是能听懂房车悄悄话的哟！"

克洛艾的叹息声从敞开的车门飘了出去。朱利安爬上车，一边朝她们打招呼，一边坐到驾驶座上。只花了几秒，他就找到了故障的根源所在。

我不敢看向两个女儿。老实说，我什么都不敢看，除了我脚上那双鞋子。刚才启动汽车的时候，我的确听到了"哗"的一声，但我压根儿没想到那是在提示我油箱里没有油了。我一心想着汽油能用更久的。

朱利安从加油站提了一桶油回来，给油箱灌满油后，房车终于恢复了正常。引擎发出轰鸣声时，两个女儿都一齐欢呼起来。

"太感谢了，"我说，"要是没有您的话，我都不知道该怎么办才好。"

他尴尬地笑了笑，跳过这些客套话。

"你们还是不想和我们一起走吗？"他询问道，"组队旅行正好能避免这方面的困扰。"

"谢谢您的好意，不过我们这趟自驾游的目的是想要三个人好好相处相处。我们肯定还有机会再见的！"

"只要你们开心就好，"他说着耸耸肩，"其实我也一样，第一次出来旅行时，我坚持只和我儿子在一起，后来我去网上找了几个旅伴，对此倒也并不后悔。其实，为了能保持彼此独立，我们只到晚上才聚在一起，我会负责预订停车位，其他人只需要去到那儿安顿下来就行。白天的时候，大家都是各玩各的。我们还可以一起吃晚饭，分享经验，往往会有很大的收获，但这也不是强制的。而且，你们有人陪同的话，我也更加放心一点。"

"我也是，这样我就不会那么害怕了！"莉莉全神贯注地听完了这番演讲后插嘴说，"一会儿车子出故障，一会儿有人偷东西，一会儿你又犯焦虑症，我可一点都不安心。"

"真话总是从小孩子口中说出来的。"朱利安微笑着趁机补上一句。

正当我思索着是否应该接受时，他拿出了终极武器来说服我。"除此以外，我们还会每周举办一次主题派对。下一次，我们会在我的房车里唱卡拉 OK，我有一台超级棒的音响设备，我可喜欢了，特别是约翰尼·哈里戴 ① 的歌！"

克洛艾突然瞪大了双眼。

"那算了，我们还是自个儿开车走吧。"莉莉咕哝道。

我再次对他帮我们排除了故障表示衷心的感谢，然后便一把用力关上车门，开动汽车继续前进，同时努力不让心里那道牢狱之门 ② 打开。

---

① 约翰尼·哈里戴（1943—2017），法国歌手、演员。

② 约翰尼·哈里戴的歌曲。

4 月 12 日

亲爱的马塞尔：

不好意思来不及问你最近过得好不好，不过我得马上跟你说一件事，而且这件事现在正在进行着，你会理解我的吧，毕竟事情也分轻重。

当心点，你坐好了吗？

确定？

那我开始说了。

妈妈现在正对着麦克风大喊大叫，几乎要把嗓子都给喊破了。

我真想向别人举报她的这种行为，不过我既不知道该向谁举报，也不会说宜家语。所以我只能让我的耳膜在煎熬中慢慢死去了。

等等，我跟你解释一下事情是怎么发生的。

一切都是从昨晚开始，夜里三点时我被一个风钻的声音给吵醒了。其实，那是我妈妈在打呼噜，于是我就按照有次在《史高治》漫画里看到的做法，吹了声口哨，但是行不通，可能因为我不会吹口哨吧。然后我又试着发出很尖的叫声，听起来还挺像口哨的，但我没喊几声就停住了，因为克洛艾往我的小腿骨上狠狠地踹了一脚。

可是必须让妈妈雷声似的呼噜停下来才行，不然我根本不可能睡得着觉，于是我就想到了从《史高治》那儿看到的另一样东西：把她的小指泡在一杯水里。这当然不能直接让她停止打呼，但很有可能会让她尿床。一旦她尿湿了，就会醒过来，这样她也就不会再打呼噜了。这是基本的，我亲爱的惠特妮·休斯顿①。我从床上爬起来，往玻璃杯里倒了一点水，抓起妈妈的手，一根一根摸着去找她的小指，但我还没来得及找到，她就突然跳起来，结果我把水洒了她一身。

接下来，她就再也不睡觉了，但她看起来很不舒服。她呼吸急促，不停地冒汗，我问她需要什么，她回答说没什么事，都挺好的，但我还是对此半信半疑，因为她说这句话时牙齿都在打战。克洛艾提议让她来我们的床上，她过来躺在我们俩中间，姐姐抱着她，帮她揉揉肩膀，于是我就在另一边模仿她做同样的动作。我不知道最后她们睡着了没有，总之没有人打呼噜了。

今天早上吃早餐的时候，我和克洛艾对妈妈说接下来的行程我们想跟着朱利安的队伍。这样做会更谨慎一点，虽然要忍受一大群人。我倒不是不喜欢人，只不过我还是能躲开就躲开，就跟我尽量把蔬菜牛肉浓汤里的萝卜给挑出来是一个道理。她问我们真的是这样想吗？因为她更希望维持三个人一起旅行的状态，同时想办法不要离他们太远，但这毕竟是两码事。她最终还是承认跟着队伍会更好一些，万一遇到入室盗窃、汽车故障、老鼠入侵或者洒了一身水等情况时，别有人在附近的话，心里也会感觉更安全一点。

因为上面这些原因，所以今天在参观完卡尔马这座城市之后（这是诈骗，因为这里根本就没有一匹叫作卡尔的马，甚至连马都没有）（这就跟在狮城里昂却找不到狮子牌巧克力棒一个道理），我们就去和别的

---

① "这是基本的"为福尔摩斯的经典台词，全句为："这是基本的，我亲爱的华生。"此处莉莉将华生换成了另一位明星惠特妮·休斯顿（1963—2012），美国歌手、演员、模特。

游客会合了，我们停在海边一个类似停车场的地方，对面就是明天要去参观的小岛。

我不记得所有人的名字，不过总共有四辆房车：

——负责人朱利安，以及他的儿子诺埃，他今年十三岁了。

——两个爸妈以及两个小孩，一个男孩（小一点），还有一个女孩（大一点）。

——一对情侣，他们养了一条狗。

——两个老爷爷（一个叫迭戈，另一个我忘了）。

幸好我们不用所有时间都待在一起，不过今晚为了"庆祝我们的加入"，我们一起吃了晚饭。他们把全部的折叠桌子都搬到了外面，拼成一张大桌子。我坐在诺埃的旁边，因为至少我敢肯定他不会叽里呱啦说个不停。我不知道大人们是不是喝醉了，不过这会儿，就在我给你写信的这个时候，迭戈（那个老爷爷）唱起《点燃火把》①。我心里只有一个想法，那就是赶紧来个人照他的话去做吧。

好啦，我先跟你说到这儿了，我得去找个东西塞在耳朵里，好让自己安安静静地睡个觉。我好像在妈妈的洗漱包里看见过几个卫生棉条。

亲亲，马塞尔。

莉莉

附：有时候我真想变成你啊（不是指像你一样平，而是指像你一样没有耳朵）。

---

① 约翰尼·哈里戴的歌曲。

在开车前往厄兰岛的路上，我从每天三十分钟的手机使用份额里抽出一分钟，看看凯文有没有回复短信，还是一点消息都没有。只有几条伊纳斯发来的短信，向我转告了学校最近的一些八卦新闻。

然而，他明明在我的短信发出去四分钟后就读了信息的。我把那条短信翻来覆去地看了好几遍，试图找出里面令他不快的地方。

"你好凯文，很高兴收到你的信息！我出去旅游了，但我不知道具体什么时候才能回来，不过如果每天都能跟你发发短信的话，我会很开心的，有点像笔友那样！你本来想跟我说什么呢？吻你。"

我想不明白。我感觉自己的语气并没有太过强硬，在短信发出去的最后关头，我甚至还把那个心形眼睛的微笑表情给删掉了。可能是他没有时间吧。然而我在这儿最不缺的偏偏是时间。

每天的时间都缓慢地流逝，我仿佛觉得我们仨已经把能说的话全说完了。沉默从此成了房车里的第四位乘客。妈妈每次都千方百计地制造话题，但就是进行不下去。莉莉每次讲话都会离题十万八千里，我则几乎无话可说。这可真是奇怪，长久以来，我都期望妈妈有一天能少点工作，就像在爸爸离开家以前那段日子一样，这样我们便能有更多的时间待在一起。如今，情况的确如我所愿了，却并非我想象的场景。或许以后会实现吧。又或者，正如一门很久都不使用的外语，想要再用的话需要重新学习，我们三个人之间的相处也需要从头学起吧。

"我们到啦!"

妈妈把手刹拉起来。我们刚刚开车经过了小岛的一部分,沿着一条狭窄的柏油路往南面的尽头开去,道路的左边是牛群、羊群,还有风车,草地上散落着石头以及红色的小屋,右边则直接是大海,在太阳的照耀下闪烁着银色的光芒。

我们从车上下来,眼前矗立着高约翰灯塔。它独自立于天地之间,令人油然而生敬畏之情。

妈妈朝灯塔走去,我们跟在后面。莉莉获得准许,把老鼠也带了出来,她指着塔顶说:"我们要爬上去吗?"

妈妈摇摇头:"我们没有这个计划。"

"真可惜,我和马蒂亚斯,我们俩都挺愿意上去的!"

妈妈抬头望了望塔尖,她不用说话,我就知道她在估算台阶的数目。然后她同意了。

在灯塔的入口,一位工作人员解释说我们现在位于一处鸟类保护区,用望远镜的话可以看见各种各样的小鸟,说完她便借了一副望远镜给我们。

妈妈让我和莉莉走在前面,我们一行三人开始登塔。我和莉莉整整比她提前了五分钟到达塔顶。我想,这应该是她人生头一次想要享受跟一只老鼠同等的待遇。

辛苦还是值得的。混合着碘盐味道的寒风猛烈地拍打在我的脸上,在我的周围,蓝色被绿色所稀释,这样的景色如同世界的尽头,令人想要出发去冒险。我们全身裹着厚厚的大衣在塔上停留了一会儿,为了不错过任何一个角度的美景,围着观望台转了一圈。我们轮流用望远镜观赏四周的鸟类,有天鹅、海鸥以及我不知道名字的形形色色的珍稀小鸟。灯塔上只有我们三个人。在高高的塔顶上,我恍然间感受到了自由,而我原本以为只有等到成年才能领会。

就在我们准备下去时,莉莉突然大叫一声,伸出食指指着大海的方向。

"快看！那块石头！它动了！"

一堆灰色的大石头浸泡在海水中，跟我们刚刚所见到的遍布岛上的石头一模一样。妈妈下意识地把手贴到莉莉的额头上，探了探她的体温，可是我妹妹就是不肯罢休。

"快把望远镜给我，我跟你说了我看到它们在动！"

我把望远镜递给她，她调节好焦距后，忽然又蹦又跳起来。

"天哪，那是海豹！是海豹！"

我根本没打算从她手里抢走望远镜来自己确认，那样的话她肯定会咬我一口的。我拿出相机，把镜头拉到最远。妹妹没有看错。一群海豹正懒洋洋地躺在露出水面的礁石上晒太阳，这幅画面真是太神奇了！

我们快步冲下楼梯，打算走近去看一眼，然而守塔人并不建议我们这么做，因为这会吓到它们。因此我们只能远远地观察它们，最后才恋恋不舍地回到房车里，仿佛是在推迟回归现实的那一刻。

那种感觉很是奇异，我们三人都处在一种震惊的状态中回不过神来。妈妈并没有马上启动车子，甚至连莉莉也不说话了。但是这一次的沉默是不同的，它把我们团结在了一起。

就在刚才，我们完完全全被世界的美丽所折服。

安娜 —————————— Anna

　　和那群组队自驾游的法国人一起度过了三晚以后，我问莉莉和克洛艾是想继续和他们待在一起，还是我们仨独自上路。她们俩异口同声地大声嚷着要投票给第一个选项。

　　这个结果出乎我的意料。我原本想象这趟旅行只有我们三个人，如同被隔离起来，使得彼此重新开始沟通，又或者像是在一个被限制的空间里，我们别无选择，只能一起生活。我们会更深入地了解对方，一起共度时光，重新学会互相信任。我一直坚信这才是她们所需要的，不过也许是我高估了自己的力量。

　　在家的时候，我没有时间，却能找到解决问题的方法。而在这里，情况正好反了过来。

　　从早到晚的忙碌让我根本没有思考的空间。每天白天，我都有接连不断的任务要完成，家务、购物、文件、工作、换灯泡、准备饭菜、打开洗碗机，给女儿们写张留言条让她们记得把洗好的餐具拿出来摆放好，过会儿又给女儿们写张留言条告诉她们别忘了把洗好的餐具拿出来摆放好，最后还是得自己把餐具给拿出来摆放好……每天晚上，我都会直接瘫倒在床上，仿佛被人一棒子给打晕了似的瞬间睡着。

　　而在路上，我有时间思考，有时间分析，对当下的情况进行判断和总结。有时，我也会什么都不想。然而一个无所事事的脑袋，正是焦虑症发作的绝佳时机。

　　"要不我发动一次恐慌症吧？"掌控情感的大脑提议道。

　　"你没有任何理由这样做。"大脑的理智部分回应说。

　　"正好相反，没有理由就是最理想的理由！"

　　"谢谢，你太客气了。"

　　"别客气嘛！我已经很久没有考验过你了，再这样下去你会以为自己永远都是安全的。喏，我先把一小群蚂蚁军团送到手指尖去。"

　　"别了，说真的，我不需要。"

　　"太晚了。心跳节奏马上就要加快了！"

　　"停下来，否则我就……"

　　"你就什么？你根本就不是我的对手，这点你心知肚明。来吧，我再发动几阵热浪，然后启动颤抖模式。你还撑得住吗？"

　　"……"

　　"我是情感大脑，你怎么没声了？"

　　"……"

　　"好吧，它消失了。这回我又赢了。"

　　老实说，我并不害怕汽车出故障或者是入室盗窃。我害怕的是恐慌症发作，然而自己却无法控制住它。我担心自己失去意识，两个孩子突然变得孤独无助。一想到那些可怕的症状、那些恐慌的症状会出现，我就吓得无法动弹。事实上，我害怕的是恐惧本身。我害怕我自己。

　　我曾经设想过一路跟着房车队伍的路线，却又不和他们黏在一起，保持一种若即若离的状态。个别的夜晚聚在一起，但更多时候还是分开来。然而，也许被一群人所包围才是增加安全感的方法。

　　和他们在一起待了三晚之后，我开始结识另外的旅伴。我们每晚都会在露营地集合，随便什么时间抵达都行。场地由朱利安负责预订，我们只需要把车停在那儿就可以了。我们常常打照面，一边聊天一边去倒厕所污水，一起分享一瓶开胃酒，要是乐意的话还会一起吃个晚饭。

这群人当中包括朱利安，也就是组队自驾的发起人，他和自己十三岁的儿子诺埃一起旅行。诺埃长了一张柔和的脸庞，他总是沉默不语，却能连续好几小时目不转睛地盯着他的发光陀螺。虽然朱利安上次成功说服了我去参加卡拉 OK，可我还是得找一个信得过的理由来躲过下一次的主题派对：模仿秀。

然后是来自比亚里茨的一对新婚夫妇，玛丽娜和格雷格①，以及他们养的狗让 – 莱昂。他们每天都会花心思从参观的景点那里淘来一张明信片，寄给住在他们工作的养老院里的老人。我觉得我会和他们相处得很融洽。

接着是迭戈和埃德加，两个来自奥弗涅的八十多岁的老头。他们最初是打算和各自的妻子——马德莱娜以及罗莎一起出来旅行的，遗憾的是她们在上个月接连去世了，中间只隔了两周的时间。他们平时少言寡语，但每次开口，都会谈起她们。

另外还有弗朗索瓦夫妇，以及他们的孩子路易丝和路易姐弟俩，一个十七岁，一个九岁。其中太太是位律师，丈夫下海经商，他们之所以出来自驾旅游，是因为两个孩子对奢华的生活太习以为常了。他们希望所谓的"文化冲击"能让孩子变得脚踏实地。为了帮助子女实现这一目标，他们选了一辆颇为简陋的小型房车。

朱利安房车里的灯还亮着。我敲了敲门，他闻声打开，脖子上系着一条格子餐巾。

"我和诺埃每晚睡觉前都会喝杯热可可。你们呢，一切都还好吗？"

"都好都好，好得不得了！我过来是想跟你说，如果你这边没问题

---

① 两人也曾在作者的另一部作品当中出场——《当你长大了，你就会懂》。

的话，接下来的旅程我们会跟你们在一起。"

还没等我反应过来，他就已经跳起来紧紧地抱住我，拍了拍我的肩膀。

"我太高兴了！你做出了正确的选择。"

在回去的一路上，我都在尽力说服自己跟他同样确信这个决定是正确的。当我回到房车时，两个女儿都没有听见我进来的声音。

"我以前从来都没想到有一天我也会这么说，"莉莉悄悄地说，"但我的确开始想念学校了。"

"我再也没法待在这个巴掌大的地方了，"克洛艾进一步说道，"确实，方方面面都挺不错的，我们也见了不少美景，现在可以回去了！"

"你觉得我们应该跟她说吗？"

"不行，这会让她生气的。"

"那我们该怎么办？"

克洛艾思考了几秒。

"我们只需要让她感到后悔，从而产生回家的想法就行了。"她接着说道。

"对的！"莉莉兴奋地欢呼道，"我们要让这趟旅行变得让她受不了！"

我轻手轻脚从车里走了出去，在外面待了一小会儿，以消化刚刚听见的对话内容，然后我再用力大声地打开门，回到我可爱的姑娘们的身边。

4 月 18 日

Hej 马塞尔：

Jag heter Lily，jag är 12 år gammal.

（不过看起来你也不会讲瑞典语，上面这句话的意思是"马塞尔你好，我叫莉莉，我今年十二岁"。）

希望你一切顺利，也希望你不会觉得太冷。我要跟你说件事，但我还是太担心妈妈把你给找出来，逼你招供，所以我就写成字谜告诉你吧。

第一个词是"俺"的同义词，后面加上复数。

第二个词我想不出来，我就直接跟你说吧，是"要"和"让"。

第三个词是"马马虎虎"里隐藏的称呼。

第四个词是一种最常见的两条腿的动物。

第五个词是第五个数字。

第六个词是猫想喝水的原因。

第七个词和第四个词一样。

谜底就是我和克洛艾打算对妈妈做的事。

好了，你猜到了吗？

如果你猜出来的话，就给我个信号。

唉，你真不是个机灵鬼啊！

好吧，我把答案告诉你，不过如果有一天哪个人不小心发现你了（除了我以外），你要一下子把自己给合上，然后直接跳到那人脸上，接着立马飞走，明白吗？

行，那么答案是："我们要让妈妈忍无可忍。"

为了要让妈妈产生回家的想法，我们会把全部的方法都给用上。

我和克洛艾聊了很多，的确我们在路上度过了不少快乐的时间，不过露营真的是五分钟过后就没劲了。如果在我出生的时候有人告诉我旅游会是这个样子，我肯定扭头就回到妈妈肚子里待着。我现在真想回到我的房间、我的床上，旁边就是漫画《史高治》和我收藏的石头，还有矿物，我想要一个人待着，想怎么跳舞就怎么跳舞，没有克洛艾在一旁嘲笑我。她也想回家，这是唯一一次我们想法一致，我们都觉得应该好好珍惜这次的团结，联手作战。

所以呢，今天下午我们做了第一次尝试，并且我们三下六除二①就搞定了。当时我们正在参观一座叫瓦斯泰纳的中世纪城市，就在韦特恩湖的湖边。那里的确很好看，不过好看的东西其实都长得很像——你只要见过一个，就等于见过全部了。

逛了一阵子，妈妈忽然想去城堡里转一圈，克洛艾暗示我是时候行动了，然后她就说她想先休息一下。我们那时正在一座高塔底下，我趁着妈妈不往我这边看的时候，从大衣里把马蒂亚斯掏出来，放到她的脚下，同时心里祈祷它可别逃跑了，但她没有马上发现它。这是因为她叽里呱啦说个不停，一会儿说这里的护城河，一会儿讲那边的围墙，后悔自己没把该做的事情给做好，她应该先查查维基百科再过来的，等等。

---

① 莉莉的笔误，应为"三下五除二"。

我的小老鼠应该明白了我们对它的期望，所以它就紧紧拽住妈妈的牛仔裤，沿着她的小腿一路往上爬。在这之前，妈妈费了好大劲才接受了有只老鼠就在离自己几米远的地方这个事实，但她从来都没碰过它，每次碰见它的时候还是会大喊大叫。我看见一双眼睛因为恐惧而瞪大（是妈妈的眼睛，而不是马蒂亚斯的），她紧张得整个人都缩了起来，尤其是当那条长长的尾巴（是马蒂亚斯的尾巴，而不是妈妈的）围着她的脚踝绕了一圈时。克洛艾偷偷给我使了个眼色，表示她很满意，可我还是屏住呼吸，担心妈妈像踢点球一样一脚就把我的老鼠给踢飞了。但是马塞尔，你要是不相信也没关系，因为接下来妈妈不但没有大叫，而且还朝我微笑，跟我说马蒂亚斯真是太黏人了。我觉得她怕是吓傻了吧。

我们俩都觉得挺没意思的，但我们是不会放弃的，不能再坐失良机了，我们得站起来。我和克洛艾决定下一次直接加速到最高挡。

好啦，我先说到这儿，今晚是"模仿秀"主题派对，妈妈说不能只有我们家不参加。幸好那儿还有诺埃。昨天，我给他展示了怎么用一个玻璃杯来演奏音乐，他看起来还蛮喜欢的。

亲亲，马塞尔。

莉莉

附：肉桂面包卷好吃到我根本停不下来，那是一种加了肉桂的小小的甜面包，幸好我不是眼大肚子小，想吃多少就吃多少。

克洛艾
连载专栏

今天早上，我是第一个醒来的。我蹑手蹑脚地走了出去，因为我需要透透气，独处一会儿。昨天我们抵达了斯德哥尔摩，接下来的三天都会停在这里。妈妈至今为止仍然没有投降。

路易丝，那个有钱人家的小孩，正在摆出一些瑜伽的姿势。她热情地朝我打了个招呼，但我连嘴巴都懒得张开，随便应付了一句。看得出来她在尝试接近我，只要一有机会，她就会过来跟我讲话，但我跟她实在是无话可说。我们之间唯一的共同点只有年龄。她身上穿着羊毛连衣裙和与之相称的连裤袜，对每一个迎面走来的人都面露笑容，甚至对一块木头也会微笑致意。她说话的声音如地毯般柔软，尤其厉害的是，她打喷嚏时居然能悄无声息。

因为不想再见到她，我特意绕开几步，结果却碰见了两位老爷爷，他们正在太阳底下吃早餐。埃德加邀请我加入他们，我欣然接受了。迭戈给我找来一把椅子，让我坐下。咖啡非常难喝，就跟我迄今为止所喝过的所有咖啡一样。我一直都希望有一天能喜欢上喝咖啡，包括吸烟也是，然而期待总是落空。于是在那一天来临之前，我还是乖乖地往里面加了两块方糖，平时也就只是叼根烟头装装样子，却从来都不吸上一口。

两位老爷爷都不怎么健谈，不过我知道哪个话题能让他们打开话匣子，省得自己好像是特意过来蹭他们咖啡喝似的。

"对了，你们的妻子叫什么名字？"

迭戈叹了口气，眼神一片茫然："她叫马德莱娜。她以前一直都盼望着来斯德哥尔摩看看……"

埃德加扶着桌子站起来，蹒跚着走回房车里。过了一会儿，他又走出来，手里拿着一个相框。

"左边的是马德莱娜，右边是我亲爱的罗莎，"他边说边递给我看，"她们俩是好朋友。"

照片上，两个满头银发的女人站在类似湖畔的地方，她们手挽着手，笑容灿烂。

"她们依然每时每刻都守候在我们身边。这趟旅行，我们是为了她们而出发的。结束之后，我们就可以去和她们团聚了。"

迭戈也点头称是，道："我这一辈子都对死亡怀有强烈的恐惧。这种恐惧从来都没有消失过，然而自从我的妻子去世后，比起死亡，我更害怕没有她的生活。"

埃德加大声地擤了擤鼻涕。我连忙一口把咖啡喝光，一边道谢一边从椅子上站起来。我从来都不喜欢在别人面前流眼泪。

跟我同龄的女孩子大都会接二连三地谈几场恋爱，却从不真心投入。她们从不许下承诺，真情实感就更稀罕了。但我所追寻的不是爱情，而是那个执子之手与子偕老的人。我希望他能够占据我所有的思绪；当他不在我身边时，我就觉得自己仿佛缺了一块；不需要任何言语，他便可以理解我；我渴望了解他的全部，从而感到安心；我期盼每次见到他时，都会幸福得直冒泡；我想要一听到他的声音，便会激动得战栗；只有他在身旁，我才会幸福。我多想能像埃德加和迭戈爱他们的妻子一样去爱别人。我多想能像妈妈被爸爸深爱那样被别人所深爱。

在回去的路上我遇到了妈妈，还有莉莉。她们正准备去自行车租借点询问具体的信息。手机正好放在了车座后面的挂袋里，我便顺手拿出来，然后坐到床上。凯文还是没有回复，但上面显示他是在线状态。我连忙敲了几个字，赶在自己后悔前发送出去。

"你好凯文，我只是想告诉你说我想你了。我很想很想你。爱你，克洛艾。"

下一秒，回复就出现了。我的心顿时像悠悠球一样七上八下。

"嘿，你又多想我？"①

"十分想。"

"证明给我看。"

我正琢磨着他期望我做什么时，他就把话中之意给补充上了。

"我想你的奶了，发张照片给我。"

悠悠球的线猛地被扯断了。这并不是我所盼望的，然而或许在凯文看来，爱情是通过心以外的东西来展现的。

我扫了一眼四周，尽管按理来说没有人能看到我。我把衣服的袖子脱下来，解开内衣的搭扣。然后我用一只手把T恤衫和毛衣提起来，另一只手把手机镜头对准自己的胸部。我正犹豫着应该俯拍还是仰拍时，车门突然打开了。是妈妈。我吓得赶紧放下手机，然而忘了把衣服也给放下来。

"你在干什么？"她问我。

我没有回答，因为眼前这个情景不言自明。但她还是不依不饶地问我："你在拍自己的胸吗？克洛艾，回答我！你为什么这么做？"

我几乎觉得自己的五脏六腑都绞到了一起。裸露着胸部躺在一张不怎么舒服的床上，只为了换取一点微不足道的爱就赤身裸体，我从母亲的眼里看见了自己的可悲。

我羞愧得无地自容，对自己生起气来。结果我却把脾气发到了她的身上。

---

① 凯文打的错字，应写作"你有多想我"。

"你别管我！"我扯着嗓子吼道，"你管我干什么，滚出去！你难道没看出来，你的那些批评，还有命令快把我给憋死了吗？"

"克洛艾，你马上给我停下……"

"停下什么，嗯？不能再把胸露出来给别人看，不能再跟别人上床吗？但是妈妈，你问过我为什么要这么做吗？你问过自己是不是也要对此负上一点责任吗？也许你没有离开爸爸的话，我们也不会走到今天这个地步……"

她僵在原地，一言不发。我想要停下来，可是那些话却不受控制地从我嘴里迸出来。我想要让她难过痛苦。我瞄准目标，装上子弹，最后开枪。

"又或许你自己有妈妈的话，你能做得更好一点。"

安娜

我有过一个妈妈，她叫布丽吉特。我经常缠着她说话。我做什么事都会问她的意见，发生的任何事情我都会第一个告诉她，每年到了她的生日，我还会给她写首诗。

她是在一个周五去世的。那时金合欢花正好盛开，我便从邻居布朗夏尔先生那儿偷偷摘了几束。回家的一路上，我都能闻到那些黄色绒球的香味。我迫不及待地想让香气飘满整个客厅。那是她最喜欢的花朵。

她躺在地上，就在厨房的烤箱前面，里头还在烤着食物。

我试着把她抬起来，用力地推她，轻轻拍打她的脸颊：我不停地大声哭喊，苦苦哀求，最后哭得声嘶力竭。任何一个母亲，都会在听到自己的孩子哭泣时醒过来的。

"妈妈，快看看呀，我带了金合欢花回来。妈妈，求求你了……我在学校朗诵了自己的诗，老师说我写得很好，我还得到了一张小奖状。你快来看看我的奖状，妈妈！对了，我今天还见到了一群鹤飞过，你过来，我们去外面，妈妈，我敢保证我们还能看到其他的。妈妈……你可怜可怜我呀，妈妈……"

我想去找人求助，但我不能把她一个人留在那里。

我把手放在她的胸口上，用力地按下去。我有一次在电视上看到过这样的做法，节目里的那位先生就醒了过来。我按了很久，直到双手一点力气都不剩了。在那一刻，我才明白过来。我跑去沙发把那条花格子的毛毯拿过来，然后躺在她身边，把头靠在她的脖子那儿，我把毛毯盖在我们两人身上，轻轻哼着她每晚柔声唱给我听的歌。

一直到父亲下班回家，我还在不停地唱着。这是他后来告诉我的。当时天已经黑了，食物早就烤焦了。我只记得金合欢花的绒球，散落在厨房冰冷的地面上。

那年我八岁，是家里的独生女。父亲三十岁，成了丧偶的鳏夫。外婆五十四岁，成了失独的老人。我们三人把各自的痛苦编织在一起，形成一份巨大的、毁灭一切的、无法承受的痛苦。也许我们都在希望，三人并肩的话悲伤便会减轻一些。然而事实正好相反，因为看着自己所爱的人伤心反而会令人加倍地悲痛。

我迫切地想要长大，盼望能早一天成为母亲。

自从听到她们的第一声哭喊，我的生活就只剩下了一个目标，那就是要让我的女儿们幸福。

她们的爸爸总是指责我把自己生活中的太多位置让给了她们。他说得对，而且他甚至是低估了现实：我简直把自己全部的生活都让给了她们。我的每一个行动都是出于想要看见她们的小脸蛋上绽放出笑容。这并不是牺牲，其实反而算是自私——因为只有她们幸福，我才会幸福。

我特别珍爱她们年幼的那几年，那时候我们仨时刻陪伴在彼此身边。克洛艾，我的小甜心，总是要靠着我才能睡着，会把自己所有的画都送给我，并且发誓永远都不会离开我。莉莉，我的开心果，会偷拿我的裙子当成披风穿在身上，总是要我讲恐怖的故事给她听。

"妈妈，秋秋你了，亲爱的妈妈，我外你，我喜番你。"①

我所见过的最动人的场景，便是看着她们长大。

我有一个柜子，里面塞满了我舍不得扔掉的东西。她们的第一件睡衣、第一个奶嘴，她们的全部涂鸦，甚至连那些什么也不像的画我也都留着，莉莉每天放学回来的路上捡的那些"滑溜溜的小石头"，克洛艾的橡皮泥，她们俩的毛绒玩偶、乳牙、第一双小鞋子，用来播放安眠曲好让她们入睡的手机。"慢慢地，慢慢地，慢慢地一天过去了……"还有其他许许多多的回忆。我很少打开它，因为一旦沉浸其中，怀念便会将我淹没。我很早就听说过时光飞逝，可我从未想过它会如此之快。

我有时觉得，我们仿佛坐在同一辆公交车上，它注定只能朝一个共同的方向前进。我们在车上相遇，在车上失去联系，我们偶尔会相伴一段时间。有些人在终点前就下车了。我们无法刹车，甚至让它停下片刻都不可能，我们唯一能做的，便是尽可能让旅途变得愉快。

当我在三十七年前踏上这辆公交车时，我和两个人坐在同一张座椅上：他们是我的父母，直至我的母亲提前下车。我继续一个人的旅程，父亲和外婆从不曾远离我。后来马蒂亚斯坐到了我的身边，我深深地依赖着他。再后来就有了克洛艾，接着是莉莉。

自此之后，旅程便有了意义。纵然当中有过打击，有过意外，在这辆车上我依然觉得很幸福，因为我知道我为什么会出现在这上面。但同时我也预感到了那个交叉点，它在靠近，而且速度越来越快。克洛艾很快就要换座位了。总有一天，莉莉也会。我会为她们感到喜悦，但我会为自己哭泣。路上的风景会黯然失色，座椅变得不再舒适，旅途也不再使人兴致盎然。我隔着玻璃窗，旁观自己的生活飞逝而去。

---

① 即"妈妈，求求你了，亲爱的妈妈，我爱你，我喜欢你"。

我并不认为自己是个好妈妈。我的女儿过得不好，我自己也犯过错。每当我要做决定，或者是要对一些事情做出反应时，我都会思考这是不是正确的。每一个行为，哪怕是那种表面上看起来无足轻重的，都会带来一定的影响。父母就如同走钢丝的杂技演员，我们手中捧着一个易碎的包裹，走在一条绳索上，两头分别是"太多"和"太少"。

父母必须时刻关注孩子，却又不能让他以为自己是世界的中心；要想方设法逗他开心，不能让他感到厌烦；要让他的饮食保持均衡，但也不能不给他零食吃；既要给他信心，又要让他懂得谦卑；既要教会他与人为善，但同时也要学会不被别人欺负；要耐心向他解释各种各样的事情，而不是只从自己的立场去辩解；孩子需要好好努力，但也得懂得劳逸结合；他要学会热爱动物，同时也要保持警惕；大人要陪小孩子一起玩耍，但有时也要让他自己一个人无聊地待一会儿；既要教会他独立，然而其间仍要一直陪伴在他左右；要宽容而非纵容，要严格而非严厉；既要征询孩子的意见，但又不能让他决定一切；既要告诉他事情的真相，又不能伤害到他纯真的那一面；既要爱他，又不能溺爱他；既要保护他，但也不能把他给关起来；既要抓住他的手，也要慢慢放手让他离开。

我曾经以为这趟自驾旅行会是一种解决问题的办法。在过去的几年间，为了能够支撑家庭的开销，我不得不马不停蹄地工作。我总是认为我的缺席是造成两个女儿烦恼的根源，心里想着只要重新跟她们在一起，就足以填补我们之间的裂缝。然而她们都不再是三岁的小孩子了，我的怀抱再也不足以治愈她们的伤口。

也许克洛艾是对的，也许我不应该把她们的父亲给赶走。也许，如果我的母亲能一直活到我像克洛艾这个年龄的话，我就能以她为榜样，如今就会少犯点错了。

我进到车里，把门关上，毫不犹豫地走到克洛艾跟前，也不知道接下来我会对她破口大骂还是会尝试去沟通。她朝我抬起头来，脸上因为愤怒而扭曲。在我面前的是一个女人，一个在挑衅我并且憎恨我的女人。然而，从她的眼底，从她那双遗传自父亲的墨蓝色瞳孔底下，我看到了我的小姑娘在向我求救。

4 月 21 日

亲爱的马塞尔：

最近日子真不好过，我都不想说了！

首先，家里有人吵架了。我当时听到有人在大喊大叫，那是克洛艾的声音，我就走进车里想看看发生什么事了，结果就见到她被妈妈抱在怀里，不停地重复说"对不起，对不起"，两个人抱头痛哭。我差点都以为这是一出没有音乐的音乐剧了。我问她们俩是不是切洋葱了，她们都不回答我。说真的，马塞尔，我不懂哭有什么用，尤其是大家都知道现在地球缺水，这简直就是浪费。

然后，又发生了一出悲剧。我现在想想还是会起一身鸡皮疙瘩。我们当时在斯堪森博物馆，这是一个充满生活气息的博物馆，就好像是一座时间停止了的城市。里面展出了一些身穿古时候衣服的人，我们参观了一家卖缝纫用品的商店、一家印刷厂、一所很老旧的学校，甚至还看到了一个吹玻璃的工人，我们差点都以为自己回到了过去或从前。我玩得很开心，直到妈妈忽然注意到我在不停地挠头皮。她想看看是怎么回事，被我拒绝了，但她也没让我有别的选择，显然，我就只是寄居在我的身体里而已，她才是真正的主人。

当发现那些虱子时，她往后跳了一步，尖声叫着说我被害虫入侵了，得赶紧找一家药店买药除虫。我说那就得先把我给除掉，没有人可以杀掉我的虱子，想都别想，它们之所以选择我的头绝不是偶然的，我要保护它们。我觉得妈妈的眼珠子快瞪出来了。克洛艾在一旁笑得眼泪都出来了，她可能以为这是我故意对妈妈使坏，好让我们能回家，但问题是，这次我是认真的。妈妈最后同意了我的做法，于是白天剩下的时间，我们都是照常度过的。

结果到了晚上，一进到房车里，她们两个就朝我扑过来。趁克洛艾把我困住时，妈妈往我头上喷了一些臭烘烘的东西。我拼命反抗，大声喊说我要控告她们，因为她们犯下了对濒危的虱子见死不救罪，可她们还是无动于衷。

我可怜的小虱子们在她们的进攻下全部死光了。我用火柴盒给它们做了一副棺材，然后把它们埋在一棵圣诞树的脚下，同时唱道："我会长眠在虱子的天堂，那儿的头发那么长，长得人们把时间都遗忘……"妈妈和克洛艾也想来参加葬礼，不过我拒绝了这两个杀虫凶手到场。相反，我倒是接了路易丝和路易他们俩过来，虽然我隐约觉得小的那个弟弟有点看不起我。

另外，他们姐弟俩的日子也不好过。他们的爸爸妈妈——弗朗索瓦丝和弗朗索瓦——完全就是脑子有毛病。你想象一下，他们居然强迫两个小孩去洗冷水澡，睡在很薄的床垫上，每天只给他们十瑞典克朗买东西吃。路易丝跟我解释说他们住在一座很大的房子里，有一个泳池，百叶窗是电动的，冰箱还有自动制冰功能，他们在别的国家也有房子，经常要坐飞机，甚至比空姐还频繁。因此，舒适的生活对他们来说是一件理所当然的事情，他们对金钱没有概念，正是因为这个，他们的爸妈才想让他们见见别的世界。我不大明白他们怎么会对价值没有概念，但我跟你说，如果我有一台能自动制冰的冰箱，我肯定会每天都给它留言对它表示感谢的。不过算了，这永远都不会发生的，我又不是财神爷转世。

　　没有最糟糕只有更糟糕，那就是我爸爸打电话过来了。这一次，我不得不跟他说了几句话。他问了我很多问题，在这边过得怎么样之类，我只用是或不是来回答，然后就把电话交给姐姐了。看来，他以为人是可以远程当爸爸的。

　　好啦，我先跟你说再见啦，我今晚的心情特别沮丧（就跟斯特凡纳[①]一样，"是特烦哪！"），我并不是一个好的伙伴。

　　我只是暂时停笔，但我喜欢你的心情是不会停下的。永（远）爱（你），（永）不（分）离。

莉莉

　　附：但愿真的有一个虱子的天堂，这样它们就能跟跳蚤、阴虱一起过节了。

---

　　① 斯特凡纳·贝恩（1963—），法国记者、主持人、作家，原文中莉莉以他的姓氏开玩笑，因为法语中的贝恩（Bern）与降半旗（berne）的发音相同。

克洛艾
连载专栏

妈妈提议去斯德哥尔摩的老城散步，而且是只有我和她两个人。

自从发生了虱子事件后，我差点就以为她想回家了，然而她的热情竟然丝毫没有退却。我和莉莉联手继续找寻新的方法让她原路返回，但说心里话，我觉得我们每个人其实都知道，这趟旅行一定会进行到底，哪怕只是为了兑现我们对曾外婆许下的承诺。况且说到底，这也不是那么糟糕。我还挺喜欢和妈妈对着干这个小游戏的。不仅是因为好笑，更是因为，我已经很久都没有和妹妹相处得这么融洽了。

我接受了妈妈的邀请。我已经不记得上一次和她单独相处是什么时候的事了。我暗自发誓说不要再惹她生气，希望她能原谅我在上次争吵时说错的话。

我们沿着石头铺就的小路漫无目的地闲逛，进去的小店一家比一家漂亮，我们去了老城里最为狭窄的小巷——马丁·特罗齐格小巷，中途还买了糖果吃。我拍了许多照片：与蓝色的天空形成鲜明对比的彩色房子，水中的倒影，妈妈站在国家桥上，妈妈站在瑞典皇宫前，妈妈站在斯德哥尔摩大教堂前。

"把相机给我，我也给你拍张照片。"其间她忽然对我说道。

她坚持了好几次我才答应。为了拍照而故意摆姿势总让我觉得不自在，尤其是当拿相机的那个人还得花上一刻钟来取景，结果拍出来还是糊了。可这对我来说却正好，因为我并不喜欢自己的模样。哪怕从小时候开始，别人就总是夸我长得好看、特别上相，说我有一张漂亮的脸蛋、一双动人的眼睛，嘴唇丰润、侧脸完美，但完全没有用，每当我从屏幕或者镜子当中看见自己时，所有缺点都会集中起来，令我感到厌恶。因此，每天早上在浴室里，我都会一丝不苟、有条不紊地拿着刷子在自己脸上来回舞动：先抹上榛子体积大小的粉底液，使皮肤变得光滑；扑上棕色的修容粉，使脸颊显得凹陷；接着画上眼线，刷上三次睫毛膏从而使眼睛更有神；涂上口红，让嘴唇更有色泽；喷点香水；最后再把几缕头发缠在卷发器上，烫成发卷，我便戴上了一个无懈可击的面具。

我们都有点饿，于是就去买了炸鲱鱼配土豆泥，坐在河边的长椅上吃起来。就在快吃完时，妈妈突然想起来要跟我谈一谈。

"你还在生气吗，克洛艾？"

"你为什么这么想？"我为了避开问题，反问她道。

我感觉到她看向我的视线，但我还是继续盯着眼前的河岸。

"我就是有这种感觉而已，是我猜错了吗？"

我用一小张纸巾擦了擦嘴。

"奇怪的是，连我自己也不知道。其实，还是得看实际情况吧。有时候，我会觉得很伤心，纯粹就是伤心，没有任何理由，可下一分钟，我又兴高采烈的。有时候，我气得火冒三丈，真是气得不行，我会说一些恶毒的话，结果说完反而让自己更生气，但我就是没办法不说出来。我觉得我……"

我猛地停住。这个想法已经在我的脑海里盘旋了许久，然而用语言把它说出来，会让它真的变成现实。

但妈妈仍坚持问下去："你觉得什么？"

"没什么。"

"克洛艾，你可以跟我说的。我不是你的敌人，我只是想尝试去理解你。"

我斟酌再三，毕竟让我卸下面具太难了。每次诉说自己的心事，我都好像是在撕下自己的一层保护膜。而这一次更是有过之而无不及，因为这件事太敏感了。如果我的猜想是真的，那我就更应该保守秘密。但如果我猜错了，或许妈妈还能安慰安慰我。于是我转过头去，直直地看着她。

"你保证你不会骂我？"

"我保证。"

"好吧，我说。我觉得我疯了。"

她尽力不让任何情绪流露出来，但我还是能看到她的脸上写满了忧虑。她一把抓住我的手说："我不认为你哪里疯了。你只是一个十几岁的少女而已，我的宝贝。"

"可是班上别的女生都不会像我一样！我是唯一不停自我质疑的人，并且总是反复无常，控制不了自己的感情。我知道自己高度敏感，但这也太夸张了吧！我觉得自己太过与众不同了……"

她没有回应什么，只是轻轻地摸了摸我的手。

我们回去时，时间尚早。莉莉还没回来，她跟着玛丽娜和格雷格去参观瓦萨沉船博物馆了。妈妈走到离房车有一段距离的地方，我隔着车窗望见她在打电话。

晚饭刚吃完没多久，她就把手机递给我，说："喏，我让你外公扫描了这份东西。"

然后她就走开了，留下我一个人。我看着屏幕，上面是一篇手写的文章。往下滑动又出现一篇，接下来又有一篇，总共有十多篇文章。

我花了一个多小时才把它们都读完。其中很多是诗歌，署名是我的妈妈。根据日期来推算，那时她在十四到二十岁之间，直到我出生为止。

妈妈的文笔富有诗意与哀愁，她在诗里写到了逝去的时光、缺憾、死亡、童年、离弃，她试图找寻生命的意义，谈到了人世间的种种悲剧，包括爱情、孤独、恐惧，当中有好几首诗献给了她的母亲、父亲、外婆，以及小时候的自己，还有她将来的孩子。

自打我出生以来，周围的人都在惊叹我和爸爸简直像是从一个模子里刻出来的：红棕色的鬈发、深蓝色的瞳孔、细长的双腿。妈妈却好像丝毫不感到忌妒，她总是一笑置之，仿佛一点都不在乎似的。这无疑是因为她打心底清楚，实际上，我最像的那个人，其实还是她。

"这些印着花的窗帘看起来很高雅！"玛丽娜一边摸着布料一边忍不住赞叹道。

我对她的赞美表示感谢，但下一刻就意识到了话中的讽刺。要不是让内特嫁给了我父亲，我肯定会认为她的品位有问题。

我邀请玛丽娜和格雷格过来吃晚饭，为了感谢他们带着莉莉去了瓦萨沉船博物馆。她当初非要去看一眼，结果到最后却一点也不喜欢。

"我不明白专门为一艘沉船建一座博物馆有什么用，弄得就好像船沉了这件事很伟大似的，"当我们紧挨着桌子坐下来时，她这样阐述自己的观点，"那过不了多久，人们就会为掉下来的飞机建一座纪念碑了。"

玛丽娜扑哧笑了出来。

"我真喜欢这个小家伙！她几乎让我自己都想生个孩子了！"

我往每个盘子里都盛满了肉丸，除了给莉莉的那盘，因为她突然决定要当个素食主义者，另外克洛艾的盘子我也没装满，因为她在斯德哥尔摩老城已经吃撑了。她们俩鬼鬼祟祟的，但我还是在不经意间瞥见了她们彼此之间的会心一笑。我转头对我的两位客人说："那么，如果我没理解错的话，这是你们的蜜月旅行咯？"

"更准确地说，应该是我们把蜜月延长了，"格雷格用叉子戳起一个肉丸说，"一开始，我们只打算走马观花地环游欧洲一圈，但我们俩太喜欢房车自驾游了，都想再继续下去。我们算了一笔账，决定休上一年的假。嗯，这肉丸子也太好吃了吧！"

"谢谢！不过这也不是我的功劳，这是从斯德哥尔摩一家熟食店里买来的，我只负责加热就行了。我去开第二瓶酒，你们谁想喝？"

"对于红酒我是永远来者不拒！"玛丽娜立刻回道，同时高举酒杯，"对了，那你们呢？为什么只有女同胞出来旅游？家里的爸爸呢？"

之前我就已经注意到玛丽娜是那种性格直爽的类型，但我也没想到会是这么直接。格雷格轻轻用手肘捅了捅她。

"干吗？"她吃惊地问，"别人都想知道这个问题，但我更情愿面对面直接问！"

我正准备回答时，莉莉却抢在我之前开口了："他把我们给抛弃了。"

"胡说八道！"克洛艾马上反驳道，"他隔三岔五会给我们打电话，要是条件允许，他肯定会更经常接我们过去团聚的！"

"你瞎说什么！你真的以为他没办法接待我们？"

"闺女们，够了啊……"我连忙制止道。

"那跟他完全没有关系！"克洛艾发火了，"是妈妈不让他来看我们的，他亲口跟我说过！"

我重重地把酒瓶放下，既让两个女儿都安静下来，也让我猛烈的心跳平复下来。

玛丽娜试着转移话题："这些肉丸子真是好吃得要命。你们两个小姑娘应该尝一尝的，不然过了这村就没这店了！"

莉莉飞快地扫了她的姐姐一眼，后者明显还在气头上，然而她的怒气在好奇心面前还是败下阵来。只见克洛艾慢慢地松开抱在胸前的手臂，往自己的盘子里盛上食物，然后抿了一小口汤汁。她皱皱眉头，又试了第二口，接着便把叉子递给了她的妹妹，莉莉也跟着舔了一下。我装作若无其事地继续和玛丽娜以及格雷格聊天，但其实姐妹俩之间无声的对话我听得一清二楚，只是没有表现出来而已。

　　莉莉：这个一点都不辣！

　　克洛艾：我知道，可是我不知道是怎么一回事！

　　莉莉：你确定你放得够多了吗？

　　克洛艾：我把整袋都倒进去了！他们现在应该辣得喷火才对啊……

　　莉莉：无风不起浪，没火哪儿来烟。

　　我努力忍住笑意。我这两个深谋远虑的女儿万万没有想到，我在垃圾桶里发现了一包空了的哈里萨辣酱后，就把肉丸过了水，自己临时制作了另一种汤汁。她们万万不会料到，其实不止她们俩在暗中耍把戏，我这个妈妈也从来都不喜欢认输。

　　当玛丽娜和格雷格回去时，我已经醉得晕头转向了。瑞典的红酒一不小心就容易喝过头。莉莉正在她的本子上写东西，克洛艾在卸妆。这时，手机上绿色的指示灯闪了闪。

　　我并不是故意偷看这条短信的，我只是想看看时间而已。然而那张照片占据了整个屏幕，刺眼而粗暴。照片下方有一行字，一个叫作凯文的人写道："轮到你了！"

　　我觉得很恶心。我究竟是做错了什么，才会让我的女儿以为人们必须靠交换隐私的照片来吸引对方？我究竟是哪里做得不好，才会让我的宝贝以为爱情的萌芽是从这些暴露的短信开始的？

　　我赶紧关掉这张恐怖的图片，并且写下回复：

　　晚上好，凯文，我是克洛艾的妈妈。我更乐意先认识您的样子，而不是您的隐私部位，不过我猜您应该是太害羞了。既然你们的关系已经进展到了这一步，那么我们是时候见个面，讨论一下婚礼的细节了。另外请您带上您的父母，我的女儿已经迫不及待地想把自己的全部展示给他们看了。回头见啦，我亲爱的女婿。

丈母娘

另外，多穿点衣服，您要是着凉的话那可就太糟糕了。

发送。

删除信息。

懊悔。

睡觉。

4 月 24 日

亲爱的马塞尔：

　　希望你一切都好！我过得还行，谢谢你啦。

　　我们刚刚来到法伦这个地方，每次遇到一座红色的木房子或者是一片湖泊，妈妈和克洛艾都只会高兴得大声尖叫，弄得就好像是在贾斯汀·比伯 ① 的演唱会上似的。我可是受够了所有这些森林，还有大树，几乎到处都是，我现在就等着看查理·英格斯 ② 会从哪个地方突然蹿出来了。

　　我之前跟你提过诺埃，就是那个从来都不说话的男孩子。我很喜欢跟他一起打发时间，可能正是因为他什么都不说，又或者是因为他的举止总是很温柔。每当我看向他时，都会让我想起以前做阑尾炎手术前，别人给我的那颗让我放松的药丸。

----

　　①　贾斯汀·比伯（1994—），加拿大歌手。

　　② 　查理·英格斯是作家罗兰·英格斯·怀德的父亲，后者根据自己的成长经历，写就了"小木屋"系列图书，其中最具代性的作品为《大草原上的小木屋》，叙述了作者一家人从大森林迁徙至大草原上的经历。

昨天晚上，我想把马蒂亚斯介绍给他认识。我问他的爸爸我能不能见见诺埃，他爸爸就让我进到车里，当时诺埃躺在床上，盯着天花板上晃动的灯光。我在他身旁坐下来，跟他说了几句话（因为我不确定他刚才到底有没有看见我），然后我就把马蒂亚斯从毛衣底下掏出来，放在他的被子上。虽然我跟它好好解释过要慢慢来，它却直接朝着诺埃的头那儿跑过去，藏到了他的头发里。诺埃一下子坐起来，拼命地喊啊喊啊喊啊，直到喘不上气。我试着让他镇定下来，摸了摸他的胳膊，结果情况更糟糕了，于是我就把马蒂亚斯抓起来，放回自己的毛衣里。诺埃的爸爸马上就跑了过来，他紧紧地抱着自己的儿子，抓住他的双手不让他乱动，同时特别凶恶地瞪着我，命令我离开。我走到车外面时，还能听到诺埃在尖叫。我并不是想吓唬他的，我对天发誓，我只是想逗他开心而已。

过了不久，朱利安过来我们的房车这儿。妈妈当时穿着一件很丑的睡衣，看得出来她很害羞，但她还是让他进来了。

他问我究竟发生了什么事，我跟他解释了一遍，气得妈妈直瞪眼。朱利安说我是出于好心，可是对待诺埃必须慢慢来，不能还没学会走，就要他飞上天。显然，这些都是因为他患有孤独症，因此他几乎不怎么说话，偶尔会大喊大叫，他不喜欢人们碰他，也不喜欢人们盯着他看，人们可以和他交流，但不是以普通人之间的那种方式。他很喜欢各种光、会转的东西，还有马，他非常热爱大自然，树木、群山、广阔的空间、星星、雨、极光、午夜太阳……所以，朱利安为了带他出来旅行，就没去上班，其余的时间里，诺埃会去一所专门的学校。

朱利安回去以后，妈妈跟我说要对诺埃好一点，不能因为他跟别人不同就乱开玩笑。我什么都没有回答，但我从来都没打算要嘲笑他什么。因为在学校里，我也是那个跟别人不一样的人。

大大的亲亲送给马塞尔。

莉莉

附：原来孤独症儿童也叫"天真者"，你发现了吗？"天真"和"天才"其实只差一个字而已。

4 月 25 日

天哪，马塞尔，我又给你写信了！

你看到它了吗？快跟我说你也看到了！你看见它有多美了吗？

哇啊啊！！！

克洛艾
连载专栏

　　我之前从未希望能看到这种景象的，别人告诉我们说在这个季节很罕见，因为到这时已经没有真正的夜晚了，只有漫长的黄昏而已。

　　我当时睡得正香，突然有人过来用力地敲房车的门。是朱利安，他叫我们赶快出去。时间已经过了午夜，我差点就倒头又睡过去了。要是那样的话，我可就后悔不迭了。

　　寒意猛地向我袭来。瑞典的夜晚，可真的不是开玩笑。朱利安、诺埃，还有团队里的其他人都在外面，一起抬头仰望着天空。莉莉惊叫了一声，我也惊讶得张大了嘴巴。

　　在我们头上，一道极光在舞动着迷人的光影。它犹如一条巨大的丝巾，缓慢而柔和地在暗夜的天空中飘动；如同透着绿色与玫瑰色光晕的朦胧面纱；又仿佛海浪漫涌在星空上。

　　我想起了莉莉曾经做过的那份报告作业，当时她为了准备作业而观看的视频已然令我感到深深的震撼。但是与我现在所感受到的相比，完全就是望尘莫及。它是语言所无法描述的，它太过壮丽了。

　　我们久久地欣赏着眼前的景象，直到台上的幕布落下。我们还期待会有返场表演，然而可惜没有。我们回到各自的房车时，几乎众口一词地念叨着"太美妙了""不可思议""太神奇了""太壮观了"。我躺进被子里，动动双腿好让被窝赶紧暖和起来。我把手放到枕头底下，搁在爸爸的照片上，嘴角不自觉地勾起一抹微笑，再次睡着了。

我们乘船去到位于波的尼亚湾的特吕松达小岛。妈妈在网上查到说那里有一座被保存得很好的渔村，仿佛凝固在旧时光里。但我从没料到这座渔村会如此漂亮。它那么好看，以至于我差点把逼迫妈妈投降这件事抛之脑后，要不是莉莉一直为那个新的主意而欣喜若狂，我肯定不会去执行了。

想象一下。一群建在木桩上的红色小房子围绕在河湾边上，深色的河面上映着房屋的倒影，精心打理的花园被白色的栅栏圈起来，绿色的屋顶，停泊在码头边的渔船，周围是一片冷杉树林，如同一双手臂守护着整片村庄，河水的汩汩声，小鸟的鸣叫声，拂过树梢的风，树脂散发的香气——这个地方让人不由得心生宁静。

我们原本打算就地野餐，在岛上度过一天。但在渔村拍了不少照片之后，我们走进了树林里，想要穿过整座小岛。莉莉这时抱怨道："我以前做梦梦到自己变成了一棵树，几个伐木工人要把我的手割下来生火。现在走在这里头，可真是把我逼疯了！"

我倒是觉得很好。在针叶林里漫步，聆听四周的宁静偶尔被一阵风所打破，脚踏在泥土和石头上，这一切都令我心平气和。我脑中的喧哗被森林所抚慰，从而平复下来。

当我们走到小岛的另一头时，莉莉终于不再嘟嘟囔囔地低声抱怨。在我们面前，是一片狂躁的大海。海浪撞碎在白色的石头上，随后便后退一步，准备再次发起进攻。我的头发在狂风中飞扬，浪花的泡沫扑打到我的脸上。

我们躲到森林边缘一处避开狂风的角落，妈妈拿出她之前就准备好的三明治。莉莉不断向我发出无声的命令，让我赶紧实施最后一个计谋，我选择忽视她，她却没有给我留下余地。

"克洛艾，你不是有件事要向妈妈宣布的吗？"

我狠狠地瞪了她一眼。妈妈抬抬眉头说："真的吗？你说吧！"

我清楚我接下来要说什么，然而，即便只是演戏而已，这话也不容易说出口。我担心她的反应，担心会伤害到她，令她陷入恐慌。要是她在这座荒凉的小岛上焦虑症发作的话，那我们可就有好戏看了。

我清清嗓子，在妹妹兴奋的目光下，开始背诵我的台词。

"好，我说了，呃……其实，我例假有点晚了，所以我就在斯德哥尔摩的药店里买了一根验孕棒，就是你让我自由活动的那一小时里我去买的，你应该还记得。"

我多么希望不用把整个句子都讲完，但她只是安静地注视着我，似乎在鼓励我继续说下去。

"我不知道该怎么跟你说……"

莉莉这家伙，她倒是知道该怎么说："好啦，我们就别啰里啰唆的，赶紧开门直说①——克洛艾怀孕了！"

出于谨慎，我往后退了一点，以防妈妈突然伸出手来打我一巴掌，但她纹丝不动。在接下来漫长的几秒内，我试图从她脸上辨认出一丝迹象，可她始终面无表情，犹如一尊蜡像。莉莉用手指尖碰了碰她，大概是为了确认她是否还活着。妈妈终于又抬起眼睛来看向我，双眼竟然满含泪水。

"哦，我亲爱的孩子！我太幸福了，如果你能感受到就好了！我等

---

① 莉莉的口误，应为"开门见山"和"有话直说"。

这一刻已经等了很久了……"

　　我尽量掩饰自己的慌乱。她还在不停地往下说："如果是个小男孩就好了，我们可以给他起名叫汤姆，我一直都很喜欢这个名字！天哪，我要当外婆了。谢谢你我的宝贝，这真是你送给我的最好的礼物！"

　　她一下子朝我扑过来，双手紧紧地抱住我，力气大得假如我真的怀孕了，那我将会生出来一个被压得扁平的婴儿。我的双手垂在身体两旁，就那样让她抱着。妹妹站在我的跟前，目不转睛地盯着我们，目瞪口呆的表情完全就是一副傻瓜的模样。

安娜

夜晚逐渐缩短，然而温度也随之下降，因为我们离极地越来越近了。克洛艾对于默奥这个地方向往已久，朱利安也反复地夸赞这座置身于大自然之中的城市的魅力。当我跟克洛艾说我更希望她待在房车里时，眼看她那一脸难以置信的表情，我好不容易才忍住没有笑出声。毕竟以她现在这个身体状况，还是更加谨慎为好。

莉莉戴着一顶兔耳朵的帽子，一路上对所有映入眼帘的事物都进行了一番点评。弗朗索瓦丝和弗朗索瓦不停地朝她投去会意的眼神，但我猜我的女儿误以为那是某种鼓励。

"你们家肯定不会有无聊的时候吧！"当我们走进图片博物馆时，迭戈悄悄对我说。

我微微笑了笑。昨天晚上，朱利安提议我们结队去参观这座他所钟爱的城市。于是，我们刚在露营地安顿下来，他就跑去租了一辆小巴，从今天一大早开始，他就带我们游览了那些不可错过的景点：乌梅达伦雕塑公园、尼达拉斯湖、自然保护区……只有克洛艾和埃德加没有参加，后者是因为累了。

走到博物馆第四层时，我们进入了一个黑暗的空间。在墙上以及天花板上，一些光斑汇聚到一起随后又散开，诺埃看得十分入迷。

"他可真是讨人喜欢啊！"格雷格小声对朱利安说，"你一整天都要照顾他吗？"

"现在是的。我以前是厨师，不过为了能带他出来旅行，三年前就辞职了。他非常热爱大自然，尤其是瑞典和挪威的自然风光。要是条件允许，我们肯定会来这儿生活，但他也离不开他的学校，需要定期回去上课。所以我们就把时间给错开，每年出来自驾游两次，而且每次都走同样的路线，他挺喜欢的，慢慢也开始熟悉这些地方了。"

"你们一直都是组团旅游吗？"

"以前就只有我们两个人，虽然也挺不错的，但我还是希望能认识别的人，并且我相信这对诺埃来说也有好处。我就去注册了一个房车自驾游的论坛，去年有一对夫妇想去斯堪的纳维亚半岛，他们在论坛上面找导游。我就毛遂自荐，后来又有两家人加入进来。现在，我们每次都会这样组团出发。"

"他妈妈很早以前就去世了吗？"玛丽娜问，她的人际交往手段可真是太过高明了。

朱利安摸摸刚长出胡楂的下巴，尴尬地笑了笑。

"真奇怪，所有人都觉得我的妻子去世了，弄得好像一个男人就不可能去照顾他的孩子似的！她五年前离家出走了，当时诺埃才八岁。"

在年轻夫妇两人好奇的目光下，他不得不说出更多详情。

"我并不怪她，在最初的几年里她也努力抗争过，她坚信自己是可以让孩子摆脱孤独症的。她试过所有的方法：应用行为分析疗法、孤独症及相关障碍儿童治疗教育课程、图片兑换沟通系统、精神分析疗法，找过江湖郎中，还试过去麸质以及酪蛋白的食谱等，总之她就是拒绝承认，孩子可能永远都不会去拥抱她，跟她讲述一天里所发生的事情，和别的小孩一起玩耍，喊她'妈妈'。当她终于明白这个事实时，她根本无法接受。一天晚上，我下班回来后，她就把诺埃交给我，出去跑步了。但她再也没有回来，她在白天时已经把衣柜都清空了。"

他在叙述这些过往时，仿佛是在讲别人的故事一样，眼神迷茫，不知在看向何处。

"她时不时会打电话给我，确保我们的生活一切都好。每次她都会道歉，也经常哭。这对她来说太艰难了。她觉得诺埃甚至都没有察觉到她的离开，也许她是对的吧。"

"你不恨她吗？"格雷格问道。

"我不知道。有时，我也会生气，我想不明白，和诺埃一起生活过这么多年之后，她怎么能那么轻易地离开他呢？我就完全做不到。"

弗朗索瓦丝、弗朗索瓦，还有他们的孩子过来和我们会合，他们刚刚直接去了另一间展览室。

"我们接着去下一个展厅，你们一起来吗？"弗朗索瓦丝邀请道。

"我再在这儿待一会儿。"朱利安回答说，"诺埃看起来很喜欢这里。你们先继续看吧，不用管我们，一小时后我们在外面集合？"

一行人都接受了这个提议，除了我和莉莉。朱利安刚刚倾诉了这么多，我没有办法硬起心肠来只把他们俩留在原地。莉莉站到诺埃身旁，她的目光从少年的脸庞移向他所凝视的灯光。我转过身对朱利安说："我想她应该是在尝试了解他大脑的运行方式。"

"你的小女儿真棒，这是第一次有像她这个年纪的小孩子对诺埃感兴趣。"

"对的，她很了不起。正常情况下，她是不大愿意主动去接触别人的，她更喜欢小动物，但她跟你儿子之间可能有什么故事吧。"

我们俩靠在墙上，注视着我们的孩子，尽管沉默不语，心里却涌动着同一种情绪。

快到集合的时间时，弗朗索瓦丝却突然跑过来，满脸惊恐。

"快过来，快过来！出大事了！"

5月2日

亲爱的马塞尔:

　　你最近一切都顺利吗？我还行，如果你感兴趣想听听的话。你说什么？你爸妈没教你做人要礼貌吗？好吧，看在我不是一个记仇的人的分儿上，我还是跟你讲讲吧，尤其是刚刚发生了一件坏事。

　　我们当时在参观一座很无聊的博物馆（除了那间有灯光的展览室，那个倒是很好看，甚至连诺埃都笑了），弗朗索瓦丝突然尖叫着跑过来，就好像她终于在镜子里发现了自己的真实模样似的。其实，是玛丽娜病倒了。她原本好好地站着，然后突然间，她就倒下去了，好家伙。所有人都很害怕，因为她过了好一阵子才醒过来，并且还因为她的头撞到了墙上，流了很多血，看得连我都差点晕过去了。

　　急救人员送她到医院去做检查了，格雷格整个人都吓呆了，从他的额头就可以看出来，上面的皱纹多得就像手风琴的褶子。他们在医院里待了一整晚，所以我们就帮忙照看让－莱昂，我很高兴，但也不是那么高兴，毕竟我还是很关心玛丽娜的。

　　我把马蒂亚斯介绍给让－莱昂认识。我的老鼠显得有点高傲，它并不想亲对方，我不知道这会不会令让－莱昂生气，总之它朝马蒂亚斯露出了牙齿，因此我就让它们分房睡了。

我们等到玛丽娜回来后才继续上路。她头上缠了绷带，显然他们已经帮她把伤口给焊接好了。她看起来很累。相反，跟她一起回来的格雷格看起来却很开心。接下来的一路都是格雷格开的车，由朱利安和妈妈负责护送，以防玛丽娜又犯病。

晚上是瑞典主题的派对，因为我们很快就要去芬兰了，所以按理我们也应该跟它说声再见。我们吃了烤土豆、土豆泥、鲱鱼，有几个野人还吃了驯鹿肉。我差点就吐出来了，玛丽娜吐得比我还快。她吐了一地，但格雷格还是不断地拍着她的背安抚她，咦，爱情可真是恶心。然后，她哭着宣布说，医院里的人告诉她说她怀孕了。所有人都过去祝贺她，结果她就哭得更厉害了。她说这不是计划中的事，自己还没准备好，她要去法庭状告玛尼仕①（我也不知道他是谁）。迭戈很肯定地说没有人会拒绝这样一份礼物，她回应说自己当然知道，而且打心底她也很高兴，但现在既然礼物已经在肚子里，那就意味着有一天它会出来，是这一点让她感到害怕。弗朗索瓦丝讲了她以前痛得差点死掉的经历，弗朗索瓦让自己的妻子赶紧闭嘴，她又补上一句说她有个同事就因为生孩子死了，是真事。害得玛丽娜又吐了。

当我们回车里睡觉时，妈妈的眼睛亮晶晶的，她不停地说怀孕这件事真是太神奇了，这让她想起自己怀孕的经历。

好吧，我得先跟你说再见了，因为妈妈过来我们的床上找我们了。

亲亲马塞尔。

莉莉

附：你也可以跟我说声再见的。

---

① 法国的安全套品牌。

安娜 ——————————— Anna

我们仨并排平躺在狭窄的床上，眼睛直直地盯着黑暗。

"你的话，亲爱的克洛艾，我是在一个周六晚上知道自己怀孕的。我其实默默地期望了很久。之前有好几个月，每次一来例假，我都觉得是一场活生生的悲剧。那次，我的月经晚了一天，虽然确定是怀孕还为时尚早，但我已经期待了那么久，所以迟到一天也是迟到太久。总之我当时就只想着怀孕。几个月前，我们开始养布朗尼，就是那只小狗。它当时并不乖，而且还很胆小。可是，那天晚上，它却一直围着我转圈。当我坐到沙发上时，它就跳上来，闻我的肚子闻了好一会儿，之后就把头搁到上面。过了几天，妊娠试验显示结果为阳性。

"见到你之前，我就已经完全变成了一个母亲。我能感觉到你在我身体里长大，我跟你说话，不停地抚摸自己的肚子，我吃水果、蔬菜，避免某些动作，经常活动活动，我从来没有像这样去注意照顾自己的身体。这是第一次，我爱我的身体。也是第一次，它有了用处。我想象过你的模样，想知道你会长得像我，还是更像你爸爸，你会不会呼呼睡个不停，是不是很馋，你出生时会有头发吗，眼睛是蓝色的吗，十根手指都齐全吗？

"我当时病恹恹的，不能忍受任何气味，遇到一点不顺的事情就变得不像自己，有一天我甚至骂了一个老太太，就只是因为她在超市付款时在我前面插队，但我还是很喜欢怀孕的感觉！快到预产期时，我一方面希望能赶紧把你抱进怀里，另一方面又很伤感，因为从此以后你就不会只属于我了。

"然后，你就出生了。我的小宝贝，我的小乖乖。你到来的方式特别轻柔，没有大哭大叫，助产士拍拍你的屁股让你哭出来，你才哭了。那阵哭声让我的心都碎了，我把你抱在怀里，安抚你，我闻了闻你的味道，数了数你的手指。我觉得自己莫名其妙的，同一时间既想大哭一场又想手舞足蹈，我的身体仿佛缺失了一块，然而我又从来都没有觉得自己如此完整过。

"你整整睡了六小时。我一直观察你，我还没有接受过来这个事实。那会儿我特别想念我的妈妈。接着我也睡着了，你的小手紧紧地握住我的食指，仿佛是在对我说，从此以后我的幸福都会和你的紧紧相连。如果你不幸福，我就会更加不幸福。如果你幸福，我则会更加幸福。"

一阵静默。

两个女儿躺在被子底下一动不动。但愿她们还没睡着吧。

"你也是，我的莉莉，我也盼望你很久了。当你在我的肚子里安家的时候，我甚至都不敢相信这件事是真的。这回不是布朗尼闻到了你的气息，而是我自己感觉出来的。当我有一次因为一个火腿的广告而流眼泪时，我一下子就明白了身体里的激素向我发出的信息。我成了世界上最幸福的人，因为我想要两个孩子的梦想成真了，我的脑子里再也装不下别的事情了。

"这次怀孕我就没那么难受了，但我的时间都花在吃东西上面，我想吃醋渍小黄瓜都想疯了。我眨眼间就胖了许多，可我不在乎。做超声波检查的时候，我被告知说肚子里是个男孩。我当时感到一丝失望，不过很快就过去了。我的确很想克洛艾能有个小妹妹，但人们不也说嘛，一男一女正好凑成一个好字。为了迎接你的到来，我什么都准备好了，包括蓝色的睡衣、小裤子、围嘴，上面还绣了你的名字——汤姆。

"我没有第一次那么害怕了。因为没有了未知的部分，我知道自己将要面临什么。我知道自己接下来会受苦，但只要我看到你的脸庞，就会立马忘掉痛苦。我也知道当你小小的身体靠在我身上时，那种强烈的、无尽的幸福感会在瞬间绽放，像海浪一样拍打着我。然而尽管我都知道，这次的痛楚却更加强烈。现实超过了记忆中的感觉。

"那就好像是火山爆发，幸福满得溢了出来。你哭得很厉害，像暴风雨一样，你紧紧地攥着拳头、闭着眼睛，而且你居然不是个小男孩。他们把你放在我身上，我轻声对你说话，但你始终不肯安静下来。你大声哭喊，一点都不高兴。看着你大口呼吸生命中的第一口空气，我就告诉自己，从此以后，我的喜怒哀乐都会与你紧紧连在一起。当你生气时，我会更生气。当你感到满足时，我会更满足。"

又是一阵静默。

静默。

"你们睡着了吗？"

"没有。"克洛艾低声应道。

"我也没有。"莉莉轻轻说。

我沉浸在这些奇妙的回忆里，泪水不禁漫上眼眶。我并没有期望她们会向我倾诉自己的感情，毕竟我很了解这两个女儿，但哪怕能有一句回答、一个词、一个动作也好。如果我能再体会一次那种感受就好了，她们小小的身体靠在我身上，我的话语还能够让她们安心，我的亲吻还能够治愈她们，我的怀抱还可以安慰她们。如果她们生活中唯一的烦恼只是毛毛熊过得好不好，还要睡多少次觉才能到圣诞节，那该多好啊！

正当我准备回到我的长椅上时，我感觉到克洛艾的手动了动。她轻轻地握住了我的食指。我不敢动，也不敢呼吸。

我的小宝宝呀。

我用另一只空着的手抓住了莉莉的手，她没有反抗。我就这样待了很久，享受着这个时刻，然后我便从床上爬起来。

"晚安，我亲爱的姑娘们。"

"晚安妈妈。"克洛艾小声说。

"妈妈，马蒂亚斯让我跟你说几句话。"莉莉忽然说道。

"你说吧。"

她假装在听那只老鼠对她讲话。

"它说它很高兴能来到这个家里。"

这是我们在瑞典的最后一天。

妈妈跟我们讲述了我们是怎么降临到世上的，现在，我仍能感觉到这些话语的副作用残留在身上。我们会因为小事而笑，说话时柔声细语，甚至当莉莉一个人把早餐的麦片都吃光，又或者是妈妈不停对我重复说她很高兴马上就要当外婆时，我都不再抱怨了。

但这还是太不寻常了，有一次我甚至惊讶于我竟然真的相信自己怀孕了，并且这的确是件好事，因为这么长时间以来，我第一次不再感觉到孤单。

在从谢莱夫特奥开往吕特奥的路上，我们一起听歌，当选到了那些我们仨都知道的歌曲时，甚至还一齐唱了起来，像是卡贝尔[1]、艾德·希兰[2]、高大病体、碧昂丝[3]、司徒迈[4]……整个途中我们都坐在前排座椅上，三个人肩并肩。突然，莉莉大叫一声，妈妈立刻就踩住刹车，我也马上掏出相机。就在我们前面几米远处，一群驯鹿正在安静缓慢地过马路。它们身形庞大，威风凛凛。我们以前都只在家里那台小电视机上见过这

---

[1]　弗朗西斯·卡贝尔（1953—），法国歌手、词曲作者。

[2]　艾德·希兰（1991—），英国歌手、词曲作者。

[3]　碧昂丝（1981—），美国歌手。

[4]　司徒迈（1985—），比利时歌手。

些动物。一直到抵达目的地时，我们都还在谈论着它们。

　　我们去参观了加默尔斯塔德教堂村，朱利安跟我们解释说这样的村庄只存在于斯堪的纳维亚半岛。人们围绕着教堂建造了一些小木屋，到了礼拜的日子附近村庄的人便会住进来。在其余的时间里，整座村庄都是空的。我们沿着小路走来走去，在那些装饰着白色窗帘的窗户前停下来拍照，当我们走近教堂时，才发觉里面正在进行一场弥撒。

　　我们踮着脚悄悄走进去，坐在最后面的座位上。台上有一个女人在主持宗教仪式，我们什么都听不懂，然而虔诚的信仰本身无须翻译。

　　仪式只持续了十来分钟就结束了。我们本想赶紧离开，不打扰到其他人，但一位老先生却追上了我们，邀请我们和他们一起去喝杯茶。

　　那是特别温情的一刻，我们浸润在他们的文化里，而他们也反过来对我们的文化感兴趣，离开时我们都非常不舍，因为知道我们不会再有机会见面，但也永远不会忘记彼此。

　　这就是旅行中我所喜欢的事情。就是由于这些际遇，我才想出发去澳大利亚的。从他人身上汲取营养，让自己变得丰富、成熟。而住在我们家的廉租房里，我觉得自己仿佛在慢慢枯萎。

　　之后我们便回到房车里吃饭，三个人坐在床上，用被子盖住腿，吃了芝士焗面。妈妈给我盛了两份，其中一份是给我肚子里的小孩的。我们快吃完时，电话响了。是爸爸打来的。他先是说了一些近况，然后让我叫妈妈来接电话。她跟我一样感到有点惊讶，因为他平时从来都不想和她说话的。妈妈问他最近是否一切顺利，讲了一会儿后，她便走出去了。当她回来时，尽管装作若无其事的样子，可她的双手却不住地发抖，以至于试了两次才把门闩给锁上。

　　"发生了什么事？"我问。

　　"没事，没事。"

　　"他说了什么？"

没有回应。

"妈妈，你还好吧？你的焦虑症又犯了？"

她看向我，我从她的眼神里读出了恐惧。她躺到床上，我们给她盖上被子，但还是没有用，她反复地自言自语道一切都好，但她的声音听起来像在哭诉。

我不知道该怎么办才好，于是就去找朱利安。他先让莉莉去照看诺埃，或者可能反过来，然后便赶过来了。他说必须让妈妈想些别的事情。所以，他就开始让她猜起了谜语。

"人们怎么叫一只耳聋的兔子？"

妈妈没有回答，他又问了一次。

"我不知道。"她颤抖着声音说道。

"兔兔兔兔兔子子子子！"他大声喊道。

见她没有反应，他又继续说下去。

"什么东西会发出鸭鸭鸭的声音？"

"……"

"安娜，什么东西会发出鸭鸭鸭的声音？"

"我什么都不知道……"

"是嘎子！"

更糟糕的是，他看起来像是为自己知道答案而感到自豪。

"柯乙先生和柯乙太太有个女儿，她的名字叫什么？"

妈妈咕哝了一声，她气得快要骂出来了。但他还是无所畏惧，再次问道："叫什么？"

"我才不管柯乙先生太太的女儿叫什么呢！"

"叫艾玛！艾玛·柯乙啊！再来一个：丰费克先生和太太有个女儿，她的名字叫什么？"

"朱利安，我累……"

"索菲，她的名字叫索菲！索黑·哼嘿嗬。"他接着答道。

　　我忍不住笑出声，但妈妈还是无法把注意力转移到我们身上。因此我自己也尝试讲了一个有些过火的笑话，碰碰运气。

　　回应是一阵沉默。不过气氛仍旧热烈。朱利安眼睛瞪得滚圆地看着我，妈妈也慢慢地朝我转过头来。我从她的脸上看到了各种表情轮番上演，就仿佛一个角子老虎机似的，不知道最后会停在哪个画面上。所幸最后停在了一个笑脸上，尽管含有一丝嘲讽，因为她还不是很确定是否笑得出来，但她想告诉我们说焦虑已经缴械投降了。

　　过了一小时，妈妈睡着了。朱利安回到他的房车里，莉莉则回到了我们这边。我却无法入眠，因为有个想法占据了脑海。如果说爸爸让妈妈陷入这种境地，那一定是因为他对她说了非常严重的事情。

5 月 5 日

亲爱的马塞尔：

　　自从那天晚上发病以后，妈妈就变得很奇怪，她几乎不吃饭，开车也不说话，甚至都不愿意找话题聊天了。我觉得她在窝里藏了什么东西，而且肯定不会是一个鸡蛋。

　　她甚至连罗瓦涅米都不想去参观了，明明之前她还在一直念叨说自己迫不及待想去芬兰，说得我们耳朵都快起茧子了。这会儿她却说自己累了，想留在房车里，我们没办法，只好跟着弗朗索瓦丝和弗朗索瓦一家去，唉，别提了。

　　他们带我们参观了圣诞老人村。我敢跟你打包票，既然他们能够造出一座圣诞老人的村庄，那他们也可以飞快地造出一个小老鼠的村庄，或者是一个笨蛋村，那样的话，能住进里头的人可就多了！如果我们还是和玛丽娜、格雷格一起去的就好了，可是没有就算了，结果我们偏偏注定要和"弗路瓦"葫芦娃一家人在一块儿。小路易一边乱喊一边乱跑，我都怀疑他究竟是不是一个人了，路易丝兴奋得就好像她什么都没见过似的，他们的爸妈拍了无数张自拍照，多到手机最后主动选择了自杀。这让弗朗索瓦特别心烦，连一个手机都不听他使唤了。但他的儿子说这样反而更好，因为这样他才真正算是过得艰苦朴素，我差点都以为他爸爸会把他扔去喂驯鹿了。

克洛艾看起来倒是玩得挺开心的，除了路易丝过来找她说话的时候，她张牙舞爪地把她给吓跑了。这点我特别能理解，平时她一般会卡在微笑这个表情模式上，但她只要弹一下开关，就会跳到另一个我觉得像是吸了毒的芭比娃娃的模式。

唯一了不起的东西，就是那条画在地上的长长的白线，告诉我们已经进入了北极圈。我们真的离家很远了。

回去之后，弗朗索瓦丝想跟妈妈说几句话，但我们什么都没听到，因为我们待在外面等着，当她走出来时，她让我们去他们家一起吃晚饭，因为我妈妈还得再休息一会儿。我们只吃了煮熟的土豆，然后就没别的了。弗朗索瓦丝和弗朗索瓦希望他们的孩子能改掉那些被宠坏的小孩的坏毛病。克洛艾觉得他们太极端了，而我觉得他们简直是脑子有问题。这样说起来，我妈妈也没那么糟糕，就算她睡觉时会打呼噜。

他们还提议让我们睡在他们的房车里，我不知道我当时是怎么想的，就瞎编说我其实会梦游，夜里还会打人，他们回答说好吧，那就下次再说。

我们回到车里时，发现妈妈还在等我们。我们跟她讲了一天里发生的事情，并且把在斯德哥尔摩买的剩下的糖果全吃完了，当我们爬上床时，她向我们保证说明天她就会好起来的。我希望这是真的，不然我们就得小葱拌豆腐①，把事情弄个一清二楚才行。

送给马塞尔一个大大的亲亲。

莉莉

附：我发现了一件超棒的事情，那就是如果人们在寒风中不眨眼的话，就会流眼泪，我真的太中意这一点了。

———————————

① 莉莉的笔误，应为"小葱拌豆腐——一清二白"，莉莉错记成了"一清二楚"。

安娜 ——————Anna

我的脑海里一直盘旋着那几句话。有时按顺序，有时不按顺序，它们互相交错、重合、打乱，这些句子纠缠着我不放，令我心力交瘁。

"我原本可以让我的律师通知你的，看在我们还是朋友的分儿上，我还是决定自己打电话告诉你。"

"监护权会在我手里。她们每隔两周会去看你一次，另外假期的一半时间也会去你那里。"

"我到现在为止一直都很宽容。在你上班的时候两个女儿就只能自生自灭，自己管自己，一想到她们那么孤单，我就心疼得不行。"

"你把你脑子丢哪儿了？去芬兰自驾游……"

"你觉得法官会选谁？一边是一个朝九晚五准时上下班的父亲，拿着稳定的工资；另一边是一个失业的母亲，不仅负债累累，而且为了带女儿去旅游，居然还不让她们去上学。"

"我以前答应你对她们撒谎，但我现在决定要把事情掌握在自己手中。"

"克洛艾跟我提到了你焦虑症发作，你这样会把她们置于危险的境地。"

"你一直狠心地对待我，如果你不那么自私，她们本来可以更经常地来看我的。"

"我这么做不是为了伤害你，而是为了保护我的女儿。"

"我终于可以独自跟女儿一起生活了。"

"如果你让我回家的话，你就能每天都见到她们了。"

"我要求拿回我女儿的监护权。"

"我要求拿回我女儿的监护权。"

"我要求拿回我女儿的监护权。"

我不知道接下来会发生什么。

我不知道我是否会为自己的错误付出代价。

我唯一知道的是，如果他把她们从我身边抢走，就等于是要了我的命。

5月9日

亲爱的马塞尔：

我没法给你写信，我的手实在是太冷了。

但我还是给你一个亲亲。

莉莉

我给爸爸打了电话，我想知道他究竟对妈妈说过什么。他并没有打算隐藏自己的意图。

"我想把你们接过来跟我一起住。你已经长大了，你以后想干什么都可以，但莉莉还小，你妈妈已经没办法承担照顾你们俩的责任了。"

我实在是想不通。他以前总是反反复复地说妈妈有多么了不起，她却不想和他在一起生活，为此他是多么痛苦。他没有再找过其他的伴侣，声称没有任何人能够代替妈妈。这是他第一次破坏她的形象。

"什么叫她没办法承担照顾我们的责任？"

"你知道得很清楚，她早就入不敷出了，现在还丢了工作，就更不可能。你们总不能吃了上顿没下顿。"

"可是她以后会找到一份工作的！而且你自己不也是这样，你也没工作，甚至都没办法让我们住在你家里，就因为你的房子太小了！"

他长长地叹了口气。

"实际上，我已经开始工作好一阵子了，我还买了一套有四个房间的房子。"

"嗯？什么时候？"

"我不记得了……几个月前吧……也可能是两年前。"

我的心脏仿佛被电击了一下。

"两年前？可是爸爸，那我就不懂了，你为什么不跟我们说呢？你为什么不把我们接过去，至少在放假的时候，让我们去你那里呢？"

"这不是重点，"他用一种不容置疑的语气答道，"我们现在谈的是你妈妈的问题。不仅是钱的方面，她还不让你们去上学，就为了开着个破房车去一些连她自己都不了解的国家，这简直就是疯了！你自己上次还跟我说过她大发了一通脾气。"

我都不知道该回答他什么才好，我甚至连自己当下是该哭还是该笑都不清楚了。我之所以向他抱怨妈妈的不好，其实更多的是为了安慰他，然而跟他解释这些又有什么用呢？我听他一条一条地列出自己的论据，言之凿凿地说了一大堆气话，最后祝他一天过得愉快，然后便挂断电话。

手机在我手里，我正好可以趁机多查点东西。

当我告诉妈妈说我们要兜个小圈去一个地方时，她露出一副吃惊的表情。

"这是一个惊喜，"我跟她说，"相信我吧。啊，对了，说到信任，我并没有怀孕。"

她装出一副快要哭出来的样子。莉莉摇了摇头。

"太糟糕了，亲爱的！你的宝宝没了吗？"

"不是，我从来就没有怀孕过，我是因为想回家才这么说的。我之前和莉莉一起想尽各种办法逼你掉头回家。"

我在妹妹眼里顿时成了一个马屁精。妈妈看起来像是真的感到痛心："噢，当我以为自己要当外婆时，我是多开心啊！我现在真的很失望，太失望了……你呢，你也很伤心吧。你确定一点怀孕的可能性都没有吗？"

我差点就要回答她了，但我发现她的眼神中闪过一丝狡黠的光芒。她忍住笑意，她知道我知道了她的想法。我们两个谁也没有再说话。

为了绕到那个地方，我们多花了两小时。在路上，妈妈问了我好几次是否确定自己没有弄错，因为 GPS 定位系统上显示的地址并没有给她任何关于那个地方的提示。我们所处的高度已是雪线以上，周围的景色犹如披上了一件白色的大衣。

我们到达时已经是下午五点了，气温零下一摄氏度。房屋的主人特别讨人欢心，当然并不仅仅是因为他们听懂了我的法式英语。他们一路把我们领到了小木屋前，给了我们一些必需品，说明了注意事项。妈妈和莉莉花了很长时间才反应过来是怎么一回事。太久、太久了。她们俩的潜意识像是故意躲了起来，始终不敢相信眼前的一切。

然后，妈妈突然瞪大了双眼。

安娜 —————————— Anna

"你真的认为我会在一个半结冰的湖里游泳？"

我的嗓音一下子变尖，连说话都跑调了。克洛艾忍不住扑哧笑了出来，看来问题比我想象的还要严重。

莉莉趁着克洛艾和房屋主人沟通的间隙，企图悄悄离开，却被她姐姐一把扯住了围巾。

名叫韦萨的年轻女人邀请我们跟着她一同进到小屋里。炉子里燃烧的木柴让房间变得暖烘烘的，屋内只有一张桌子、两张长椅以及几个挂衣钩。

"那边就是桑拿房，"她指着尽头一扇玻璃门说，"你们现在可以脱衣服啦！"

她边说边自己照做了，依次脱掉了大衣、靴子和毛衣……我们还没反应过来，她身上就已经只剩下内衣了，脚上套着一双雪地靴。

"怎么了？"她微笑着问我们，"不用害怕，这将会是一次不可思议的经历。你们一旦试过一次，接下来就只会有一个念头，那就是：再试一次！"

"看得出来，寒冷把她的神经都给冻僵了，"莉莉嘟囔说，"我才不去呢。"

"来嘛，我们一起试一下！"克洛艾鼓动我们，同时迅速脱掉衣服，"妈妈、莉莉，你们快来，我从网上读到说这对健康大有好处！"

"那我宁愿短命一点也不要受冻。"莉莉宣布道。

"水已经开始解冻了，"韦萨插话说，"水温现在是四摄氏度，完全是可以忍耐的。"

她大概把我们当成酸奶了。

克洛艾不停地跺脚，她是真的铁了心了。我不能让她失望，毕竟她安排这一切都是为了我。

我慢慢地一件一件把衣服脱下来，一边思忖着，父母决定要孩子时，真应该想清楚一切后果。

"莉莉你呢？"克洛艾询问道。

"不去，我在这儿等你们，"我的小女儿说着便把下巴缩进围巾里，"我连看你们一眼都觉得冷到不行。"

彼得里在小木屋前面等着我们，身上只穿着一条黄色的三角短裤。要不是我的下巴被冻麻了，我肯定会笑出来的。

我们小跑着去到几米远处的湖边。克洛艾冻得牙齿咯咯作响，我怀疑她已经开始后悔自己准备的惊喜了。我们来到一处小浮台前，尽头有架梯子一直伸到深暗的水中。彼得里跟我们介绍了接下来的步骤：首先，我们下到水里，待上不到一分钟的时间，爬上来，跑回木屋，一直待在桑拿浴室里。如果有勇气的话，可以再来一遍。

"冷热交替对身体器官很有益处，"他一边解释，一边从容地沿着梯子爬下去，"快过来吧！"

他现在游起泳来了，这个疯子。等他一会儿冻成石笋了，他就会少卖弄点本事了。

韦萨也跟他一块儿下去了，不由得连连发出满足的感叹。这些人喜欢寒冷，除此之外我找不到任何别的解释。我敢肯定他们还会在冷冻柜里做爱。

克洛艾脱掉靴子，朝梯子靠近。

我当然知道我得动起来，赶紧下定决心，我也尝试说服自己水温其实比气温要高，但在平时，我连用温水洗手都不情愿，这时候就更……

"啊啊啊！"

克洛艾已经下到水里了。

我不再思考，冲过去把其中一只脚伸进湖里。

妈的。

第二只脚。

去他妈的，这是大实话。

克洛艾把我推下去，自己重新爬上梯子。我整个人都泡在了水里。我觉得身上仿佛被无数个刀片刮着，双腿失去了知觉，双手也都麻痹了。正当我在跟身体的每一寸肌肤告别时，突然听到一声大叫由远及近地传过来。

"万万万万岁！"

莉莉的脖子上还缠着围巾，身上穿着小背心和短裤，一路跑到浮台上，捂住鼻子就扑通跳进了水里，双腿弯曲着缩在胸前。

几秒后，她才从水里冒出来，满脸惊恐，嘴唇冻成了青紫色。

"我快死了，帮帮我！"她苦苦地哀求道，眼神都仿佛结了一层霜。

没有人有反应，她便继续扯着嗓子喊道："动一下啊，做点什么都好，太冷了！往我头上撒泡尿也行啊！"

彼得里在待客方面比较保守，因此只把我们抬到了浮台上。我们飞快地奔向屋内，两个主人却慢悠悠地走回去。尽管双手双腿都冻直了，我和我女儿还是快步跑起来，样子就像是桌式足球的那些小人。桑拿房的蒸汽将我们团团围裹住，迎接我们的归来。韦萨和彼得里则直接回到了他们家里，只有我们三个人留在屋内。

我们瘫倒在木椅上。我把头靠在墙上，闭上双眼。我的身体一点点地恢复了知觉，皮肤也重新有了热度。

我的脑海中浮现出这样一幅画面：莉莉、克洛艾和我，我们母女三人，几乎光着身子，坐在位于拉普兰区尽头一间偏远的桑拿浴室里。我还可以看见我们所身处的这间屋子，尽管这一个家只是与我们擦肩而过而已。我又想起了我曾经的担忧、临时起意的出发以及可能出现的后果。但是为了这些，为了这一刻，为了克洛艾发现我明白过来她所准备的惊喜时那副兴奋的模样，为了莉莉跳入水中的表情，为了这份默契的沉默，为了这份哪怕在最黑暗的日子里也能令我欢笑的回忆，我永远都不会感到后悔。

在芬兰的最后一晚也必须遵循传统，因此我们又聚到一起共享一顿当地的特色晚餐。我们所有人都挤在迭戈和埃德加的房车里，因为他们的房车是最大的，我们把盘子搁在膝盖上，品尝从伊纳里的市场买来的各色美食：烤香肠、驯鹿汤、奇怪的奶酪以及其他我根本记不住名字的特色菜式。

气氛欢乐而融洽，直到玛丽娜从身旁拿起一个相框。

"这是你们的妻子吗？"她问。

埃德加便讲述了他与罗莎的相遇，迭戈接着描述了他和马德莱娜的婚礼，玛丽娜哭了，却怪罪到荷尔蒙身上，弗朗索瓦擦了擦眼角，妈妈不禁抽泣起来，格雷格走了出去，朱利安讲了个笑话，路易丝就如同爆水管似的哭个不停。

回到房车后，我又去查看了一眼凯文是否有回复，像例行公事般一天三次。自从他要求我发照片后，就再也没有音信了。他可能把我的沉默理解成了冷漠，因此我决定向他表明事情并非如他所想的那样。

"晚上好，凯文，关于照片那件事，但愿你没生我的气，我还是希望我们能先商量商量，你愿意吗？吻你，克洛艾。"

他的回复次日早晨才发送过来，当时妈妈和莉莉在吃早餐，而我在上厕所。当我看见手机上显示有未读短信时，心里高兴得手舞足蹈。

"嘿，你自各儿^①去问你妈吧。"

我的心猛地抽搐了一下。

"妈妈，你跟凯文说过话了？"我从浴室里出来时问道。

莉莉问谁是凯文，妈妈的脸"腾"地红了。她先是让我妹妹去跟诺埃打个招呼，然后才向我坦白发生的事情。我惊讶得无言以对，甚至连眼泪都流不出来。我站起身，因为我根本无法再看她一眼，尽管她还在继续跟我说话，但我什么也听不进去了。我怒火中烧，以致失去了理智。

我打开门，就在走出去的那一刻，突然回过身对她说："我真希望爸爸能成功抢回我们的监护权。"

外面寒冷刺骨。我走到邻近露营地的一片湖附近，在湖边的长椅上坐下。我对妈妈的愤怒与我对自己的愤怒不相上下，因为我竟然对她说了那些狠话。就在我的眼泪开始往下掉时，路易丝走到了我的身旁。

"你来干吗？"我用手背擦了擦脸问她。

"我看见你一个人待着，弄得我心里不好受。"

"我不需要你的同情，你让我一个人静静。"

她却纹丝不动，我便转过身来面向她。

"你给我走开！"我大声叫道，"你没看出来我根本就不喜欢你吗？"

这是我第一次离这么近看她。她的眼睛如同天空一样是灰色的，眼神里所蕴含的悲伤也与它如出一辙。

"看出来了，而且还很清楚，"她低声说，"我对你做了什么不该做

① 凯文打的错字，应写作"自个儿"。

的事吗？"

"现在不是说这个的时候。你让我一个人待着吧，我也不想凶巴巴的。"

她便站起来朝远处走去，但不一会儿又折返回来，在我面前站定说："说白了，你这是忌妒。"

"你说什么？"

"你忌妒我，所以你才不喜欢我。"

我也跟着站起来，两人的脸只相距几厘米。路易丝就像一个避雷针，把我所有的怒气都吸引到了她身上。我爆发出一阵笑声，因为我不想突然爆发，仅此而已。

"我忌妒你什么呢，你说？忌妒你这个完美的小囡囡，完全不知道拿钱来干啥用，最后索性不得不装起了穷人吗？别了吧，这真是太荒谬了……"

"再荒谬也比不上背一个冒牌的凡妮莎·布鲁诺[1]的包包。"

我真想当场撕碎她那不可一世的嘴脸，让她傲慢的眼神以及自负的举动在眼前瞬间消失。我真想尽情发泄血液里沸腾的这份暴力。在最近一段日子里，这种冲动时常将我吞没。

"滚！"我从牙齿缝里挤出这个字来。

"不然你敢怎么样？臭婊子！"

我深吸了一口气，随后绕过路易丝，朝更远的地方走去，尽量让自己忽略她的嘲笑声。我走了一小会儿，脚步踩在雪地上的声音逐渐平息了我的怒气，却牵引出另一种情绪，就好像是刮掉一层保护膜后，露出了底下隐藏的事物。我的心里忽而被无尽的忧郁所充塞。这种感觉令我感到腹如刀绞，如鲠在喉。

从童年过渡到青春期，幻想灰飞烟灭，梦想也被现实打碎，这个过

---

[1] 法国知名设计师品牌。

程太痛苦了。我怀念过去无忧无虑的单纯，在那个仁慈的世界里，受了伤的话，只要睡上一觉就会消失掉。我怀念过去懵懵懂懂的生活，由爸爸和妈妈所圈出来的温柔的空间。我走向成熟，一路上丢弃了天真的小石头。然而我并不想把一切丢掉。我不想长大。

莉日
莉记
————————————— Lily Diary

亲爱的马塞尔：

　　希望你一切都好，但我一点都不好，并不仅仅是因为我得了感冒。我们来到挪威了，就像它名字所代表的那样，这里特别冷。我每次打喷嚏的时候都特别小心，因为我害怕喷出一座冰山来。

　　可是跟刚刚发生的糟糕透顶的糟心事相比，这根本算不了什么。我甚至都不敢确定自己能不能跟你讲明白那件事。

　　今天早上出发前，我和诺埃待在他家的房车里。我们一起玩他的陀螺，现在他愿意借给我玩了，但我始终学不会像他那样让陀螺转那么长时间，于是我就骗他说我是故意让他赢的。

　　然后就有人来敲门。朱利安去开门，结果是几个穿着制服的叔叔，他跟我们解释说这些是海关警察，他们要过来搜查房车。我问朱利安这是正常的吗，因为我不明白他们过来是为了什么，就像这样没有通知，冷布丁①地冒出来。不过显然这是经常发生的，为了检查人们有没有偷运毒品或者奶酪。

———————————————

　　①　莉莉写的错字，应写作"冷不丁"。

我马上就想到了马蒂亚斯，妈妈以前跟我说过它最好不要被搜查到，所以我就跑过去找它，但是已经太晚了，那群警察已经进到我家的车里了，我当时真的是走投无路了。接着妈妈从车里出来，脸上一副古怪的表情，她扭着身子朝我走过来，看起来就像是想尿尿似的，但其实是因为她把马蒂亚斯藏到了毛衣里头。我在她吓得牙齿都开始哆嗦前赶紧把它接了过来。马蒂亚斯很高兴，一下子就蹿到我的脖子上。

海关警察从车上下来，说没有问题，很明显他们没发现那个笼子，或者他们以为那是用来装饰的。

当他们去搜查两个爷爷的房车时（他们俩都快急疯了），玛丽娜焦急匆匆①地冲了过来，肚子变得巨大无比，我还以为她的宝宝早熟，直接跳过了怀孕的几个月，原来是她把让－莱昂藏到了披风底下。她问我们能不能在搜查期间暂时把它交给我们照顾，因为之前时间不够，它还有一针疫苗没打，或者是类似的原因吧。我们当然答应啦，因为想把一只狗关进监狱，门都没有。

然而问题是，它闻到了马蒂亚斯的味道，就开始汪汪叫起来。为了让它安静下来，我就再次尝试介绍它们俩认识，不过这回不同的是，让－莱昂连牙齿都没露出来，就直接一口咬住了它。

我可怜的马蒂亚斯当场就死掉了。

尽管我给它做了心脏按压、嘴对嘴呼吸抢救，它还是没有醒过来。我的肚子和喉咙都难受得不行，我想跟它说我很喜欢很喜欢它，却连话都说不出来。但愿它能知道吧。

我没有把它埋起来，而是让它躺在一个特百惠②的密封盒里，等明天去到北角时，我再把它扔进海里，同时要撒的还有我曾外公的骨灰。

克洛艾，还有妈妈一整天都对我很体贴，虽然她们两个之间还是故

---

① 莉莉的笔误，应为"焦急"或"急匆匆"。

② 美国的塑料保鲜容器品牌。

意不说话。我不知道她们为什么板着张脸，可能是由于那个叫凯文的人的关系吧。

我先跟你说再见啦，亲爱的马塞尔，因为我没有心情再写下去了。你知道吗，这是我第二次被名叫马蒂亚斯的生物给抛弃了。

亲亲。

莉莉

安娜

挪威北角。

在两个月前，我的世界还是由我的公寓、令人心力交瘁的餐厅以及连接这两者的道路所组成。北角只不过是我从外婆那儿听来的一个含糊不清的名词，彼时她在讲述自己过去的旅行。

而今天，和我的女儿一起开着房车跨越了大片陆地之后，我站在了欧洲的最北端。我们已经与曾经习以为常的世界相隔四千多公里了。

我转动车钥匙熄火。现在是晚上十点，然而外面的日光仍旧明晃晃的。在开过来的路上，沉默自始至终陪伴着我们。莉莉在哀悼她的老鼠，克洛艾则摆着一张臭脸。

"孩子们，为了这个非常重要的时刻，我们都尽点力吧！"

几声毫无热情的咕哝表示接受了我的提议。对于外公的这趟最后之旅，外婆所想象的大概会是另一种气氛吧。我一把抱过骨灰瓮，把它藏在羽绒服底下。

"我不知道这儿允不允许撒骨灰，所以我们尽量不要引起别人的注意吧！"

她们两个漫不经心的，完全没有在听我说话。克洛艾在整理她的手套，莉莉则在抚摸她的塑料盒。我们离开房车，朝着人生中第一个午夜太阳的方向前进。

从悬崖顶端望出去的风景令人目眩神迷。在离我们脚下三百米处，北冰洋延伸至无限远。岩石上撒着星星点点的雪，与蔚蓝的天空形成鲜明对比。太阳已经开始落山了。我们站在防护栏后，等待午夜的降临。

莉莉假装不在欣赏眼前的景色，克洛艾则明显在尽力按捺住自己内心的激动。

我试了好几次想要提起随便一个话题，但都徒劳无功。同样是压抑的氛围，似乎在以前那间灰暗的公寓里还稍微能令人忍受些。

二十三点五十五分，在场的十来个人都安静下来不再说话了。

到了午夜零点，太阳并没有沉到地平线以下，海面上依旧倒映着阳光，面对着眼前这幅美景，所有人都在欢呼鼓掌，不时还能听到开香槟酒的声音。热烈高昂的情绪将怀有同样心情的人们联结在一起。我感觉自己和周围的人更靠近了，今晚，我们多多少少都变得更加相似，融为一体。我瞥了两个女儿一眼，她们俩都发自内心快乐地微笑着，眼睛里闪着光，仿佛重新回到了三岁时的模样。

我们都在等着人群散去。

"莉莉，你想先从马蒂亚斯开始吗？"

她摇摇头，下巴在颤抖。

"不用了，我已经弄好了。"

"真的？什么时候？"

"趁那些人鼓掌的时候，我心想那就是最好的时机了。它就像一颗星星一样飞走了。"

克洛艾摸了摸妹妹的脸庞，下一刻却又突然把手缩回口袋里，仿佛这个动作从来都没发生过似的。

"好吧，我们现在要做外婆拜托我们的事情，"我说，"克洛艾，你拍个视频记录下来？"

我脱下手套，从羽绒服底下把骨灰瓮拿出来。我看了一眼四周，似乎没有人在注意我们。在更远处，我望见弗朗索瓦丝、弗朗索瓦、路易丝，还有路易在朝停车场走去。

我打开盖子，一阵情绪涌上心头，我知道这对外婆来说有多重要。我不怎么记得关于外公的事了，他去世时我才六岁。有一次我们去树林里散步，他教我用木棍把落叶拨开去寻找牛肝菌；他的嗓音低沉浑厚，偶尔咳嗽几声；他把蒜香酱抹到一片面包上——脑海中只剩下这些回忆了。

我尽量把手伸到最远处，把骨灰瓮倒过来，让里面的骨灰随风飘向辽阔的北极区域。

再见了，外公。

"这都是些什么东西？"克洛艾叫嚷道。

我盯着这些金色的颗粒飘向北极。这不是骨灰，而是沙子。

我看了看骨灰瓮的里头，有一封信用透明胶粘在了内壁上。信封里是一张白色的信纸，折了四折，上面用黑色笔写满了字。我马上就认出来那是外婆的字迹。克洛艾和莉莉凑过来贴在我身边，一起读信上的内容。

我的娜娜：

我一想到你现在的表情，就忍不住自己一个人先笑出来了。你知道我是多么在乎你，你会明白我之所以使这个小花招只有一个目的，那就是帮助你。

这些年来，我在旁边看着你和生活对抗。你就像一头狮子一样抵抗，但是生活对你残酷无情，它甚至用尽了一切手段。我在一旁观看这场比赛，为了能够给你打气，为你加油，一直在你身边，但我仍然觉得自己心有余而力不足。

你的失业反而是一次机遇，是一次开始下一回合比赛的机会。

当你向我透露出想要离开的想法以及犹豫时，我担心你坚持不到终点，而是半路返回。因此需要我来给你提供充足的动力。因为我知道，为了我，你什么都愿意做。

生活成了你的对手，如今你要让它成为你的同盟。

你经常跟我说，在你眼里唯一重要的就是两个女儿了，你因为常常见不到她们而感到痛苦，如果你能从头再来，你会让全部事情都不一样。虽然你无法从头再来，但你还是可以选择另外一条道路。

你也清楚，我离生命的尽头越来越近，离生命的起始越来越远，我甚至都能看见终点的冲刺线了。我的双腿再也动不了了，身体其他部位也不是很健康，我所剩下的只有回忆本身了。有时我会回想起自己曾经的旅行、阅读过的书籍、喜欢的电影，不过始终占据着脑海的回忆依旧是关于你的妈妈、你的外公，关于你、克洛艾、莉莉、我的父母，还有我的外婆……一切都会过去的，我的娜娜。不管是愤怒、失望、烦恼，还是欢乐、疲惫，留到最后一刻的，只有那些我们爱着的人，不管他们是否仍在世上。

我也并没有完全对你说谎。北角对我而言的确是一个重要的地方。1957年夏天，你的外公——他的骨灰一直都在我的房间里——和我一起游览了挪威。午夜太阳是我们最珍贵的回忆，我们欣赏这个景色直到黎明时分。我就是在第二天怀上你妈妈的，我总是在想，一定是出于这个原因，她才会那么耀眼。在你读着这封信的此刻，我们家族的四代人都团聚在了北角这个地方。她会为你感到万分骄傲的。

我不想对你说教，我自己就很讨厌太过一本正经的人。我只是希望能稍微给你照亮前路，在我离开前，为你指明道路。

但愿这趟旅行能让你们彼此之间更加相爱。我深知母亲与女儿之间的联系是永恒的。

我爱你，我的娜娜。别生我的气。

外婆

在眼泪把信洇湿之前，我把它折好塞回了信封里。太阳仍然悬挂在地平线之上，在接下来的几分钟里，我们都默默无言地凝望着它。

我想象我的妈妈就站在身旁，她的手搭在我的肩膀上。我竟然再也没有痛彻心扉的感觉了。不知从何时开始，有关于她的回忆都会让我平静下来。痛苦踮着脚无声无息地溜走了。曾经，我们完全习惯了痛苦的存在，以至于都不再注意到它，因为悲伤已经化作我们内在的一部分。然后，突然有一天，我们发现它消失了，化作几道伤疤，留下了所有美好的回忆。想起妈妈时的悲痛逐渐变得可以忍受，因为她可以在回忆里继续活下去。

"我们回去吧？"我最后向孩子们提议道。

她们俩点点头，我们便拖沓着脚步朝房车走去。相比起刚才过来的路上，回程的静默不再是那么沉重。可我仍不敢去打破它，因为我不知道她们是否准备好了。

外婆说得对，要不是因为她，我是不会出发的。要不是因为她，我可能会去重新找一份工作，还清欠款以后，甚至还能剩下一小笔钱。我们会出去吃些好吃的，而不是随便在电热炉上热一热罐头食品，我们会睡在舒服的床垫上，女儿们会有更好的老师，室内的气温会保持在二十摄氏度以上，我不会面临失去她们的监护权的风险，母女之间还能避免不少争吵。然而，我们一天只会有几分钟的时间能碰到一起，我不会了解到克洛艾是多么敏感，她和我是多么相似，我也不会知道莉莉其实富有幽默感，并且慷慨大方，我们更不会一起痛快地大笑、热烈地讨论，分享夜晚、新的发现以及恐惧的心情。我们不会一起制造这些难忘的回忆。

外婆给我的并不仅仅是一个提议，而是一份礼物。

　　我赶紧关上房车的门，以防里面的热气流失。两个女儿飞快地脱掉衣服，然后便钻进了被窝里。我躺在长椅上，把被子拉上来盖住脸，遮挡外头照进来的阳光，同时也为了捂住我的抽泣声。

　　过了不知道几分钟，我忽然感觉到有一个小小的热乎乎的身体钻到了我旁边，接着是另一个。我掀开被子，发现克洛艾和莉莉来到了我藏身的小窝，紧紧依偎在我的身旁。

　　谢谢你，外婆。

群山屹立在湖泊之间，绿色与白色争前恐后占据第一的位置，大海就在不远处，我们几乎都要以为眼前所见是一张电脑桌面壁纸了。在路上行驶了一个多小时后，妈妈忽然想跟我聊聊天。莉莉还在车后面睡着觉。

"你知道，你没必要满足那些男生的全部要求的。"

我宁愿跟她谈谈风景，但她还是继续说了下去。

"你喜欢那个叫凯文的人？"

"我是这么觉得的。"

"是什么事情让你这么认为？"

我思考了几秒。

"因为，每次他不回复我的短信时，我就很伤心。"

"这就没了？"

她的声音听起来就像《丛林奇谈》[①]里那条蟒蛇一样温声细语，我怀疑她其实是想哄骗我，但我并没有去反抗。

"不止这点，他对我也很好，他说我很漂亮，很吸引人，他人也很温柔……"

---

① 《丛林奇谈》又称《丛林之书》《丛林故事》等，是由鲁德亚德·吉卜林所编写的故事集。

"好的。那你觉得他把自己生殖器的照片发给你，还让你把胸部露给他看是正常的吗？"

我耸耸肩不以为意。

"我不知道，我从来都没想过这个问题。"

"那你当时想发吗？"

"没有，我并不是真的想发给他，但我担心……"

我突然停顿下来，可她执意问下去。

"你担心什么？"

"我担心如果我拒绝的话，他对我就没那么好了。我害怕他会不喜欢我。"

接着，她便开始一通长篇大论，依次说到我应该接受或拒绝的事情，该以怎样的方式开始一段关系，每个男生都不一样，爱情并不依赖于那些裸露的照片，温柔并不等同于爱情，等等。我不停地点头，可我觉得她其实并不懂。

我当然不喜欢露出自己的胸部，我也不喜欢把自己的身体交给别人。我所喜欢的，是受到赞美、爱抚和承诺。我所喜欢的，是被别人所喜欢，是有人想念自己，是自己很重要这件事。

当我裸露自己的胸部，交出自己的身体，他们便会回馈爱意给我。当我什么都不付出，他们便也什么都不付出。就是这么简单的事。

虽然妈妈语气坚定地对我说爱情不是通过这种方式获取，吸引力不一定是通过性来展示，也有男生从我这里期待着别的事情，我是多么想去相信她说的话，我是发自内心地想去相信，可是怎么去相信一个只跟一个男人谈过恋爱的人呢？

"你向我保证，到了下一次，你会注意点？"她问道。

我并没有许下承诺，只是点了点头，同时偷偷地把食指和中指交叉在一起，暗自祈祷上天能原谅我说的谎。尽管我也想试一试，但我已经知道下一次会发生什么了。一开始那个男生会尝试提出要求，我会拒绝，他会失望，我因为害怕失去他，最后不得不接受。

午后，我们来到了斯塔布尔斯达伦国家公园的停车场。天气寒冷，天色灰暗，然而朱利安还是成功说服了一部分人去松树林里徒步热身，他说这是最能体验挪威当地气氛的活动，而且据说在终点处会有一片震撼人心的风景等着我们。

我们踩着一层厚厚的雪走在针叶林间，其间路易丝兴奋得不断欢呼，弗朗索瓦时不时停下来拍照，妈妈哀怨个不停，两小时后终于抵达了传说中的惊人美景处：一条瀑布落入湖中，跟我们每天在路上所见到的没有任何差别。失望的情绪伴随着沉默弥漫开来。

我们在水边随便吃了点东西，然后便心灰意冷地踏上了回程的路。妈妈显然没有料到回去的路跟过来的路一样漫长，差点就想提议让一架直升机把她给接回去了。但弗朗索瓦丝先抢过话头，宣称她必须休息一会儿，因为她"要往鼻子上再补点粉底"。正当我们在路边等她时，她吹着口哨朝森林里头走去。三分钟后，她尖声叫喊，用尽全力跑了出来，张开双臂在空中乱甩，脸上的表情被恐惧所扭曲。她跟跄了一下，又马上爬起来，抓紧树干借其发力加速，并且小心跳过地上的树根。当她跑到我们附近时，我们才看到了它。它一直追到离她几米远处，庞大、威严，身后跟着两头幼兽。一头愤怒的驯鹿。

"帮帮我。"她一字一顿地说道。

朱利安一把抓住她的手，把她拉回队伍中来。路易丝和路易立马哭着抱住她，弗朗索瓦则把镜头对准了这头动物。

朱利安嘀咕道："太奇怪了。正常情况下，驯鹿是没有攻击性的，可能是因为它还带着两个孩子，所以才觉得有危险。我们得赶紧退后，这样应该会让它们放下心来。"

我们轻手轻脚地退后了几步，但还是不足以让驯鹿母亲平静下来。它朝我们靠近，低下头，随时准备进攻。妈妈紧紧地抱住我们。就在此刻，朱利安突然决定放下自己的所有尊严。

他朝驯鹿走近一步，双手挡在面前，然后大叫一声："小心点，我可是柔术的蓝带选手！"

驯鹿从低处仰视他，又往前走了一步。朱利安从喉咙里发出一声怒吼，明显是想要唬住驯鹿，但我想他顶多就是唬住了自己的声带而已。我听到身后传来一声闷笑，连忙咬紧牙关，不让自己也笑出来。

眼看恐吓没有用，我们这位英雄又试图和动物沟通："你别担心，我们不会伤害你的。"

驯鹿显然听不懂法语，它又往前迈了一步，现在离朱利安只有三四米了，他觉得该是时候使出自己出奇制胜的一招了。

仿佛是慢镜头一般，我们看到他高高地抬起右腿，以左腿为圆心踢出一个半圆——我后来才知道这叫作回旋踢。之后传来一声喊叫，然而并不是驯鹿的声音。朱利安放下脚，装作若无其事的样子，就好像我们所有人都没有注意到他刚刚拉伤了一块肌肉。

驯鹿无疑被唤起了同情心，在原地踩了几秒后，便转身重新回到了等在路旁的幼崽身边。朱利安抬起下巴朝它抛出一句话——尽管并不是很大声："看见了吧，你怕就对了！"

然后他转过身，嘴角浮现的微笑中混合了一半英雄气概以及一半痛楚，一瘸一拐地回到我们当中，一行人继续步行回去。总之我们做到了，我们从不违背查克·诺里斯[①]的指导。

---

① 查克·诺里斯（1940—），空手道世界冠军、美国动作片演员，其绝招是回旋踢。曾在李小龙执导的武打电影《猛龙过江》里饰演一名空手道高手。2005年曾因在肥皂剧中夸张的表演成为风靡一时的网络话题，被改编成多个版本的"诺里斯的100个真相"。

5 月 19 日

亲爱的马塞尔：

　　是我（莉莉）。希望你最近过得很好，虽然外面天气很不好。我们到了阿尔塔，这个地方很漂亮，但我相信如果没有雾的话会更漂亮，四周看起来就好像是有人在洗一个滚烫的热水澡似的。我们把车停在了阿尔塔峡湾的边上，就像它的名字所说的那样，这是一个峡湾，不过它的名字没说清楚的是，峡湾其实是被水淹没的山谷（我之前还以为这是一种虾丸呢）。

　　因为到处都是水，弗朗索瓦丝和弗朗索瓦暂时不需要去打水了，于是他们就把钓鱼竿给拿了出来。他们一想到能杀鱼就高兴得不行，你真该看看他们那个样子，尤其是他们的女儿，她一直咯咯地笑个不停，不知道的人还以为她找到了对付狂犬病的疫苗呢。你知道吗，马塞尔，她真的是个大笨蛋。如果我们把耳朵贴在她的脑袋上，肯定会听到里面装了跟大海一样多的水。

　　总之，他们坐下来钓鱼了，我并不怎么担心，因为要是他们有脑子的话，就应该直接去皮卡尔超市^① 钓上一条煎好的鱼。可是，过了十分

---

　　①　法国当地专门出售冷冻食品的连锁超市。

钟，我就听到路易开心地叫了一声，他妈妈钓到了一条鱼。那条鱼真可怜，它几乎每片鱼鳞都在挣扎，葫芦娃一家人却觉得这很有意思。当他们想再钓一条时，我在心里决定说这是不可以的。

我捡来几块石头，坐到他们旁边，往河里扔了一块，而且正好扔到鱼漂浮动的位置。弗朗索瓦开了句玩笑，他以为我是为了好玩才这样做的，我就扔了第二块出去。他让我停下来，我说我正在练习打水漂，他那个呆头呆脑的女儿指出来说要选一些扁平的石头才行，于是我又扔了第三块。过了一会儿，他们再也受不了了，弗朗索瓦的眉头皱得好像额头抽筋了似的，他们就起身去到远一点的地方。我等他们收拾好了安顿下来，又跑到他们旁边坐下，继续扔起石头来。他们这回是真的不开心了，但我才不管呢。我宁愿被小鱼们喜欢也不要被他们喜欢。

五分钟过后，路易丝开始对我大喊大叫，她那个甜得腻人的微笑完全消失了。我一直都知道她有两副面孔，必须当心她身体里另一个沉睡的傻瓜。

我听到了姐姐的声音从身后传来，听起来不像是特意过来说什么好话的。她劝路易丝不要用这种方式对我说话，路易丝就问她："不然会怎么样呢？"克洛艾回答说："不然的话你就等着满地找牙。"路易丝正想要反驳她，她妈妈却让她镇定一点，毕竟没必要跟没教养的小孩在一起玩。

我向你发誓我并不是故意的，马塞尔。我向你发誓当时我的手臂完全不听使唤，我根本没办法阻止它们把那个呆瓜小姐推到水里。她大声呼救（很明显是因为冷），在她爸妈把她拽回岸上的过程中，我和姐姐回到了房车里并且把门给锁了起来。

我妈妈一点都不高兴，尤其是弗朗索瓦丝还在一旁添醋加油①。为了让她原谅我们，妈妈就去买来鱼肉，让我们给他们准备晚餐，大概意

---

① 莉莉的笔误，应为"添油加醋"。

思就是补偿他们没能钓上来的那条鱼。我姐姐开始刮鱼鳞、掏内脏，但我让她去煮饭了，我来负责掏内脏，心里默默请求这些可怜的小鱼原谅我。我希望克洛艾能明白我是在对她表示感谢，因为清理鱼的内脏可真不是件容易的事。

好啦，我先写到这儿了，不然你就会闻到鱼腥味了。

亲亲。

莉莉

附：你知道用挪威语怎么说麦当劳吗？还是麦当劳！真是有毛病，对吧？

安娜 ——————————— Anna

克洛艾坐在我身旁，手里攥着电话。

"是爸爸打来的，"她告诉我，"他想跟你说话来着，我跟他说你在忙。"

我点点头。我知道她已经知道了那件事，但我们从来都没谈论过。从她的目光里，我猜测现在正是提起这件事的时机："关于那件事，你怎么想呢？"

"她关于哪件事怎么想？"莉莉刚好回到车里，立马打听道。

我用眼神询问了一下她姐姐的意见，只见她点点头。我示意莉莉也坐到我们旁边，向她说明她父亲提出的监护权申请。

"我不想跟他住在一起！"她大声说，"我和他不熟，我跟他没什么话好说！"

"我不懂你为什么总是针对爸爸。"克洛艾插嘴说。

"我不需要任何理由。"莉莉反驳道。

"可是再怎么说，他都是你爸爸啊，他又没伤害过你什么！他很难过，因为他觉得你不喜欢他。"

"他没猜错，我就是不喜欢他。"

"你这人真是……"

我赶紧打断克洛艾，以防她口不择言。

"嘘，冷静冷静！莉莉，你姐姐说得对：他是你爸爸，你要对他好一点。没必要跟我做鬼脸，我也不允许你再用那种语气说他。"

"如果他是好人的话，那你就回去跟他一起过啊！"她脱口而出。

我们离婚时，莉莉才五岁。她离开爸爸的时间远比他们在一起生活的时间要长，她对他大概只有一些模糊的印象而已，而这些看法也不是仅仅几次在奶奶家暂住几天就能轻易改变的。但我还是不愿意她在心里所构建的画面是一个不在乎她的父亲：空间上相隔甚远，整天忙得焦头烂额，没怎么关心过她，也不怎么热情，如果她想的话差不多会是这种形象。可是他对女儿并非没有感情。如果人缺少爱的滋养，成长会变得困难重重。

"莉莉，你听我说，你们的爸爸很爱你们，我敢肯定，如果你更了解他的话，你也会喜欢他的。"

"所以你就答应他了？"她表示不满。

"当然没有，你别担心。我本来就打算把你们留在我身边的，别……"

"但我希望能更经常见到他。"克洛艾悄声诉说道，泪水逐渐模糊了双眼。

"我懂，我的小乖乖，我们会商量好接下来该怎么处理的。"

一颗颗泪珠从她的脸上滚落下来。

"问题是他两年前就买了房子！"她哽咽着说，"我不明白他为什么要隐瞒我们。意思就是，他明明可以接我们过去，我们也没必要再住在奶奶家，但他根本没有这样做！"

"你瞧瞧，我说得对吧，"莉莉给以最后一击，"他就是不想见我们俩。"

"我相信事情肯定比我想的要复杂，"克洛艾抽泣道，"我记得小时候，他对我们呵护备至，甚至现在在打电话时，他也会一直问我过得好不好。我知道他是爱我们的，他一定是有别的原因。"

莉莉耸耸肩不以为然，克洛艾擤了擤鼻涕。

"我想他。"她最后叹口气说。

我也叹了口气，感到左右为难，大女儿想要更经常地见到父亲，小女儿越来越不愿意见她父亲，除此以外，还有我自己的想法。

"我和你们的爸爸会找到一个解决方法的，"我总结说，"你们就别担心了，我们都是负责任的大人，我们会处理好的。"

我等两个女儿都走远了，才翻开手机里的短信，作为一个负责任的大人，我敲下了这样一条短信发给她们的父亲："你永远都不会拿到监护权的，我绝不会让你这么做。"

安娜

　　孩子们很快就睡着了，特罗姆瑟的行程耗费了她们不少体力。然而我的耐力持久得有点过分，我在长椅上辗转反侧，试图清空大脑，把注意力集中在呼吸上，但是种种思绪还是深深嵌在我的脑海中，并且明目张胆地打算一整夜都陪在我身边。

　　我轻轻地爬起来，直接在睡衣上披了件大衣，套上靴子便走出去透了口气。时间已近午夜，却仍然有一片金色的光芒笼罩在四周的风景上。有不少房车都在这里过夜，我又走了几步，欣赏远方覆盖着白雪的群山。曾经有人跟我说过，斯堪的纳维亚半岛完全就是另一个世界，但我当时没想到竟会陌生到这种程度。建筑、植被、地形、文字、气候、道路、食物、文化，所有的一切都是不一样的，当然最令人震撼的还是夏天连续二十四小时都在照耀的太阳，到了冬天则消失得无影无踪，完全让位给黑暗。在这个地方，一切都是那么严酷、极端、不容妥协。

　　我们已经走完了旅程的一半。还有一个月，我们就会回到法国。接下来的每一站都更靠近我们曾经所生活的世界，而我只有一个愿望，那就是掉转方向继续去旅行。回到纬度更高的北方，尽可能远离那个估计已经塞得满满的信箱，远离我的银行经理、执达员、那些废纸文件，还有各种烦恼；尽可能逃离那种一钱如命的日常生活、噪声不断的冰箱、几乎是天价的娱乐。还有就是尽可能远离马蒂亚斯。我多想永远停留在这个生活的插曲之中。

一声吠叫把我从思绪中抽离出来。让－莱昂朝我跑过来，身上的毛都竖立着。我弯下腰让它平静下来，它给予了我热烈的欢迎。

"你不睡觉吗？"格雷格走过来问我。

"嗯，我睡不着，你也是吗？"

"让－莱昂需要出来走走。过来我们的车里吧，我们正在和朱利安玩塔罗纸牌①呢！"

我只犹豫了一会儿就答应了，一场只有大人的聚会，没有小孩子在眼皮底下捣乱，我根本无法拒绝。

玛丽娜很高兴，她在给我准备草本茶时解释说，四个人一起打塔罗牌要好玩多了。

"我本来想给你倒杯葡萄酒的，不过这对我来说诱惑太大了。我已经一下子把烟给戒了，所以不能再刺激我的神经了……但愿宝宝能记得我付出的努力，出来的时候不要搞什么破坏就好。你呢，你生孩子的时候痛吗？"

我回想起当时的情景，那些痛苦的叫喊，甚至一度想对助产士说"就让我死在这儿吧，这样你们也都轻松了"，我打算稍微美化一下我的经历来回答她，但又不能说谎，话到嘴边迎面碰上格雷格哀求的眼神。

"我当时什么感觉都没有，完全没有，两次生产都没事。当我听到两个女儿的哭声时，我都惊讶她们居然已经生出来了。"

我从玛丽娜脸上的表情看出来她明显轻松了不少，格雷格的表情却让我意识到自己说得有点太夸张了。朱利安快活地笑了起来。

"你笑什么？"玛丽娜有点不安，"诺埃出生的时候简直就像是凶杀案现场，是吗？"

他马上恢复镇静，换上一副特别严肃的面孔。

"当然不是，他很快就生出来了。"

---

① 塔罗牌分为占卜和游戏两种类型。

"啊，你们这样说我就放心了！"玛丽娜松了口气。

"他就像一枚炮弹一样喷射出来，"朱利安接着说，"他差点就撞上产科医生，最后降落到一个助产士的手提包里。"

玛丽娜不解地盯着他看。格雷格忍住不笑，憋得脸都红了。

"你们当我是傻瓜吗？"她最后一字一顿地说。

我们异口同声地否认。相比现实，她还是更情愿相信我们的。

玩了两轮塔罗牌后，朱利安回去查看诺埃是否睡熟了，我也回去看了两个女儿一眼。莉莉在打呼噜，我得赶紧录下来才行。

"这挺好的，一个没有孩子的晚上！"朱利安在我背后悄悄说。

我吓了一跳，因为我没听见他走近的声响。我小心翼翼地关上车门，转过身来面向他。

"是啊，好久都没这样了！"

"你还过来再打一盘吗？还是你准备睡觉了？"

"你真的认为，我上一盘输了会甘心放弃吗？"

他微微笑了笑。

我们一同回到准父母一家的车里。朱利安扶我上车，而这已足够玛丽娜说个没完了。

"你们知道你们俩还蛮般配的吗？"

简直尴尬至极。我抬眼朝上看去，朱利安连忙咳嗽了几声。

"玛丽娜，别说了，你让他们很难为情，"格雷格边洗牌边制止她说，"好啦，我们还打吗，这一盘？"

"我说什么了？"她吃惊地回应道，"我觉得他们很相衬，又没说什么坏话！当我看到一双鞋子和一条皮带很适合的时候，我也会这么说，而且就我所知，这并不会冒犯到任何人啊！"

"没关系的，"朱利安承认道，脸上的笑容逐渐扩大了，"话说回来，有人跟你提过外阴切开术会让人痛不欲生吗？"

我跟着笑起来，希望玛丽娜的注意力能够集中到这个显然更为重要的话题上。

"你难道已经跟别人在一起了？"她一脸单纯地问我。

任务失败。

"我有两个女儿，这就足够了。"

"行啦，玛丽娜，我们打牌吧！"格雷格打断她说。

她举手表示投降。

"好了，好了！我很抱歉，我的激素让我变得有点多愁善感，在我眼里到处都是情侣。"

我把自己的牌整理好，暗自庆幸话题终于转到了别的东西上。我这次手气不错，有不少王牌，一张21，还有几张大牌，我犹豫着要不要上手，于是就朝对手们瞥了一眼，玛丽娜还在专心地理牌，格雷格似乎在思考策略，朱利安却注视着我，双眼炯炯有神。我顿时感到疑惑不解。

连载专栏 克洛艾

我收到了一封匿名信，这张信纸对折成两面夹在车门的把手上。信是妈妈先发现的，不过它是写给我的。

> 克洛艾，
> 你孩子气的微笑，
> 你水晶般的声音，
> 你猫一样的眼睛，
> 你如天使的嘴角，
> 你所有的一切都令我感激，
> 你所有的一切都深得我心，
> 你让我感到幸福欢欣，
> 我喜欢你，低到尘埃里。

我觉得好笑，跑去问莉莉为什么给我开这种无聊的玩笑，她再三发誓说不是她写的，她才不会这么写，那上面全是空话。

我又问了同行的其他人，他们全都否认了，尽管他们的脸上并不是一副一无所知的样子。我唯一没有询问的是路易丝，因为我绝对不可能主动跟她搭话。然而我所怀疑的恰恰就是她。据我所知，只有她才会去做这种事，目的就是把我惹恼。更不用提这首诗简单得一目了然，完全符合她的心智年龄。这个女生脑袋空空荡荡的，没有一点内容，以至于当我看向她时，我甚至会犯晕。

我最后把信纸扔到了垃圾桶里。

跟你们说实话吧，其实有那么几秒，我的确设想过万一这真的是告白的可能性。一想到有人在暗恋我，就会让我激动得内心仿佛有蝴蝶在翩翩飞舞，挠得心里痒痒的，不过理智很快就占了上风。我周围都是些已婚男士或者是动都动不了的老头子，因此这封信只能是个恶作剧。

真是可惜。

自从和凯文复合的希望完全破灭以后，我的生活中就缺少了某样东西，缺少一个人来占据我的思绪。每天早上当我涂口红时，我都不会去想他是否喜欢。当我挑衣服时，也不再希望能符合他的品味。睡觉时，我再也没有做过两个人在一起的梦。我觉得很孤单，觉得自己一无是处。

我想这就是我开始写这个博客的缘故吧。我本可以将我的想法记入一个本子里，然而能与你们分享，知道你们会为此开怀大笑，有时也会令你们感动，或者让你们思考，从而得知我并不是唯一一会有如此感受的人，也并不是唯一一会这样想的人，这些都是难能可贵的。就算这只是虚拟的，我也不再感到那么孤独了。

甚至连那些负面的评论也让我受益匪浅。最初那些评论的确伤害到我了，我开始反思一切，说话也不大客气，然而，随着时间的推移，它们让我明白，我并不能令所有人都喜欢，但这本身并不重要。总会有人批评你的，然而这并非坏事。

我离那个自己想要成为的人还差得很远。我羡慕那些不在乎自己在他人眼中形象的人，忌妒那些不在乎别人看法的人。他们对自己如此有信心，以至于没有任何事物能够撼动他们。而我，我总是在反省自己，哪怕当自己是受害者时，也能反过来认为自己有一定的罪过。有一些人，为了不让自己被讨厌，从来都不敢说出跟别人相反的想法。而我，我甚至连相反的想法都不敢有。我羡慕那些不需要别人认可就懂得自爱的人。

我多希望只有自己对自己的认可才是唯一重要的。

5月23日

亲爱的马塞尔：

幸好人们不会因为情感过量而致死，不然我今天就死翘翘了。如果真是这样的话，但愿你会为我伤心吧。

首先，早餐再也没有麦片吃了，我们带过来的麦片已经吃光了，所以我不得不吃那些薄薄的、栗子颜色的、有点像干面包片的东西，配上果酱，唉，这一天从开始就不顺。妈妈说这儿的东西比别的地方都贵，所以要当心，不能吃得太快。可我还在长身体啊，我总不能不吃吧，不能这样欺人太过分①！

然后，我们一起去自助洗衣店里洗衣服，这又花了很长时间，我实在是不明白人为什么要洗衣服，反正之后都得再穿上，接下来又要弄脏的。跟你说吧，我觉得逻辑这种东西快灭绝了。

接着，我们绕了一小段路去看莫尔塞尔夫瀑布，诺埃（还有他爸爸）也跟着我们一起来了，所以还是挺好玩的。这条瀑布不是很高，但是很宽，水声也特别吵，而且水流得超级快，瀑布就像被人狂追似的往

———————————

① 莉莉的笔误，应为"欺人太甚"。

前冲，在我看来它这样做可真是傻。我想，如果你在里头游泳的话，你出来的时候就会跟毕加索①画里的人一样裂成好几块，因为那里的水搅动得实在是太厉害了。朱利安指给我们看一架梯子，那是为了让三文鱼能够逆水游到上游而搭建的，我们睁大眼睛去看有没有鱼，不过现在的季节不对。

有那么一会儿，妈妈在跟朱利安、克洛艾聊天，我转过身时发现诺埃在朝林子走去，他弯着腰，我立马就明白了他是在找陀螺。我走到他身边陪他一起找，但是到处都是石头、植物，要找到一个小玩意儿可真不容易。你也听说过那句话吧，当你不去找的时候，东西就会自己蹦出来。我有一次就是试着跟乌克先生——那个数学老师——解释这件事，因为他不理解我为什么找答案时从来都不动手去算。为了惩罚我，他借口说我不尊重老师，罚我课后留校两小时。

总之，我太专心了，导致我没发现我们已经走了很远，但过了一小会儿，诺埃忽然注意到了这一点，他开始感到害怕。我尝试找到回去的路，可是周围的树那么多，我觉得我们反而越来越找不到路了。诺埃看着四周的一切，我能看出来他很担心，因为他在前后摇晃着身子，弄得我也着急了，尤其是因为这附近好像还有熊出没。诺埃开始大喊大叫，他用拳头打自己的头，我不知道该怎么办才好，我试着轻声跟他说话，但什么用都没有，接着他又尖叫起来，见到他那副样子真是让我心疼。

突然，我想起来他爸爸是怎么让他安静下来的，虽然他的个子比我大很多，并不完全是一码事，不过算了，我才管不了那么多呢，我张开双臂，紧紧地抱住他。他试图挣脱开，可我坚持住了。那可真是不容易啊，但我一直没有松手，然后慢慢地，我感觉到诺埃的身体放松下来，他呼喊的声音越来越小，最后不再出声了。就在这时，他爸爸赶过来了，他肯定是听到了我们的声音。原来我们并没有离得很远，不过我身

---

① 巴勃罗·毕加索（1881—1973），西班牙画家、雕塑家，西方现代派绘画的主要代表。

体里自带的 GPS 导航系统坏掉了。

　　我差点被我妈妈骂得鸡血淋头[①]，不过朱利安却对她说没关系。虽然我为自己没有多加小心而感到抱歉，可我成功地让诺埃平静了下来，还是挺开心的，因为这意味着他愿意接受我了。我真希望旅游回去之后还能再见到他，尽管我认为可能性不是很大，但我还是跑去问他爸爸他们家住在哪里。马塞尔，你怎么都猜不到的！我高兴得都想直接就地滚几个后空翻了！他们住在米雷，就在图卢兹附近，意思就是离我们家开车只有二十分钟的距离！我以后可以再见到他了，此处应该加上无数个感叹号！

　　总之，我心里已经混合了很多种情绪了，可是你知道吗，在后来回去的路上，我们还遇到了驯鹿。虽然我已经在圣诞村见过了，不过这次见到的是野生的，比上次的还要好看。最后，我们还找到了诺埃的陀螺，原来它卡在他们房车的副驾驶座后面了。

　　马塞尔你看，我的心脏得多强大，才能承受住这么多事情啊！我想现在我已经做好心理准备，就等哪个人过来告诉我说我中乐透大奖了。

　　大大的亲亲。

　　　　　　　　　　　　　　　　　　　　　　　　　　莉莉

　　附：我想了一下，我以后丈夫的名字必须是吉克，这样我们在一起就成了"莉吉"和"莉克"了。

---

　　① 莉莉的笔误，应为"狗血淋头"。

这趟旅途中有许多身不由己的地方，上课是其中之一。每天早上，莉莉都会一脸不情愿地做练习题，克洛艾则找尽各种理由，想让我不再逼迫她准备高中毕业会考。类似的上课时间常常以争吵结束。今天就属于这种情况，而且比以往都更为严重。

"你把位置全占了。"克洛艾训斥她妹妹说，因为莉莉差不多整个人都躺在了桌子上。

见她仍旧一动不动，克洛艾火气噌地就上去了。

"喂，你听得见我说话吗？"她大声吼道，与此同时拍了一下对方的脑袋，"我警告你，这儿可不是只有你一个人在用！"

"嘘，我在学习呢。"莉莉压低声音抱怨说。

"妈妈，你说点什么啊！"

"莉莉，给你姐姐留点位置。"

没有回答，莉莉似乎沉浸在课本当中。我便尝试用别的办法去解决："克洛艾，你去床上不就行了，反正你也不用写什么东西，对吧？"

"得，又来了！"她发脾气道，"永远都是同一个人让步！实话实说，我受够了这个宝贝蛋一直骑在我头……"

"胡说八道，"莉莉重新坐直了身体，迅速顶回去一句，"我才不是什么宝贝蛋呢！"

"姑娘们，冷静下来。"

"你当然是啦,你心里清楚得很,并且还很享受呢!"克洛艾继续说下去,气得脸都红了,"自从你出生后,就变成现在这个样子了,我永远都排在莉莉公主的后头!"

"行了,克洛艾,够了啊,我并没有像你说的那样把谁当成宝贝蛋,你们别总是吵个不停,这让我也很累。"

"我也不想吵架啊,"莉莉反驳道,"可是首先她得别老说这些傻话。"

克洛艾站起来,弯下身瞪着她妹妹。

"你说我傻?真是好笑!你的智商也就跟海藻那种简单植物差不多,我可怜的妹妹,你甚至连讲句话都会出错!别人一听就知道谁才是傻瓜!"

她说话的同时双手夸张地摆动,仿佛是为了增加话语的力量似的。莉莉注视着她,一句话也不说。

"克洛艾,你这么说也……"

"我没在开玩笑,我是真的受够你了!你知道吗,除了说爸爸坏话,还有总是引起别人的注意之外,'噢,莉莉,她太可爱了,太搞笑了!'之类的,你还能有什么用?"

她目不转睛地盯着自己的妹妹,眼里充满了恨意。我赶紧走过去拉住她的手臂。

"克洛艾,你马上给我住嘴。你说这些难听的话,迟早会后悔的,现在就给我停下来。"

然而她再也听不进我的话。她张开嘴,我能感觉到她的犹豫,但愤怒还是占据了上风。

"我宁愿自己是个独生女,宁愿你从来都不存在。"

"克洛艾!我不准你……"

她完全忽略我的命令,转身就离开了房车,留下我和莉莉两人戳在原地,如同暴风雨过后的两棵树。

"我也一样，我也想自己是个独生女。"莉莉狠狠地说道，便又埋头看起了课本。

我任凭自己瘫倒在长椅上，内心满是苦涩。

因为我多么渴望自己不是个独生女啊！

自从我的母亲去世以后，我总是遗憾自己没有兄弟姐妹能够一起分享那些回忆：她跟我道晚安时印在我脖子上的响亮的亲吻，她讲故事时模仿的各种不同的声音，她的鞋跟走在学校操场上的回响，她塞进我书包里的小字条，她抚摸过我脸庞的温柔的手……我多希望自己不是唯一记住这些画面的人啊。我的父亲为他的妻子伤心落泪，外婆为她的女儿悲痛哭泣。而我多想有一个人能跟我一起哭着喊"妈妈"。

过了很久很久之后，我才知道她当时怀着一个小男孩。就是怀孕才导致了血栓的形成。

我从来都没打算只要一个孩子。女孩、男孩、褐色头发、红棕色头发、蓝眼睛或者是栗色眼睛，什么样子都没关系。我只有两个愿望：第一个是至少生两个小孩，这样他们便不再是独自守护记忆的人了；第二个则是在孩子学会不需要母亲的帮助便能治愈自己的伤口之前，绝不能死去。

她们会吵架，会互相伤害，会彼此嫌弃，但是她们仍然相亲相爱，她们不会孤单。

我拿起手机，从车里走出去。和煦的阳光洒在群山之上。我们将会在今晚抵达罗弗敦群岛，这些群岛以美妙的风景著称，而且好天气似乎也会陪伴我们一路同行。

我拨通电话，外婆的声音顿时就让我心里平静了下来。她似乎很高兴能听到我的声音。

"我亲爱的娜娜，你还好吗？"

"我挺好的，外婆，不好意思上周没给你打电话，我在这里每天都忙得晕头转向的！"

就跟我每次给她打电话的情形一样，我先跟她汇报最近去过的地方，描述一下她曾经也见过的那些风景。她全神贯注地听我说话，我甚至都能看见她那薄薄的嘴唇浮起的一抹微笑。

"两个孩子过得怎么样？"她询问道。

"我觉得勉勉强强还行吧，克洛艾跟我说得越来越多了，她脾气很冲，一点就着，不过我想这也是她本性的一部分，她所有的感受都特别强烈。"

"我真想知道她是从谁身上遗传到这些的！"外婆逗我说。

"当然啰，她很像我，比我想的还要多。不过，跟她不一样的是，我的青春期可没那么叛逆。"

"那倒是真的！"

我也想经历一次充满刺激的青春期危机，去反对，去抗争，去引人注目，去挑战自己、背叛自己，但我禁止自己这么做。我没有发出过声音，也没有流露过情感，我把自己缩成小小的一团，好让别人将我遗忘。我从不张扬，踮起脚往前走。他们已经受了太多苦了，我们都受了太多苦了。

"那小莉莉呢？"她问。

"她跟一个叫诺埃的小男孩走得很近，她看起来很喜爱那个孩子。另外我觉得她也挺喜欢出来旅行的。不过，我总是说她们俩挺好的，其实她们刚刚吵了一架，互相说了很多难听的话。我知道这事会过去，发生在姐妹之间也很正常，可是，每一次她们争吵都让我很心痛。"

"我的娜娜，她们每天二十四小时都不得不待在一起，如果她们俩不拌嘴，那才叫人担心呢！"

"你说得对。至少，她们还会交流，在家的时候她们连一句话都不说。对了，外婆你呢，你还好吗？"

她不禁笑出声。

　　"我嘛，你知道的，多活一天就是赚到一笔，我没什么好抱怨的！还是说说你吧，你找到你出发时想要寻找的东西了吗？"

　　我沉默了一小会儿，因为我从来都没有问过自己这个问题：我找到自己出发时想要寻找的东西了吗？

　　"我就快找到了，外婆，快了。"

　　妈妈过来问我是否真的是那么想的。为了不让她内疚，我便回答说不是，可是说实话，我真的认为比起自己，她更偏爱妹妹。她隐藏得很好，以至于我怎么挖都挖不出一条证据。但我对此仍然心知肚明，因为不可能会是另一种情况。莉莉比我可爱，她性格很好，脾气不会变幻无常，并且风趣幽默，完全就是我的反面。她是所有母亲都梦寐以求的孩子。

　　诚实点吧：您有两双鞋子，一双舒服点，既漂亮又时尚；另一双既不舒服，而且还丑陋、过时。您会更喜欢哪一双？

　　"你知道吗，我并没有对谁偏心。"她再三强调说。

　　"我知道，妈妈，我都知道。"

　　我从莉莉旁边经过时，说了一句"对不起"，她却故意装作没听见。

　　然而其实连我自己也没办法不喜欢她。我不知道这是否因为她是我的妹妹，也许我们的基因里被编入了必须喜欢同一血缘的机制，不过我身边也有不少相反的例子。所以理由应该还是在她本人身上。

　　我们刚刚抵达了欣岛上的勒丁恩，虽然道路曲折，可是两旁都是群山和瀑布。原来人们所说的都是真的：在斯堪的纳维亚半岛，路途和目的地同样美丽。天上的风把云都给吹跑了，风景只由三种颜色构成：蓝、绿、白。妈妈开了一路，很是疲惫，因此在出发去游览周围的景色前，先去休息了一会儿，莉莉在她那本粉红色的本子上写着什么东西，我则走到外面去转转。朱利安和诺埃出门去观看渡轮的操作，弗朗索瓦丝、弗朗索瓦、玛丽娜以及格雷格还没到达。迭戈坐在一把折叠椅上晒太阳。

"埃德加在睡午觉。"他告诉我说，随后提议把自己的座椅让出来给我坐。

我婉拒了他的好意，直接盘腿坐到了地上。

奇怪的是，有时候，我们跟那些没说过几句话的人反而更亲近。我跟迭戈在一起就是这种感觉。他的眼神里藏有某种东西，类似淡淡的忧郁，令人不由得去喜欢他。他把烟斗装满，点燃烟草，连着吸了好几口，才吐出来一口浓浓的白烟。

"我收到了几首匿名的诗。"我随口提起这件事当作聊天的话题。

他上下打量着我，眼皮微微抖动。

"我总共收到了三封信，有个人写好以后塞在房车门的拉手上，但我不知道是谁。一开始，我还以为是个恶作剧，不过我现在不是很确定了。"

"这些诗讲的是什么？"

"这些诗都很短，而且还有点幼稚，写诗的人向我表白。绝对是我们这群人当中的一个，对此您有什么想法吗？"

他皱了皱眉头，脸上的皱纹因此显得更深了。

"我是有一个想法，对的，不过我先藏着不说吧。毕竟我这人从来都不会泄露别人的秘密。但我不认为这是一个玩笑，这是一个敢于让梦成真的人。"

我点点头，他又继续说："小姑娘，你做过什么梦吗？"

"这个问题是什么意思？"

"你有没有生活的理想之类的？"

"我有好几个呢。"我不假思索地回答道。

"哪几个？"

"我想要找到一个灵魂伴侣，生几个孩子，和他们在一起幸福地生活。"

他听完便露出微笑，往烟斗里深深地吸了一口，然后又吐出一口白烟。那种带有一点点类似焦糖的气味不知为何令人感到慰藉。

"你没有一个个人的梦想吗？只是关于你自己的？"

我不必花时间去细想，答案就已经呈现在眼前了。

"我想去澳大利亚生活。"

"那就去吧。"

"我不能去。我妈妈需要我，我必须去挣钱，这样我就能帮上她一点忙了。如果哪天她没那么辛苦了，我才会去考虑。"

他不禁叹了口气。

"我不怎么了解你妈妈，小姑娘，但我见识过足够多的母亲，足以让我知道这个道理：那就是对于一个母亲，如果她的任何一个孩子不幸福的话，她是不会幸福的。"

他似笑非笑，不知在凝望何处。

"你知道吗，我和马德莱娜本来打算要三个小孩的，但我们最后只生了一个，可是这也已经很幸运了。我们俩都很宠爱他，我们的世界都是围着他转的。二十年来，我们始终扮演着父母的角色，并且是只扮演着父母的角色。这并没有让我们变得不幸，相反，这个孩子回报给我们的爱是我们给他的一百倍，他十分快乐、温柔、幽默、慷慨……到了二十岁，他突然跟我们宣布说他要去加拿大生活，我们俩的世界瞬间就崩溃了。马德莱娜陷入抑郁，我则想方设法跟他一起过去：我们得在那儿找到一份工作、一套公寓，实际上也并没有那么复杂。最后是马德莱娜的心理医生让我们改变了主意。他说孩子并不属于我们，我们就像是植物的支柱，帮助他们长大而已。一个学会起飞的孩子本身便是一份奖赏。当然了，这不是一朝一夕就能做到的，因为再也不能每天都见到他，我们心里非常难受，所以我们得去寻找别的目标，找点别的事情去忙，但是看到他成为一个成熟的男人，真是一种幸福。"

他不再说下去，沉浸在自己的思绪中。

"他一直都在加拿大生活吗？"我问道。

"对的。他之前还想让我搬过去跟他一起住，但我不愿意。"

"为什么？"

他稍微调整了一下架在老花镜上的太阳镜的位置。

"因为我们生孩子，并不是为了以后去当他们的孩子。"

安娜 ———————— Anna

我在斯沃尔韦尔的商店买了五个小精灵。挪威到处都能找到这种典型的纪念品。我打算把第一个放在客厅的电视机旁，留两个送给父亲和让内特，剩下的给两个女儿。其中那个头发乱蓬蓬、笑呵呵的给莉莉，像个勇士的那个则给克洛艾。原本，我下意识地选了两个一模一样的，省得她们从不同的选择中看出来我更偏爱某个人，但我最后还是改变了主意。

我一直都格外注意要对她们俩一碗水端平。给她们买生日礼物时，我会特意去买同样价格的商品，在一个人身上花的时间不能超过另外一个。我仔细计算自己的精力分配，如同一个总统候选人掐秒计算他的发言时间。我以前深受被抛弃的痛苦，因此我拼尽一切努力，不让我的两个女儿产生这种感受。可我还是失败了。有一天，我偶然读到说，先出生的孩子肯定会对后出生的孩子有敌意，这是无法避免的，不管我们做什么都不行。但我想，这当中也有我的一部分责任，也许恰好是因为，我在努力平等地对待她们的同时，却忽略了她们各自的特点。

克洛艾和莉莉是不一样的，所以她们的精灵也不一样。

正当我把商店门关上时，手机响了。我脱下手套，把手伸进羽绒服的口袋里。看到屏幕上显示的名字时，我犹豫着要不要接听，不过，就像莉莉说的那样，要以退为进趁热打铁。

"你好，马蒂亚斯。"

"你好啊，安娜，"他柔声说，"你过得还行吗？"

"你想要干什么？"

"我想要我们找到一个解决方案，我也不愿意跟你吵架。我只是希望自己的女儿过得舒服而已。"

我停顿了一下，抑制住自己的冲动。

"马蒂亚斯，我根本不想跟你商量什么，我想你是疯了吧。"

"我没有疯，我只是一个忧心忡忡的父亲而已。"

我真想大声吼出来，却只是深吸了一口气。

"你懂我的意思，"他继续说，"如果你当时允许我回来，我们也不会走到这一步。"

"你真让我恶心。你从来就不是关心孩子，你只想着你自己。七年了！你可以去干点别的事吗？"

他沉默了许久。我停下脚步，换另一只手来接电话，因为这只手在发抖。当他接着说话时，声音忽然变得冷酷了许多。

"随你便。我会给我的律师打电话，让他启动诉讼程序。你会输的，不用怀疑，我有方法、有证据来证明我才是父母中更好的一方。然后，我会给两个女儿打电话，告诉她们是你逼我对她们撒了整整七年的谎。亲爱的，你觉得她们会怎么想呢，嗯？当她们知道了要不是因为你的话，她们明明可以更经常地见到爸爸时，你觉得她们会有什么反应？"

我咽下一口唾液，喉咙顿时火烧火燎的。一想到他说这话时因为用力而扭曲的嘴脸，我就感到恶心。我听到手机里传来他急促的呼吸声，他在等我的反应。他在等我被恐惧压垮。

"随你便，马蒂亚斯，"我尽量克制住自己颤抖的声音，最后回应他说，"但如果你告诉她们真相的话，那我也不得不把真相给说出来。"

莉莉日记

Lily Diary

5 月 27 日

天哪，马塞尔，我跟你说！你绝对猜不到我今天看到了什么，为了确保我不是在做梦，我用尽全力掐自己的手，结果还掐断了一条血管。不过没关系，我现在可以安息了，因为我见到了鲸鱼！

喂，我还以为你肯定会高兴得又蹦又跳呢！

好啦，我来讲给你听。昨天晚上，我给诺埃读故事的时候（故事是用挪威语写的，我没太看懂），我听到他爸爸正在跟弗朗索瓦丝、弗朗索瓦解释说要怎么做才可以看见鲸鱼。我顿时激动得一蹦三丈高[①]，我仔细听完，然后我就把全部内容都向妈妈重复了一遍，只不过她往我头上浇了一盆冷水。我概括地跟你说吧：大概是，看鲸鱼要花很多钱，可是我们又没有钱，所以是行不通的。但是绝不能不去啊，毕竟这可能是我人生当中唯一能靠近鲸鱼的机会，这可不是我在图卢兹的街上就能随随便便遇见的，哪怕能遇到也不会是那么大一条。

我拼命地求她，像小鸟似的在她身边跳舞吸引她注意，我甚至还提议卖掉我的两个小指头换钱，因为我从来都不知道它们是干什么用的。她听我这样说，就明白我是真的很想去，于是就答应了。过了一会儿，

---

① 莉莉的笔误，应为"一蹦三尺高"。

她过来问我说切手指前需不需要进行麻醉，我觉得她是认真的，完全不像在开玩笑。

我们坐小巴一路从罗弗敦来到安德内斯，路上的风景很漂亮，可我只想着看鲸鱼。工作人员给了我们一套很丑的连体服，但这件衣服可以防寒、防水，还挡风。我向你保证，要是穿上它的话，《泰坦尼克号》里的杰克就不会冻死了，不过我不确定他穿上它还能不能追到露丝就是了。我们登上了一艘小船，妈妈向我说明这种船叫橡皮艇，我之所以还记得，是因为我想知道为什么人们会给它起这个名字，可能是因为发明这种船的人特别喜欢玩橡皮泥吧。我们总共是八个人，另外几个是英国人，夫妇两人带着三个男生，我猜是因为这个克洛艾才抱怨要穿连体服的吧。

我一直担心自己会晕船，上次就因为妈妈的开车技术，我差点吐出来，但这回我可不仅仅是差点没吐出来这么走运了。一小朵一小朵海浪不断地拍过来，我宁可一个大浪打过来，也不愿这些小浪拍个不停，这就跟考试分数是一个道理，宁愿一门特别差，也别门门都不太好。海风特别冷，我们还能望到远处山上的雪，这点必须跟挪威人讲讲道理，我们已经快到夏天了哎。过了一阵子，芒努斯把船停下来，水面上有一些黑色的小翅膀在一起往前游，它们应该是介乎海豚和鲸鱼之间的鱼类，真有意思，我们仿佛身处一个纪实报道里一样。我们盯了很久，不过只看到了它们的背，剩下的部分它们都不肯露出来。然后，芒努斯收到一条信息，我们很快去到了远一点的地方，我又吐了，妈妈摸摸我的背让我好受点，并且坚持让我嚼一粒口香糖。

马塞尔，你准备好了吗？我要跟你描绘一下这个至关重要的相遇。船还没停下来，我就发现它了。它先是往外喷气，很多人都以为它喷的是水，但是我看过非常多关于鲸鱼的纪录片，所以我知道那其实是气体以及水雾。那真是神奇、美妙、不可思议，说真的，没有词语可以形容当时的场景。那就是，就是一切。

　　我们只能看见它的背，它停在水里几乎一动不动，我们离它只有几米远，我真想跳下去和它一起游泳，可我妈妈肯定是想到了这一点，她跟我说海水比空气还要冷。鲸鱼慢慢地游动，忽然它就沉下去了，尾巴露出水面竖立了几秒。这简直就是我生命中最美好的几秒，马塞尔，我差点都哭出来了，你能想象吧！

　　接着，我们又看到了第二条，回去的时候见到了第三条。我向你发誓，它们到现在都还清晰地印在我的脑海里，我希望它们能一直留在我的记忆中。反正，它们那么庞大，也不可能通过我的耳朵游走的。

　　我向妈妈宣布说，长大后，我想和鲸鱼一起工作。她居然当我是开玩笑。我不知道人们是从几岁开始失去梦想的，但我希望我永远都不会到这个年龄。

　　好啦，我先说到这儿了，我得去把这件事告诉诺埃。

　　祝好。

莉莉

　　附：我发现，英国人和挪威人大吃一惊的时候，他们脸上的表情是一样的。

安娜

　　玛丽娜和格雷格又邀请我去打塔罗牌，克洛艾和莉莉在得知能够摆脱我后，怎么藏都藏不住她们的欢喜。我只好假装对此不以为意。

　　当我走进他们的房车时，他们正和视频里面的人聊得热火朝天。屏幕上跟他们说话的是一个女人，膝盖上还抱着一个身穿巴斯光年[①]睡衣的小孩子。

　　"那是她的表姐波利娜。"格雷格压低声音对我说，同时示意我坐下来。

　　他们的对话并没有持续太长时间，但足以听出波利娜对于玛丽娜怀孕这件事十分高兴。

　　"我真是太为你们感到开心了！你以后会知道，这里头就只有幸福，你们也会成为非常了不起的父母的！"

　　"我要有一个表弟了吗？"小男孩尖着嗓子问道。

　　"是的，朱尔，一个表弟或者是一个表妹！"玛丽娜兴冲冲地说。

　　"我嘛，我更想要一个表弟！"

　　所有人都被逗乐了，接着波利娜三言两语说了一下她的近况，非洲舞蹈课让她受益良多啦，她儿子每天晚上都能找到一个借口去她床上睡觉啦，她父母去巴哈马旅游啦，等等，最后姐妹俩互相承诺不久之后要

---

　　① 《玩具总动员》主角之一。

再通电话，小男孩又送出一记响亮的吻别，通话就结束了。

"你要来一杯草本茶吗？"玛丽娜一边抚摸她的肚子，一边向我提议道。

我微微笑了笑，她才意识到自己的动作，站起身来去烧开水。格雷格朝我眨眨眼。

"虽然她不想承认，可是她已经开始喜欢上肚子里的小宝宝了。"

玛丽娜耸耸肩，努力克制住上扬的嘴角。

"胡说八道！我在谷歌上查到，胎儿现在连五毫米都不到，你怎么会认为我喜欢一个跟蚂蚁般大的东西？"

"我只听到你说你在谷歌上查了资料，"格雷格回嘴道，"那你还查了应该起什么名字吗？"

她的脸"腾"地红了，格雷格放声大笑。

"行啦，够了，"她承认说，"可能我也有一点点习惯要当妈妈这件事了，没什么值得小题大做的！安娜，你还是跟以前一样加一块方糖吗？"

"是的，谢谢！你知道吗，你表姐说的是对的，我和两个女儿在一起时所感受到的巨大幸福是别的事情所无法比拟的。有时，只是看着她们，我就觉得内心充满了喜悦，这根本没办法解释。"

"对啊，对啊，"玛丽娜打断我说，同时把一个冒着热气的马克杯放到我面前，"你可别想着骗我转移到别的话题上，来躲避关于你自己的话题。说吧，你和朱利安进展得怎么样了？"

格雷格抱歉地朝我笑了笑，我不明所以便问她："你在说什么，我和朱利安怎么了？"

"别给我兜圈子！我不是很擅长观察，但如果两个人之间有故事发生，我会注意到的。而现在，我隔着十里远都能察觉到你们之间的吸引力！"

我吞下一口滚烫的茶。心里的慌张被随后三声轻轻的敲门声所打断。格雷格给朱利安打开门，后者立马钻进车里，带进来一阵凉气。

"我等到诺埃睡熟了才过来，"他把一个婴儿监听器放在桌上解释道，"好啦，你们准备好要输了吗？"

我们连续打了好几盘，其间穿插了疯狂的笑声，也有难得的知心话，即使睡意袭来也不肯消停。直到后来玛丽娜直接坐着睡着了，手里还抓着牌，我们才觉得是时候告辞了。正当我把帽子戴到头上时，她突然醒过来，甚至都没有意识到自己刚刚掉线了。

"我赢了？"她问道。

"当然啦！"朱利安拉上大衣的拉链，对她撒了个谎。

她心满意足地站起来，双手环抱住我的脖子，向我亲吻道别。

"你们两个要是在一起就太好了。"她悄悄地说。

我往她脸颊上亲了一口，然后跳入寒冷的雾气当中。

"等等，我送你回去吧。"朱利安说着便把手伸过来挽住我的手臂。

我的房车停在露营地的另一头，我们俩便慢悠悠地走过去。

"对了，"他询问道，"你不后悔加入房车的队伍当中来吧？"

"谁说的，跟这些让人受不了的家伙一起出游真是太痛苦了。"

"你说得对，玛丽娜和格雷格就特别招人烦。"

"我再也不想见到他们了。可是最烦的要数那个负责人，他叫什么来着？"

他一本正经地点点头。

"对的，带着儿子的那个家伙，朱利安！我完全赞同你的意见，我也不待见他……"

"他特别可恶，总是想帮这个帮那个的。这些不求回报想帮助别人的家伙到底是些什么人啊？真是太可怕了。"

"是啊，人们应该恢复死刑才对。"

我忍不住哈哈大笑起来。我们走到了车门前，雾气如同棉花似的把我们包裹起来。朱利安转过身来正对着我，手却没有松开。

"我听到玛丽娜对你说的话了。"他低声耳语道。

我吓了一跳，结结巴巴地回道："她一直抓着这个念头不放，我不知……"

"或许她能看见别人看不见的东西吧。"他注视着我，轻声说道。

我的心跳猛地加速，轻轻地把自己的手抽了出来。

"晚安，朱利安。"

"晚安，安娜。做个好梦。"

当我的手碰到门把时，我感觉到朱利安用手轻柔地蹭了一下我的脸颊。我打开门，迅速把自己关进房车里，身上流过一阵阵战栗感。

克洛艾
连载专栏

　　弗朗索瓦让我辅导路易写作文。他的姐姐不是很擅长法语，恰好我妈妈又吹嘘过我的好成绩。我一点都不想跟一个九岁的小孩待上半天时间，直到他爸爸提出会付给我一笔不错的报酬。看来我的意愿也没那么值钱。

　　我们一起坐在他家的房车里，路易拿出作业本，翻到最新的一页。上面是一首普莱维尔①的诗歌，要求学生试着想出接下来的部分。

　　"你想写点什么呢？"我问他。

　　他用他那双黑色的大眼睛盯着我看，仿佛是没听懂我的问题似的。各种各样的点子在我的脑海中碰撞，我差点就想拿起笔来自己替他写了，延续原有的诗意，并且创造出新的意蕴。

　　"我不知道。"他回答说。

　　"你读懂这首诗了吗？"

　　小男孩摇摇头，脸也跟着红了。我在他这个年纪时，草稿本上涂满了自己天马行空的想法。当老师问我以后想做什么时，我的回答是"写故事"。

　　我跟路易解释了一遍题目的要求，他便开始写起来，还故意用手臂挡住了内容。

――――――――――

　　①　雅克·普莱维尔（1900—1977），法国诗人、剧作家。

我扫了一眼四周。路易丝趴在床上，用她爸爸的手机看电视剧。弗朗索瓦丝在削胡萝卜皮，弗朗索瓦则把削好的胡萝卜切成圆形薄片。

我的父母以前也会一起做饭。爸爸下班回来后，他就去厨房找妈妈，脱掉大衣，解掉领带，然后和妈妈一起准备晚餐。我坐在他们旁边，听他们讲一天里发生的事情。他们俩在一起总是笑声不断。爸爸常常会用手揽着妈妈，他们拥抱亲吻，互相让对方尝一尝菜的味道。每天晚上入睡前，我时常一闭上双眼就会回想起这些画面。我费尽心思想要找出原因。然而一个十岁的小女孩不可能弄明白，为什么她的父母明明前一天还在拥抱，第二天竟会分道扬镳。

我问过他们很多问题，可是回答都很含糊。有好几个月，每当我听到钥匙插进门锁的声音时，我都希望那是爸爸回来了。我想听到他的声音在客厅里响起，看到他的外套搭在椅背上，我想在浴室里闻到他身上除味香水的味道。我想要我们的家庭破镜重圆。

莉莉那时候才五岁，她对这些事情还没有概念。我从来都没听她说过想要爸爸回来，也从来都没看过她为此哭泣。我只记得有几回她大发脾气，半夜尖叫着醒过来，在学校里和朋友打架，反抗妈妈的命令，但都是转眼间就平息了。

我一直都没有弄明白是什么原因让他们分开，但我早已不再奢望能再次看见爸爸妈妈笑着互相给对方喂食物的画面了。

"我写完了！"

路易把作业本转过来让我看，一脸得意的表情。他看起来读懂了题目要求，续写的诗歌与原诗的风格十分符合，韵脚也都押对了，字迹……

字迹。

是那支蓝色的马克笔。

我顿时大惊失色。一切都清楚了，我对此深信不疑。在我面前，小男孩的脸上挂着一个大大的笑容，这位匿名的小诗人正等着我评价他的作品。

安娜

将近两个月前，我们驱车起程时，我在心里列了一张准备参加的活动项目的清单，去峡湾划皮艇这件事也被列入其中。这便是人们以为自己永远都实现不了的那种梦想，因为太疯狂了。

的确很疯狂。

而且我们都去了。

出发前，我问两个女儿谁想跟我在一艘船上，结果两个人都指着对方，所以我们就选了单人小艇出海。在刚刚过去的十分钟里，我都是一个人在试图驯服手中的短桨。

莉莉划在最前头，她前进的节奏掌握得正好，不会离教练以及其他人太远。她的皮艇后头留下一条波动的水痕，将挪威海透明的海水分成两半。

克洛艾就在我旁边。当她发现我不是在前进而是在后退时，心里肯定升起了一丝同情。太阳的光芒映照在她那头红棕色的鬈发上，她对眼前的风景赞不绝口。

"等等，我想拍几张照片。"她知会我一声，说着便把船桨打横放在了皮艇上。

她从防水书包里掏出相机。

"小心别掉进水里了。"

"别担心，我会拿好的。"

我们的皮艇停了下来，寂静取代了船桨拍打海水的声音。绝对的寂静。令人不安的寂静。我的心跳声在耳畔响起，麻痹的感觉爬上脸庞。在我们四周，墨绿色的群山仿佛在巡逻，头上戴着一顶白色的帽子。风景倒映在光滑如镜的水面上，令我们显得很渺小。我的呼吸开始加速。

"要不我这时候发动一次小小的焦虑症怎么样，就现在？"掌控情感的大脑提议道。

"不用了谢谢，想都别想。"掌控理智的大脑回答说。

"可是不管怎么说，她现在正好就在海上，被一群可怕的高山围绕着，远离所有的一切。这简直是最好的时机！"

"谢谢你的好意，不过她已经在尝试控制住自己了。"

"太晚了！我已经往手指发送了麻痹感，心跳也提速了。"

"那么你可以把命令收回来了，因为她是不会让你得逞的。"

"我们走着瞧吧！你很清楚一直都是我赢的。来啦，我再加点燥热感。"

"你听我说，小猫咪。你就让她享受一下这一刻，赶快把你的那些兄弟召回来吧，否则看我不把你打个鼻青脸肿。"

克洛艾看着我："妈妈，你还好吧？"

"还好，我的宝贝。这儿可真是美不胜收啊！"

我注视着她，她正在把周围的景色都刻进自己的记忆储存里。我的心跳慢慢地回到了正常的节奏。

"你快笑一个！"

我听话照做，毫不费力地露出一个笑容。要不是因为我担心会掉到水里，我肯定会为自己克服了一次焦虑症发作而手舞足蹈的。即使我知道它并没有走远，还在某个地方守着，潜伏在某个角落，等待着合适的时机再来向我发起反攻。

"你很上镜啊！"克洛艾大声对我说，"你能给我也拍一张吗？"

我把自己的皮艇划到她附近，接过相机，然后把我的女儿以及她那久违的微笑定格成永恒的画面。

"好啦，我们得快点了，他们在等着我们呢！"

克洛艾把相机收好，我以自己目前掌握的划船技巧所能达到的最高速度，跟她一道划过去和大部队会合。远处的那些身影几乎静止不动，除了莉莉在用力地朝我们挥动双臂。我试着加快速度，结果却让自己往左拐了。我把船调整好方向，决定还是耐心一点为好。在我左侧，我感觉到克洛艾的目光始终黏在我身上。

"有什么事吗？"我侧过头去问她。

"妈妈，我可以问你一个问题吗？"

"当然啦！"

她停顿了一下，这反倒令我紧张起来，然后一口气说道："现在我长大了，你能告诉我你当初为什么要离开爸爸吗？"

安娜 ——————— Anna

第一次，他把我的鼻子打断了。

这是我们结婚前两个月发生的事。他下班回来，心烦意乱，不停地抱怨他的上司，因为对方无缘无故责怪了他。我尝试去安慰他，但他毫不留情地拒绝了我的好意。我们当时已经在一起住了六个月，在他身上，除了我所习惯的温柔、和善的一面，我还逐渐发现了他性格的另一面。而在最初的几周，我甚至都怀疑他是不是太好了，或许一个有个性的人会更适合我一些。

他十分反感我替他的上司说好话、找借口。他的拳头一下子就砸了过来，我都没时间去防卫。我也没有时间去弄明白究竟发生了什么事。

我的鼻子被打断，淌了很多血，他苦苦哀求我打开浴室的门。洗手池的水不断地流走，我的血也混入其中。我就这样盯着这场血水交融的旋转舞蹈，身体僵硬得完全无法动弹。

他向我道歉。都是他的错，他不应该这样做，他以前也从来没这样做过。他爱我，爱我爱到他可以为之去死。

别人都以为我是撞到门上了。所有人都笑话我，哎哟，安娜，怎么回事，你连门都没看见吗？

为了得到原谅，他付出一切努力。他反反复复地向我表白爱意，表现得殷勤、温柔，完全满足了我被爱的需求，甚至比我所能想象的还要更多。那个拳头变成了回忆，那只是生活道路上的一次小事故，完全不足以阻止我们前进。

第二次，他故意避开了我的脸。

那时克洛艾才三个月大。她时刻需要确认我在她的身边，而我也满怀幸福地陪伴在她左右。有一次，他问我是否还爱他。作为一个慈祥的父亲、亲切的丈夫，这个我有幸遇见的男人，答案对我来说太理所当然了，我便露出一个灿烂的笑容，回答他说："当然不爱啦。"我还没来得及说下去，就感觉到他的拳头一下子打在我尚未恢复的腹部。

他去他母亲家里待了一个月。我的态度非常坚决：我永远都不会再和他一起生活。他每天都给我打来好几通电话，我从不接听，他就给我留言。他说他不知道自己当时究竟是怎么了，他很害怕，害怕自己，他并不想变得那么暴力，暴力却控制住了他，他如今被罪恶感深深折磨。他去进行了心理治疗，同时也开始投入运动。他太爱我了，担心我发现他其实并没有那么好，担心我不再爱他。这是他所不能承受的事情，他对自己的所作所为感到万分抱歉。

我原谅了他，并且在接下来很长一段时间里，我都为此感到庆幸。他成功制服了那头试图抢夺地位的怪兽。他的确有缺点，可是谁没有呢？我也有缺点，我并不是每天都那么好脾气的。自从我开始在餐厅打半天工以后，我晚上常常都疲惫不堪。有时我会拒绝他，忘了告诉他说我一直都爱着他。

我重新找回了自己的灵魂伴侣，这个男人懂得我的一切，他让我欢笑，令我感动，让我能继续做梦。

那是一个周日的早晨，克洛艾去邻居艾娜家那儿过夜了，莉莉还在睡觉，她那时五岁。我从床上爬起来，准备去洗漱，因为中午得去上班。他仍躺在床上，突然抓住了我的手臂。

"他那儿比我的还大吗？"

我不知道他在讲什么，还以为是个笑话，我就笑了笑。他猛地扯了我一下，我倒在床上，然后他便骑到我身上，双手用力地掐我的脖子。他的眼睛直直地盯着我，我却再也不认识眼前的人了。我奋力挣扎，但他比我更有力气。他越掐越紧，我再也无法呼吸，只能眼睁睁地看着心爱的男人把自己给杀死。在我失去意识之前，他松开了手。

"臭娘们，你会付出代价的。"

我拼命去打他的胳膊、胸膛，抓伤了他的脸和大腿。他松手放开我，我便一下子滚到了地上，接着一路爬到了门边。然而他又往我肋骨那儿狠狠地踹了一脚，我顿时疼得喘不上气来。隔着门，我能听到布朗尼——当时家里养的小狗——在不停地挠门。

他抓住我的头发把我给拽起来，然后摁着我的头就往衣柜上撞。我的头被狠狠地击了一下，尚且残留的意识想到他接下来就会把我给杀了。这个念头让我万分恐惧。我想到莉莉和克洛艾，她们以后就会落到他手里了。谁会发现我的尸体？莉莉？还是克洛艾？就像我小时候发现我母亲的尸体一样吗？

他又把我的头撞了第二次，而且更加用力。当门打开时，我已经痛得缩成一团。布朗尼一下子冲进来，尾巴还在高兴地摇着，莉莉站在门框那儿，头发乱成一团，眼里满是惊慌。

我努力试着站起来，把她抱进怀里，他却比我更快出手。他往我小腿胫骨那儿踢了一脚，走过去张开手掐住我们的女儿的小脸蛋。

"要是你敢说出去，你妈妈会更惨的。"

我们在我父亲家住了一周。我把一切都告诉了他，让内特和他都吓坏了。谁会想到这个魅力十足的男人，遇到不平便愿意拔刀相助的人，本身却是极其残暴的呢？

他又来求我给他最后一次机会。他会去进行治疗、住院，找到避免事情再次发生的方法。

而我找到了那个让事情永远不会再发生的办法，那便是他必须离开。

　　然而离开并不是轻而易举的，他试过勒索我、向我祈求怜悯、以性命相要挟，然后又反过来威胁我、威胁两个女儿。最后他去了马赛，住到了他的母亲家里。当我们回到公寓时，布朗尼已经死了。后来兽医告诉我说它的肝脏和脾脏都被打破了。

　　我对克洛艾回以一个微笑，她边看着我边继续划船。她还在等着我的回答。

　　"宝贝，我们分开是因为我们彼此不再合适了。"

克洛艾 连载专栏

　　我又收到了一首新写的诗。当时我们在努斯峡湾玩了一个下午后回到房车露营地，发现它又被塞在原来的地方。这一次有一个新的小创意：那就是笔画当中的点都换成了小爱心。如果我之前还有什么疑惑的话，此刻也都烟消云散了。

<blockquote>

我愿赠你玉石翡翠，

送你鲜花装饰屋内，

还要献上醉人香水，

就在米兰周围。[①]

我会建造城堡高楼，

那里爱是国王，

爱是律法规章，

而你是王后。[②]

</blockquote>

[①] 作者为迪亚娜·特尔，《如果我是一个男人》，©蒂塔音乐有限公司，1981。——原文注

[②] 作者为雅克·布雷尔，《别离开我》，©华纳版权音乐公司（法国）及雅克·布雷尔工作室，1959。——原文注

显然，小路易自己的灵感已经枯竭了。

我第一个进到房车里，心里回味着刚刚在渔村拍摄的照片，感到心满意足。那些红色和黄色小房子倒映在小峡湾平静的水面上，简直就是一张风景明信片。

第一件事仍然是去查看凯文是否回复了我今早发给他的短信。

"我不久就会回家，但愿我们能见上一面。我常常会想起你。吻你。"

他答复了，语气毫不含糊："你给我滚吧！"

我把手机扔到长椅上，一语不发地走到了外面。我需要一个人静一静，把事情琢磨透。我穿过停车场，沿着马路漫无目的地走着。低处的峡湾以及村庄的景色优美动人。

然而霉运却固执地跟着我，因为我在路上碰到了路易丝。她坐在草地上，把头埋在双臂之间。我继续往前走，尽量不发出任何声响，心里念叨着她可千万别发现我，结果这个讨厌鬼耳朵还挺灵敏的。她吓了一跳，抬起头看着我。

"你在这儿干什么？"我问她。

"什么都没干。"

"那你为什么用手遮住嘴？"

"我跟你说了，不为什么。"

她整张脸都涨红了。也许霉运已经不在我以为的地方，而是跑到了别人身上。我在她身边坐下来：

"你掉牙了？"

她摇摇头，眉头拧成一团。我不肯放弃，又问一遍。

"那你是怎么回事？给我看看嘛，你总不能一辈子都这样用手捂着嘴吧。"

她耸耸肩，眼里顿时满含泪水。最后，她慢慢把手放下来，一个血腥的画面呈现在我眼前。

路易丝的脸上多了一撇刺眼的栗色胡子，形状倒是十分好看。

"这是什么？"

"唉，我本来想脱毛的，但是脱毛蜡太烫了。现在伤口结痂，我就成这个样子了。"

我尽量不去嘲笑她，我向你们保证我真的尽力了。不过你们真应该看看当时她那副模样，目瞪口呆的样子再配上结痂的胡子，你们也会忍俊不禁的。

要不是路易丝自己也扑哧一声笑出来，我本来是能够只在心里默默发笑，不表现出来的。问题是她一笑，就牵动了结痂，又疼得不行，于是她就一边笑一边痛得直叫唤，最重要的是她还得用手指按住嘴角。我再也忍不住了，笑声从肚子里发出来，然后一路往上，最后冲破了同情的屏障，爆发出一阵响亮而疯狂的大笑，我笑到肚子疼，眼泪都流了出来。路易丝也尖叫着，大笑不已。

几分钟后，当我们终于平静下来，我们都已经笑得躺倒在草地上，满脸都是泪水。

我重新坐直身体，擦了擦脸说："你真幸运，最近这个特别流行。"

"最近还很流行平胸呢。"她顶嘴道。

或许她也并不是那么无趣的人。

回到露营地时，我们俩都装作刚刚那一小时的聊天从来都没有发生过。迭戈待在车外抽烟，我便走过去看他。他之前所说的关于父母以及孩子的话语还萦绕在我的心头。

"心情不大好吗？"他问我。

"还行吧，那您呢？"

"我很好，起码比埃德加一直睡觉要强。但愿他别在回到法国之前就撒手人寰。"

他见我一副瞠目结舌的样子，心里肯定升起了一丝同情，便微微笑一笑。

"那么，你又在烦恼什么呢？情感方面的？"

"可以这么说吧……"

他往烟斗里深深吸了一口气，然后再吐出来，眼睛望向峡湾。

"你知道吗，小姑娘，如果我能从头再活一次，并且在一开始就记住那些我现在才懂得的人生道理，我肯定会过得更加幸福的。我们常常因为一点小事而烦恼，我们以为是负面的东西其实也并不完全是坏的，同理反过来也一样。"

"这是什么意思？"

"我在二十岁的时候，有一天骑自行车出了很严重的车祸。身上有好几个地方骨折，但最让我伤心的，还是我没办法去参加当天晚上一个我期待已久的舞会。我本来想去找那个我很喜欢的年轻姑娘——露西。我花了一整天的时间说服医生让我出院，但还是白费力气，我因此还狠狠地诅咒了他们。露西后来跟隔壁村的一个小伙子好上了，再也没有回我的信。我当时很绝望，觉得一辈子都毁了。一个月后，我就遇到了马德莱娜。就在同一年，一个跟我特别亲近的哥哥，他在玻璃厂上班，被提拔到了厂长的位置。这可是件大好事，因为在我们家族里从来都没有人爬到这么高的位置。他每天更加卖命，起早贪黑地工作，没有任何事情能使他的热情消退。一天晚上，他下班回家，转弯时出了事故，当场就死了。类似这样的例子，我还能再举出十来个。要不是我当时受伤了，我就不会认识我的妻子。要不是我哥哥升职了，他可能还能更长命些。在我们的一生中，我们总是对发生在身上的事情下定论，为此感到庆幸或者唉声叹气。然而，没到最后一刻，我们都不会知道这件事是值得高兴还是值得悲伤的。没有任何事情是一成不变的，万事万物都在发展。不必在今天感到伤心，因为也许发生在你身上的事情其实是件巨大的幸事。"

我全神贯注地听完老爷爷说的话，他的智慧极具感染力，令我豁然开朗，之后便回到了房车里，一路上都在寻思着，他告诉我的道理究竟是好事还是坏事。

现在是深夜十二点，这是我们最后一次能在午夜看见太阳了。明天，我们就会离开博德，回到北极圈以外的地区。

我们的房车全部停在位于一座小山顶上的停车场，从这里能够俯瞰下面的村庄和大海。我和两个女儿都想要尽情享受最后这次机会。我们仨坐在岩石上，身上披着一条柔软的羽绒被以抵御寒冷，一起欣赏眼前这幅不肯入眠的太阳的神奇景象。我们都不再说话，因为此刻的情绪不需要任何言语。

"我可以跟你们坐在一起吗？"朱利安的声音从我们背后传来。

"你坐我的位置吧，我快困死了！"莉莉说着便站起来，"晚安！"

"我也是，而且我还得去写博客呢。"克洛艾补充道，说完往我脸上用力地亲了一口，便跟着她妹妹回去了。

我犹豫着要不要也学她们俩，但我不想让朱利安感到不快。他仍旧戳在我旁边，似乎有点犹豫不决，于是我便掀起毯子，让他坐到我的一侧。

"那边是兰讷古德岛。"他用手指着遮住了一部分太阳的山峰对我说。

"你能告诉它，它挡住了我们的视线吗？"

"我来看看我能做些什么吧。"他一本正经地回答道。

然后他拿起婴儿监听器对着嘴。

"喂，喂，兰讷古德岛，这里是世界美景保护中心，我是总负责人。我们刚刚收到了几份投诉，说您停在了太阳的正前方，请您换个地方，否则我将派遣我手下最优秀的警官——安娜女士去收罚款。我可以负责任地告诉您，她办事从不马虎。您知道亚特兰蒂斯吗？对的，那就是她负责处理的。祝您今晚过得愉快！"

他把话筒放回夹克衫的口袋里，转过头来看着我。

"弄好了，它正在收拾行李准备离开。"

"非常好，朱利安主任。万一它不听话，你还可以再用柔术把它打翻在地。"

他笑了，双眼在金色阳光的照耀下闪闪发亮。他凝视着我，我竟无法转移视线。他的笑容慢慢地消失，目光在我的脸上游移，最后落到嘴上，仿佛在轻抚我的双唇。他久久地、久久地凝神望着。从我的身体里升起一股暖意，朱利安慢慢地靠近我的脸庞，内心的渴望把我也推向他，但我突然意识到我们就在大庭广众之下。于是，我向后缩了缩脖子，我们两人又重新沉浸在午夜太阳的美景之中。

莉日
莉记

———————— Lily Diary

5 月 30 日

亲爱的马塞尔：

希望你最近一切都顺利！

对了，我觉得我妈妈跟弗朗索瓦丝说了一些关于我的事情，这可真是太奇怪了，因为她特地过来找我，就是为了跟我说我不能任由别人欺负，欺凌是很严重的事情，她自己曾经也经历过，上初中的时候，她成了班上背黑锅的替罪羊。她跟我讲了自己的故事，一开始我只是为了讨她欢心才听她讲的，后面却越听越有兴趣。我跟她解释说我并不是被霸凌了，我才不在乎双胞胎老是过来烦我这件事，她说她以前也是这么认为的，但其实她内心十分痛苦，就像我现在这样。我不认为她真的遇到过这种事。所以，我就问她当时是怎么做的，她告诉了我两个窍门。我写下来给你看看，毕竟谁都说不准，说不定将来你也用得上。

第一个窍门：如果有另一个本子对你不好，并且你害怕它的话，那你就想象它得了肠胃炎很虚弱，没必要害怕它什么。

第二个窍门：与其用恶毒的话骂回去（或者完全相反），还不如朝对方笑一笑，再夸它一两句。可我不觉得这能有什么用，不过弗朗索瓦丝向我保证说它绝对行得通。

她离开后，我姐姐过来找我，我猜她偷听到了全部内容，但她什么也没说。她不停地跟我谈论天气，路上优美的风景，是个人都能明白她有话要说，可她就是说不出口，但到最后她还是说出来了。她向我坦白说上次那些并不是真心话，她很高兴自己能有一个妹妹，而且更庆幸这个妹妹是我，而不是其他人。我尽量不笑得太夸张，千万不能让她以为我是一个好哄的妹妹，但我还是回答她说我也很开心，因为她的妹妹是我而不是其他人。

说到这个，回去的路上你得提醒我要去找一家能买到杰托斯特奶酪的商店。那是一种栗子颜色的奶酪，味道有点像焦糖，它特别好吃，好吃到我能吃上一辈子。喏，我放一点在你的纸上，你来尝尝，你也跟我说说你最近发生的事情吧。

好啦，我先写到这儿了，我们刚刚停下车，准备去看一个瀑布，希望这次能见到三文鱼跳出来吧（当然跳出来的也有可能会是一头熊）。

亲亲，马塞尔。

莉莉

附：我不知道挪威语里那些奇怪的字母都是谁发明的，ø、å、æ，不过我觉得吧，那人平时不光喝水，肯定还给自己灌了不少酒。

"你喜欢朱利安吗？"

妈妈没料到我会问这个问题。她不敢相信，便让我再重复一遍。

我们当时正在去往维维尔斯塔的渡轮上，坐在船舱外头，靠一碗汤暖手。渡轮绕着几座小岛曲线前行，一朵朵大片的白云飘浮在天空上，风景显得尤为壮阔。

妈妈吞下一口热汤。

"你为什么会问这个？"

"我不知道，就是感觉你挺喜欢他的，难道不是吗？"

她耸耸肩，可是她脸上局促不安的表情是不会骗人的。

自从妈妈离开爸爸以后，我从来都没问过类似的问题。我之所以没去问，是因为我不想知道答案。

我当然希望能看到她幸福。但是爸爸会受不了的，他曾经好几次这样对我坦白过。

哪怕过了七年，爸爸唯一的目标仍然是想和妈妈旧情复燃。每次我给他打电话，他都会跟我讲起他寄给妈妈的信件，那里面写满了祈求，然而他连对方是否打开看过都不敢肯定，他还会跟我讲述一些回忆，说话时声音都禁不住在颤抖，我能感受到他的悲伤，沉重得几乎令我窒息。他独居在家，远离自己生命中最重要的女人和女儿，倍感孤独。每每听到这些我都心如刀割。

我知道终有一天，她会找到另一个人陪伴的，并且我也知道那不会是爸爸。我所无法接受的是，父母之中一个人的幸福却会让另一个人陷入不幸。

妈妈很有异性缘。我知道男人们都是用什么样的目光在看她。我曾见过有人把手机号码偷偷夹在雨刷下，也听过超市的保安忍不住赞美她的魅力。我猜这七年来，她肯定有过不少故事。或许是几段暧昧，或许是无疾而终的感情。但她从来都没有显露出来。这是我第一次怀疑她有对象。

起因是我注意到她看朱利安的眼神。她当然可以随便说点什么搪塞过去。但是跟她看迭戈或者埃德加的眼神相比，那里面确实多了点什么东西。

她思考了几秒，最后回答说："我当然挺喜欢他的，他总是让我开怀大笑。你不觉得他的笑话很好笑吗？"

"妈妈，别用问题来回答问题，你这样做很讨厌。"

"那可真可惜，我正好也有一个问题要问你：你会反感我和别人在一起吗？"

"和朱利安？"

"不管和谁，别老提朱利安了。"

我陷入了思考。

这两个月以来，我原本坚定的信念开始动摇。我和妈妈在一起的时间比前几年加在一起的还要多。爸爸值得过上幸福的生活，然而她也一样，不管是单独一个人还是和另外一个人在一起。

"一开始可能有点难吧。"我承认道，"不过我会习惯的。"

她笑了，我接着又补充了一条说明："不过求求你可怜可怜我，那个人可千万别是一个老是穿着格子衬衫，还会跟房车讲悄悄话的男人！"

安娜 ——————— Anna

　　我十一岁时，父亲向我介绍了让内特。那时我的母亲已经去世三年了。

　　那天他来到我的初中接我放学，告知我说等会儿一起去餐厅吃饭。然而我们以前从来都没在餐厅吃过饭。

　　那时候他工作很忙碌，我便常常在外婆家过夜。我和外婆一起创造了一个由习惯围成的蚕茧，住在她家时，我有种感觉，仿佛什么事情都不会发生在我身上。每一天晚上都大同小异。我回到家，换上拖鞋，我喜欢有点穿旧了的鞋子，因为它们在地板上滑起来更顺畅。外婆已经给我准备好了下午茶，一杯热牛奶、一个可丽饼或者华夫饼，配上她自己用白糖制成的糖霜。每次我不小心撒了一点在防水桌布上时，我都会用指尖把糖霜一点点蘸起来，再放进嘴里津津有味地嘬上一口。接着，外婆会陪我一起写作业，如果写完后离准备晚餐还有一段时间，我们就会一起玩填字游戏。她有时会让我填几个空格，不过大多数情况下，我都是负责查字典。填完后我们就会移步到厨房。我有自己专属的红色围裙，上面画满了淡紫色的小花。我把她需要的食材递给她，她还会让我去打鸡蛋，或者是把面团揉开、往盘子上抹黄油之类的。我最害怕点炉子的时候，我擦燃火柴，拿着它靠近小小的炉芯，与此同时外婆会按下旋钮，打开煤气通道。等待饭菜做好期间，我会换上睡衣，外婆负责把百叶窗给关上，接下来我们就一起坐在沙发上看一些游戏节目。房子里飘满了香喷喷的味道，我的肚子也咕噜咕噜地叫起来。吃晚饭时，我们会聊个不停。我喜欢听外婆回忆过去的事情，我想知道她小时候是什么样子，也喜欢听她讲起自己的父母，还有五年前去世的外公的故事。其中，我最喜欢的还是她讲关于我母亲的事情，她的童年、笑声，还有那个12月的夜晚，她向家人宣布怀上我这件事。睡觉前，我还能再看上一会儿书。外婆按照我的品位，把原本属于母亲的房间从头至尾重新装饰了一遍，我们一起挑选了地毯和家具。她会往我的脸蛋上亲三次，然后说"晚安，我的娜娜"，而我也的确能一夜安睡，因为外婆就在我的身边。

那天晚上，我本来按照惯例是要去她家过夜的，不过父亲在学校门口等我。我们先回了一趟家，他喷了很多香水，然后我们就出发去餐厅了。我们坐的是一张三人桌，但我什么也没多想，直到她来到桌前。

她那时穿着一件红色的衬衫，脸上挂着一个拘束的微笑。随后她递给我一个小盒子，父亲催促我立马打开，里面是一个本子。

"你爸爸跟我说你会写诗。"

我吃了一份碎肉牛排、薯条，还有巧克力冰激凌，味道并不是特别好。让内特很讨人喜欢，她很善谈，仿佛是为了不给尴尬留位置似的。她离过婚，没有孩子，当她提到这件事时，脸上的笑容也逐渐淡去。她在一所幼儿园工作，她和我的父亲是在候诊室里认识的。当时她扭伤了右脚踝，他则扭伤了左手腕，他们从中发现了一个冥冥之中的启示。

吃甜点时，她把手放在了我父亲的手上，他却轻轻地把手抽了回去。

我们在人行道上道别，她悄悄地跟我说她很高兴认识我，我回答说我也一样。回到车上，父亲问我对她的印象如何，我对他实话实说：她看起来很亲切，而且她的眼睛很漂亮。

他已经很久都没在洗澡的时候吹口哨了，我真为他感到高兴。在睡觉前，他用力地抱了我一下。

"晚安，宝贝。"他说。

"晚安，爸爸。"我笑着回道。

他关上我房间的门，我钻进被窝，哭了整整一个晚上。

"喂，是让内特吗？"

"亲爱的，你还好吗？帅爸，快过来，是安娜的电话！"

我听到父亲的声音由远及近地传来。

"你问问她有没有收到我的短信。"他对让内特说。

"等等，我按免提。"她回道。

"安娜，你收到我的短信了吗？"他重复道，听得出来他还是贴着话筒在讲话，完全忘了免提这回事。

"我收到了，不好意思，我当时没来得及给你们回个电话……"

"不打电话更好，那就是一切顺利的意思嘛，"我的继母替我辩解道，"上次你打电话的时候是在罗弗敦，你们还在那儿吗？"

我跟他们讲了最近去的几个地方，描述了午夜太阳，还有划皮划艇的经历，他们一再要求我讲得更详细些，细节越多越好。

"我们本来还计划第一次开房车是去意大利自驾游的，你现在反而让我们犹豫了。"父亲忍不住说道。

"没有谁说不让我们两个地方都去啊……"

"噢，这才是我最爱的美妈嘛！"他咯咯笑道。

"喂喂，我还在这儿呢！"在他们俩的对话一发不可收之前我赶紧插嘴说，"我建议你们来斯堪的纳维亚半岛，每隔一公里风景都不一样，真的是目不暇接。我还认识一个人可以给你们当导游。"

接下来的谈话时间都用来规划他们的出发事宜，两个人都欣喜若狂。父亲最后又说回了他最关心的事情，三番五次地重复那几条关于房车保养的建议。

"孩子们还好吗？"让内特询问道。

"她们都挺好的，我觉得自己像是重新认识了她们一样，跟她们在一块儿生活真的特别开心。"

"亲爱的，你当时能听从自己内心的选择，真是一个正确的决定。你对她们说过吗？"

"没，还没有。我先挂了，我得去洗衣店了，没有一件衣服是干净的。"

"好的，代我跟两个孩子问好。我也用力抱抱你，真想赶快再见到你呀，你懂我的。"

"我也想赶快见到你。亲亲你，让内特。"

6月1日

亲爱的马塞尔：

　　最近还好呗，我的小宝贝？你先别回答，我们没时间了，我得先跟你说一件超级奇怪的事情，连我这样的人都觉得超级奇怪。

　　我们本来在特隆赫姆待得好好的，在老城四处闲逛，克洛艾拍了一些历史建筑，还有老城桥的照片，拍着拍着，她突然有个主意，然而事后证明她当时要是没想到这一出就好了。她想去宜家看看，因为好不容易来到斯堪的纳维亚半岛旅行，却没有去逛一逛宜家真是太可惜了。我气得差点没把她给推下河。在法国逛商店就已经够累人的了，我可真是大难临头飞不走啊！

　　妈妈也同意去逛逛宜家，我使出浑身解数想让她们改变主意，不停地重复说那明明是一家瑞典的商店，应该在瑞典的时候再去，但看得出来，我在她们眼里根本就不够分量。我并不是因为我妈妈又重了两公斤才这样说的。

　　挪威的宜家跟在法国的宜家是同一回事，除了一点，那就是对这里的人来说，那些家具的名称是有具体含意的。

　　我们转了一小圈，我本来想躺在床上等她们逛完，但我从工作人员的眼神里发觉我最好还是挪开为妙。他的眼神是无须翻译的。

我觉得她们几乎把每列货架的每件物品都看了一遍。正当我无聊得直想从辛格莱衣柜上跳下来时,我注意到一样东西,顿时让我重燃生命的希望。我简直不敢相信自己的眼睛,然而它们并没有撒谎,于是我就让克洛艾也过来看一看,从她的眼睛里,我读到了同样的困惑。

好啦,我不让你再干等下去了,我知道你再也受不了这个悬念了,就像在看《绝望的师奶》①每一集最后一段似的。那列货架上放着相框和海报,几乎都摆满了,各种大小、各种形状的都有,甚至还有一面屏风,里面能塞进二十张照片,我觉得特别好笑的是他们居然放了二十张一模一样的照片进去。那张照片就是奇怪的地方,因为我突然反应过来我在哪儿见过它,不过我花了好几分钟才想起来是在哪里。

你准备好了吗,马塞尔?注意,这个消息有点沉重,你可别吓坏了肚子!

好吧,我说咯。

那张照片上是迭戈和埃德加的妻子。两个上了年纪的女人开心地笑着,背后是一面湖,就是她们,毫无疑问。

我跟你实话实说,这个故事太诡异了,我到现在都还没明白过来,不过我和克洛艾决定两人一起去调查。我们是两名优秀的侦探,因为我们以前经常玩《妙探寻凶》这个游戏。

反正,我们也开始动脑筋了,总归不会有比三十五计②还要多的答案嘛。

猜测一:宜家偷偷使用了马德莱娜和罗莎的照片,这是非常非常非常非常严重的,要知道这可是一个假广告,因为实际上她们都已经去世了。

---

① 即美剧《绝望主妇》。
② 莉莉的笔误,应为"三十六计"。

猜测二：埃德加和迭戈并不认识照片上的人，这个问题非常非常非常非常非常严重，因为我完全不懂这是怎么一回事。

不过你别担心，马塞尔，我们会找到答案的，只要有恒心，磨刀不误砍柴工。

亲亲。

莉莉

附：今天早上，我和诺埃看着陀螺转的时候，我牵了他的手，他并没有拒绝。

　　我本来打算背地里去挖掘那张相片背后的秘密的。遗憾的是，我们俩都太过张扬，似乎都不够格当私家侦探。当我们让两个爷爷再给我们看一眼他们妻子的相片时，他们马上就明白过来了。

　　"你们为什么想再看一眼？"埃德加问。

　　"只是不想忘记她们。"我回答说。

　　他一脸怀疑地看着我，莉莉这时插话说："我们在宜家找到了一样的照片。"

　　埃德加双眉紧锁："你的意思是？"

　　"她的意思是我们完蛋了。"迭戈直接答道。

　　"啊！"

　　他们邀请我们进到车里，让我们坐在一张长椅上。莉莉戴上了她的墨镜，因为她觉得这样更有威慑力。

　　"你们都知道了些什么？"

　　我解释说我们在货架上发现了一模一样的相片，两个老人低头听我讲完。突然，迭戈站起身，一把抓过相框，把它放在桌子上。

　　"的确，这里面不是马德莱娜和罗莎。"他颤抖着声音承认道。

　　"住嘴，什么都别说！"埃德加大吼一声。

　　他的朋友把手搭在他的肩膀上，让他放下心来，随后继续说："一直看着她们的样子太让人伤心了，所以我们就选了一张不相关的照片，万一有人想看的时候就可以给他们看。"

莉莉把墨镜移下来一点，皱着眉头说："嘘，宾虚，别满嘴跑马车了！① 你们当我们是笨鸡蛋吗？"

埃德加也同意道："你的故事的确站不住脚。告诉她们吧，我觉得我们可以信任她们俩。"

"你们可以相信我们的！我发誓。"

迭戈一边给我们倒了杯橙汁，一边向我们一五一十地道出他们的故事。

自从他的妻子去世后，儿子就一直为他的独居生活忧心忡忡，坚持让他来加拿大一起住。然而老人拒绝了：他不想成为一个负担。他也不想给儿子造成太多烦恼，因此在三个月前，他搬进了一家养老院。

"离开那个承载着我所有回忆的家真是令人心碎啊，"他哀叹道，"但为了能让我的儿子安心，必须付出这个代价。"

他在养老院认识了埃德加，后者在妻子去世后，差不多一年前，搬到了隔壁的房间。他是没办法才住进养老院的：自从有一次他在煮面条时把微波炉给烧了以后，女儿和女婿就宣布他再也不能一个人住在家里了。

孤独把两人联结在一起。时间的沙漏缓慢地流逝，日子变得漫长，对话也令人昏昏欲睡。他们在人世间只剩下一个期待，那就是解脱。

这个解脱并不是他们最初所想象的那样，而是以一辆房车的形式出现了。

"养老院的院长有一天开着他新买的车过来，在员工以及住户面

---

① 宾虚为美国作家路易斯·华莱士所创作的长篇小说《宾虚》中的主角，他曾在一场马车比赛中大展身手。此处为莉莉的口误，应为"满嘴跑火车"。

前炫耀，"埃德加讲道，"我们在院子里注意到这一幕，那就像是当天的黄金节目。其间有一会儿，他们都进到楼里头去了，我们俩就趁此机会走近去欣赏这庞然大物。就是在那一刻，事情来了个天翻地覆的转变。"

车钥匙还插在点火开关上，证件什么的都搁在仪表板上。迭戈坐到驾驶座上，埃德加坐在副驾驶座上。他们从后视镜看见院长追着跑了很长一段路，两人都笑得停不下来。

然而他们什么都没有规划。他们根本不知道该去哪儿，眼下只有一辆最新款式的房车以及飙升到每分钟一万次的心跳。

"我们漫无目的地开了不知多少小时，"迭戈接着说，"我们俩当时兴奋得就跟小孩似的。幸运的是我带上了我的帆布包，里头装着老花镜、药，还有银行卡。我们一直开到油箱报警灯亮了才停下来，可问题是我们没办法打开那个该死的油箱。幸好这时候有一个人过来帮了我们的忙，那人穿着一件格子衬衫。"

朱利安当时刚刚起程踏上新的旅行，他马上就察觉出有什么地方不对劲。两位爷爷便把情况向他如实交代了。朱利安听到他们的故事就心软了，跟他们解释说，第二天他会和别的房车车主会合，然后大家一起自驾前往斯堪的纳维亚半岛。他提议他们也加入进来，前提是得通知各自的家人。

埃德加把接下来发生的事情补充完整。

"我们想了整整一个晚上。一大清早，我们买了几件衣服后，就借朱利安的手机给孩子们打了电话，这才知道家人都已经接到院长的通知了。迭戈的儿子因为我们弄得提心吊胆的；至于我的女儿，她因为房车的事情差点都气疯了。他们苦苦哀求我们回去，我们就说我们会回去的，不过没说清楚什么时候回去。"

莉莉已经摘掉了墨镜，全神贯注地听他们说。

"也就是说，这趟旅行本来并不是计划和你们妻子一起的？"她问道。

"不完全是吧，"埃德加答说，"我的罗莎不喜欢寒冷的地方，马德莱娜不喜欢出门旅游。所以当朱利安跟我们提到自驾游时，我们都认为这是结束人生的最完美的方式。说到底，我们也并没有全部撒谎。等到我们和她们重逢的那一天，我敢肯定她们会祝贺我们的。"

我们都沉默了许久。他们沉浸在各自的回忆里，而我们是在震惊中回不过神来。

"但这也不能解释照片的事啊！"我最后大声质疑道。

埃德加摇摇头："你过来我们这儿喝咖啡的那天早上，我刚在斯德哥尔摩的宜家买了这个相框。这正好能拿来当证据，好让别人相信我们的故事，毕竟我们也害怕引起怀疑。"

迭戈也插嘴说道："你们明白吗，我一辈子从来都没偷过东西，甚至连一张邮票都没试过！我觉得自己就像个逃犯，每时每刻都在等着警察突击，上次海关警察过来搜查车辆的时候，我吓得都差点犯病了。所以我们需要一个可信的故事，绝对不能提到有关养老院的事情，我们也就稍微改动了一下故事而已。两个鳏夫实现了他们本来和妻子约好的旅行，这样说就能省得别人问东问西的。另外，我们也没收到什么新的消息，不知道我们的孩子是否已经把事情搞定了，还是说国际刑警组织正在追捕我们。我得说这倒不是什么坏事，我们已经很久都没有感受到这样的活力了。不过，话说回来，我们还是挺害怕被发现的。"

他深深吸了口气，然后惶惶不安地注视着我们说："你们会揭发我们吗？"

莉莉的眉头皱成一团："我又不是马屁精。"

迭戈顿时哈哈大笑，他的小偷同伙也一并笑了起来。接着我妹妹也加入进去，笑得不禁捂住肚子。而我竟然也不由自主地和他们一起放声大笑，四人不约而同地连续笑了好长时间。

　　不久之后，当我们从他们的房车离开时，我想到，假如我们人类被剥夺了笑的能力，那可真是糟糕至极。因为那样的话，我们便永远都不得不展露最真实的感情，而不能靠笑声去掩饰。

孩子们都睡了，包括年龄最大的那几个也进入了梦乡。今晚派对的主题是"真心话大冒险"。我们当中的大部分人都想尽各种借口说自己有火烧眉毛的事情要处理，以此来逃避这场聚会，然而朱利安的热情硬是把急事都变成了无关紧要的小事。

天气逐渐回暖，于是我们都坐到外面，离房车有一段距离。夜色直至很晚才降临。怕冷的人用被子盖住膝盖，中间点着几根蜡烛，除了玛丽娜以外所有人的杯子里都倒满了开胃烈酒，那是当地的一种白兰地。我闻一闻就已经有点晕乎乎的了。

朱利安把一个自己制作的转盘转起来，决定弗朗索瓦丝的命运，随后指针停在了"大冒险"上。他从一堆小字条里抽出来一张，我们事先在上面写好了各种问题以及惩罚。

"你要用魁北克口音讲一个笑话。"

弗朗索瓦丝花时间想了一会儿，推辞说她不记得有什么好笑的笑话，结果最后还是一鼓作气讲了一个。

"有一只猫走到药店里，说'我想要一瓶止咳糖酱'。"

她扬起下巴，一脸得意扬扬的表情。我等着接下来的部分，好一会儿才反应过来她已经讲完了，又花了好几秒才弄懂她的意思。我朝周围扫一眼，大家的脸上都流露出质疑的神情。

"你知道这不是魁北克口音吧？"弗朗索瓦反问他的妻子。

"我知道，不过我只会马赛口音啊！不好笑吗，这个笑话？"

"好笑，好笑！"我们异口同声地肯定道。

她心满意足地一口吞下整杯烧酒，为格雷格转动转盘。

"真心话！"

她抽出一张字条，格雷格满脸担忧地等着她提问。

"把你最近做过的一个梦告诉我们。"

"啊！"他明显放下心来，"昨天夜里，我梦见我走在一条昏暗的小路上，只有我一个人，商店都关门了，路上一辆车也没有，头上也没有飞机、小鸟什么的。我不知道我要去哪儿，突然，一个金发美女出现了，周围还带着一圈光晕，她温柔地牵起我的手，我跟着她，就再也没有迷路了。就是你，玛丽娜，我的最爱。"

玛丽娜扑哧笑出来。

"行了，亲爱的，你可以说真话了！我不会生气的。"

"嗯，好吧。我其实梦到我坐在一个滑梯上吃汉堡包，有一只兔子跑过来通知我说要下雨了。"

他不等我们回应就立马抽了一张字条出来。

"埃德加，真心话！跟我们描述一下您最美好的回忆。"

老人深深地吸了口气，陷入回忆对他来说似乎有些痛苦。

"我生命中最美好的一刻就是和罗莎的相遇。那时我二十五岁，每天去上班的路上，我都会经过她教书的学校。她总是笑盈盈的，是那种会让一个冷得发抖的人都感到温暖的笑容。我花了三个月时间才敢远远地跟她打声招呼，又花了三个月才敢跟她说话。有一天傍晚我在校门口，手里捧着一束玫瑰花等她放学出来，之后还送了她回家。她住得并不远，我们一起走路过去。等走到她家门前，她已经对我这个人了如指掌，我对她却还是一无所知，于是我就提议第二天再过来送她回家。我永远都不会忘记我靠近她时她的眼神，手上还抱着我送的花。我永远也不会忘记。"

悲伤的气氛重重地压在桌子上。迭戈把手放在他朋友的肩膀上。我一口喝光了酒，以驱散这份哽咽在喉头的失落。

"埃德加，到您转了！"朱利安悄声说。

老人照做了，这回是玛丽娜要大冒险。

"列出十首歌的歌名，每个歌名当中的一个词要换成别的。"

她不假思索就说了出来，我怀疑这个惩罚根本就是她自己写的。她掰着手指头一个个数着，列出了这些歌名。

"我的小鸡鸡，我的战斗

我会把小鸡鸡进行到底

给我你的小鸡鸡，并且握住我的小鸡鸡

点燃小鸡鸡

海绵小鸡鸡

钢琴家的小鸡鸡

当个小鸡鸡真是太太太难了

当我们只剩下小鸡鸡

小鸡鸡，起来"①

她停下来，嘴角挂着一抹骄傲的微笑。迭戈沉默地从烟斗里吸了口烟，埃德加转移视线望向别处，弗朗索瓦丝的眼睛瞪得连眉毛都快碰到发际线了，她的丈夫也涨红了脸。格雷格倒是兴高采烈的，我也跟他一样忍俊不禁。

———————

① 以上法语歌曲原名分别为《我的女儿，我的战斗》《我会把梦想进行到底》《给我你的手，并且握住我的手》《点燃火把》《海绵小人》《钢琴家的发烧友》《当个小宝宝真是太太太难了》《当我们只剩下爱情》《夏娃，起来》。

然后便轮到我了。

"真心话！"玛丽娜揭开字条后说，"你觉得围着桌子就座的这几个人里哪个最有魅力？"

我呵呵笑了一声，还以为她是在开我的玩笑。然而并不是。

"朱利安。"我趁自己的勇气开溜前赶紧说出来。

"啊！我就说嘛！"玛丽娜欢呼道。

"应该说没什么可选的。埃德加和迭戈的确人很好，可是问题问的是魅力嘛。弗朗索瓦和格雷格都结婚了，那就只剩下朱利安了。"

名为朱利安的小伙子噘了噘嘴。我意识到自己话有不妥：

"哦，但我的意思不是说你就不吸引我了，朱利安！我刚刚只是在解释我为什么选你而已，这并不意味着……"

我突然卡住了，解释越多漏洞越多，只能用一整杯白兰地来消解我的罪恶感。玛丽娜笑得眼泪都流出来了。我接着转动转盘。

接下来的一小时，埃德加模仿了雅克·希拉克[①]，格雷格在裤子外面又套了一条四角内裤，迭戈讲了他的第一次，弗朗索瓦丝表演了一个除味香水的广告，弗朗索瓦大张着嘴翻了个跟头，玛丽娜用牙齿削了苹果皮，我说了自己撒过的最大的谎，朱利安装成一头饥饿的熊围着停车场转了一圈，还有其他的真心话与大冒险轮番上演。

瓶子空了，酒都装进了我们肚子里。现在轮到玛丽娜来讲述她最尴尬的一件事。

"好吧，我就长话短说了，有一次我走在路上，发现大家都在盯着我看，我心想，穿上这条印花短裙出门果然没错吧，然后我就稍微装出一副美女的姿态，模仿超模在路上走猫步，然而过了一会儿，这个超模突然意识到原来她把裙子的一角塞进内裤里了，别人都看到了她的

---

① 雅克·希拉克（1932—），曾任法国总统。

屁股。"

大家想象着当时的场景，捧腹大笑，我试图安慰她说："裙子不小心塞到内裤里这种事还是蛮经常发生的……"

"是啊，"她回应道，"可是连厕纸也卡在里面这也很经常发生吗？而且它们还在后面飘着，就跟拖地的长裙似的？"

笑声更热烈了，我也忍不住笑出来，笑到肚子都疼了，玛丽娜假装挤出一个不悦的表情，挣扎着不愿意加入到我们的笑声中来，但最后还是投降了。

"好了，轮到你了！"她没等大家安静下来就对我说道，"大冒险！"

她掏出一张字条，读道："你要亲一下坐在你右首的人的嘴。"

我转过头看了一下右首的人是否还跟一分钟前一样，显然还是朱利安。我们俩突然都严肃起来。

我没有多做考虑便朝他弯过身，在他脸上亲了一口。

"亲嘴！"弗朗索瓦丝已经有点口齿不清了。

我冷笑一声。虽然现在我的头脑跟转盘一样晕头转向的，但哪怕是一个转盘，也还是有一点点判断力的。

"给我看看那张字条，玛丽娜！"

她假装没听见我说话。

"玛丽娜！"

"干吗？"

"请你给我看看那张字条。"

"哪张字条？"

"别扯了，那个问题就是你瞎编的。"

"胡说八道。"

"你知道怀孕期间说谎的话，你的孩子在出生时会超过六公斤吗？"

"胡说八道。"

"这是真的,"朱利安一本正经地插话进来,"而且他还会长着一个木头鼻子。"

我再也憋不住,笑出声来,他也一样。埃德加慢悠悠地站起来,动作比以往还要迟缓。

"我得回到我的地盘去了!"他在两个酒嗝的间隙宣布道。

"可是安娜还没接受惩罚呢!"玛丽娜反对说。

我跟着站起身,并且朝她露出一个大大的笑容。

"我也得回去睡觉了,大家晚安!"

朱利安也跟我一样起身向大家道别,接下来是弗朗索瓦丝和弗朗索瓦。玛丽娜坐在原地,双手交错在胸前。我朝她弯下身,双手抱住她的脖子。

"你想得美。"

"我会在旅行结束之前做到的。"她嘟囔道。

"你真是太可爱了!"

"是的呢。你可真幸运,有我喜欢你。"

我在她耳边悄悄说了几句话,她的脸上忽然闪现喜悦之情,同时轻声欢呼了一下。我亲了她一下,便朝自己的房车走去。地面仿佛在我脚下晃动。忽然有一只手伸过来扶住了我,是朱利安。

"我陪你回去吧,听说这周围有饥饿的熊出没。"他小声说。

"你说得对,而且附近还有一些说话带马赛口音的魁北克人。"

我们俩手挽手,努力走成直线穿过露营地,刚走到车门前,他便把手抽了出来。

"嗯,好啦,晚安。"他耳语道。

"晚安,朱利安。"

我从大衣口袋里掏钥匙,他在一旁一动不动。我抬起眼看向他,只见他一脸严肃地注视着我。他小心翼翼地把手伸向我,然后用大拇指轻轻地抚摸我的脸颊。我不禁闭上双眼。当我再睁开时，他朝我笑了，随后转身朝他的房车走去，把我、我的醉意以及我的渴望都留在了原地。

当妈妈向我们宣布说要开去大西洋海滨公路时，我不明白她为何看起来如此兴奋。而现在，我懂了。

这是一条长达八公里的公路，铺展在海洋上，横跨数座小岛。我们一会儿开在桥上，一会儿走在礁石上，景色也在海浪、峡湾和群山间依次变换。我们仿佛直接在海面上行驶。海浪在我们周围翻滚舞蹈，浪花的泡沫溅到风挡玻璃上，为了让我们多看几眼美景，妈妈开得很慢，但是再看多少眼都不够啊。当我们抵达尽头时，我们又倒回去再看了一次。

当我们第三次开上公路时，手机响了。是爸爸打来的，我接通电话。

"喂，爸爸！你绝对猜不到我们现在在哪儿！"

"你好，我的宝贝，快跟我说说，我听你的声音就知道一定很不错！"

我给他现场直播了眼前的景色，所有的细节都娓娓道来，希望他由此能多多少少感觉到和我们在一起。他的确特别渴望参与其中，我便向他保证过后会给他发很多照片。

"你真好，我的宝贝。好吧，虽然现在可能不是时候，但是我打电话是有点事想告诉你。"

我用食指塞住另一个耳朵，以便能听得更清楚。

"很严重的事情吗？"

"不是，不是，你别担心，就是……"

他深深地吸了口气，弄得我忐忑不安。

"其实就是，我还是不打算去争夺你们的监护权了。"

"好的，"我回应道，"我觉得这样更好，尤其是我们也可以经常去看你了，因为你现在有房子了！"

"这个有点困难……"

"为什么？哪里困难了？之前因为你住的地方太小，所以才没办法接待我们，现在你有能力了，问题出在哪儿呢？"

我听到他吸了吸鼻子。

"对不起，宝贝，我多想能让你们每个月都来住上好几次啊，其实到现在我还是这么想的……"

"所以呢，为什么你不能这么做？"

我的声音突然变尖了。

"因为你妈妈阻止我这么做。"

他说最后一句话时声音很低，我几乎听不见，但它还是撕碎了我的心。我看着妈妈，她的手紧紧地抓住方向盘。

"为什么？"我问道。

"我一点都不知道。这几年来我一直努力争取见你们的机会，但她就是不同意。亲爱的，你得发誓，你可千万别跟她提这件事，因为这样只会让事情变得更严重。我甚至都担心她不准我给你们打电话。"

"我先挂了，爸爸，爱你。"

"向我发誓！"

我并没有发誓，而是直接挂断了电话。我咬紧牙关，凝望着海浪，希望它们能猛烈地拍打过来，撞碎在礁石上，与我此刻的心情同一步调。妈妈一言不发。我也尽量一句话都不说，因为不能背叛爸爸。但我就是没办法，最后还是冲她吼了出来。

"你为什么这么做？"

"我做什么了？"

"为什么你阻止爸爸来看我们？为什么你不想让我们去他那儿？"

她把一只手搁在我的大腿上。

"亲爱的，我……"

"所以这是真的咯？他说的是真话？"

我尖叫起来，泪水模糊了视线。我本来期待她告诉我说这是误会，是他弄错了，这些年来，她从来都没有主动把我和爸爸分隔开来，然而她没有这么说。

"我们开到远一点的地方再停下来，谈谈这件事。我从来都不想让你受罪……"

"我才不管你的解释！我永远都不会原谅你对我们做过的事！"

我的泪水不停地涌出来，从脸上滑落，一路流淌到脖子上，但这依然无法带走我的悲痛。

莉莉转过头对着我，双眼直直地盯着我说："克洛艾，你忘了吗？你真的忘了爸爸曾经打过妈妈吗？"

安娜

车内的音乐开到了最大声。我和女儿们扯着嗓子高唱弗朗西斯·凯布洛[①]的全部歌曲。她们俩小时候经常被迫跟着我一起听他的歌，所以对歌词倒背如流。

我们准备去探索那条神秘的精灵之路。我们虽然兜了一个小圈，但是绝对不能错过它。开到第一个拐弯处时，我们就关掉音乐，停止唱歌，屏住呼吸。

道路狭窄至极，沿着山坡蜿蜒盘旋，往底下望去令人头晕目眩。在我们的右手边，一条湍急的水流一路跟随着我们。

"哦，快看！"克洛艾兴奋地叫道。

我一只耳朵都快被她震聋了，不过没关系。因为在我们面前，一道巨大的瀑布仿佛直接从黑色的岩石缝里冒出来，从天而降落入深渊，真的是太壮观了。

克洛艾把头靠在我的肩膀上。自从前天谈过心后，她变得比以往任何时候都更温柔。我并没有交代详细的细节，但我回答了她提出的全部问题。她之前什么都没有察觉到，对此她感到痛彻心扉。她对于家庭曾经的幻想瞬间灰飞烟灭。而我其实也不应该死守这个秘密。莉莉再三表明她会站在我这边，她甚至还送给我一小把"超级滑溜"的石头，就跟

---

① 弗朗西斯·凯布洛（1953—），法国歌手、词曲作者。

她小时候的做法一模一样。我从来都不曾料到她竟然还记得那个画面，然而她记得一清二楚。

急转的弯路一条接着一条，周围全是壮丽的美景，我们都不知道眼睛该往哪里看。右手边是高耸着的锋利的岩石；左手边则是山崖，底下是绿意盎然的山谷。

我们经过了两条巨大的瀑布，它们从离我们只有几米远的山顶倾泻而下。开到第三条瀑布时，我们不由得都惊得目瞪口呆。水流汹涌地往下冲击，从一块岩石撞到另一块岩石上，一路摔落下来，最后消失在深渊之中，途中喷云吐雾，声音震耳欲聋。眼前的景色如此波澜壮阔，我不禁感动得热泪盈眶。

"我爱你们。"克洛艾忽然脱口而出。

"我也是，我爱你们。"我回应道。

"我也一样。"莉莉说。

就在此刻此地，一股幸福的感觉油然而生。我们面对着这无与伦比的景象，同处一个神奇的地方，我们都很好，因为我们在一起。如今看来，我当初选择刺破保护自己的小小气泡，真是个百分之百正确的选择。

6 月 5 日

亲爱的马塞尔：

　　你好吗？我还行，不过我不小心吃了驯鹿肉香肠，因为我还以为那是熏卤肉香肠。这简直就是虚假广告，当我发现大白的真相时，我差点都吐出来了。

　　我们参观了乌尔内斯教堂，这是一座用木板垂直立着搭成的教堂。看得出来你也不大懂这是什么意思，这样我就放心了。你要知道，我当时问木头累的时候是不是会坐下来，所有人都笑了。让我这个两师一友^① 来告诉你是怎么回事吧，人们之所以会这么说，是因为建筑工人用了木头柱子来撑起外面的墙、里面的中堂以及屋顶。你看，你跟我在一起学了不少东西，对吧！总之，我们参观了这座挪威最古老的木板教堂，它比曾外婆的年龄还大，所以我跟它说话时就用了"您"来称呼它。它都这个年纪了居然还能这么好看，虽然里面有点窄小。不过我还是很快就出去了，因为诺埃更喜欢待在外面。

　　我们俩坐在草地上，望着峡湾，什么话都不说，因为没有必要。

---

① 莉莉写的错字，应写作"良师益友"。

你知道吗，我真的很喜欢诺埃。除了我的家人，这是我第一次喜欢一个不是动物的生物。他从不说谎，很善良，而且我觉得他特别有意思。有一次，他发出了一些奇怪的声音，我觉得很好笑，他就继续弄出这样的声音，我敢肯定他是为了听到我的笑声才特意这么做的。

我妈妈最近没怎么和朱利安说话，她一直待在克洛艾身边，因为姐姐很伤心。她不想告诉我为什么，不过最后她还是没忍住说出来了，因为把痛苦发泄出来比憋在心里要好受多了。其实，是因为她在脸书上发现自己喜欢的那个凯文有了新女友，唉，这该怎么说呢。从那之后，虽然她逼着自己不去想这件事，但我看得出来那根本行不通，否则她不会一直念叨说没有人喜欢自己，她又差又丑又傻，她一辈子都会孤零零的。

另外，在知道了爸爸对妈妈做过的事之后，她就更混乱了，她现在坚信天底下所有男人都只会让她受苦受罪。也许我不应该把这件事告诉她，然而这些年我无数次听到她把错误都推到妈妈头上，什么爸爸真可怜啊有的没的，所以我决定把手臂向上弯①，插手维护真相。

显然妈妈以为我已经把这件事给忘了，因为我当时太小了，不过当你看到你妈妈头上全是血，我敢保证你永远都不会忘记的。那以后我就没怎么见过爸爸，但是，每次打电话，他都想弄清楚我是不是还记得。他大概觉得哪里不对劲，因为我并不像克洛艾那么听话。不过别信他的，我可能只是看起来乖乖的而已，实际上我脾气可大了。

当我们坐船从教堂回来时，克洛艾突然哭了起来。我不知道别人哭时我该做什么，所以我就真的什么都没做。可是当我们回到房车后，我把你从枕头底下抽了出来，翻到 5 月 1 日那天的日记给她看。

---

① 莉莉在此处误解了动作的含义。在法国，握紧拳头、手臂上弯的同时，把另一只手放在弯曲的上臂是具有侮辱性的手势。

你看吧，马塞尔，也许在这趟旅行中我的数学没怎么进步，不过在姐妹关系学上，还是挺不错的。

此致敬礼。

莉莉

附：我左边的腋窝底下长了一根毛。

莉莉让我看了她日记当中的一页，不过我没有完全读懂，她是写给一个叫马塞尔的人的。

以下是她 5 月 1 日所写的内容。

亲爱的马塞尔：

　　我得跟你说说我的姐姐，克洛艾。好吧，其实我已经跟你提过她了，不过我还是有话要说。

　　我的姐姐，是我除了爸爸妈妈以外，认识最久的人了，不过不知道从马年猴月 ① 开始，我们就互相看不顺眼。这就是为什么我们俩老是吵架，当然也因为她很烦人。她总是在抱怨、流眼泪、大喊大叫，每天早上她都会霸占浴室整整一小时。她把我当傻瓜，也从来不想跟我玩"假装英语说得很溜"这个游戏。不过算了，因为毕竟我也可能投胎成一个连环杀人犯的妹妹或者是一个数学老师的妹妹，所以我就知足吧。

　　除了外貌，她还有很多优点。

　　她很有喜剧天赋：昨天你也看到了，当她告诉妈妈说她怀孕的时候，我差点就要给她颁发奥斯卡电影奖了。

---

　　① 莉莉的笔误，应为"猴年马月"。

她很善良：她假装看不见妈妈藏在衣柜里的那些账单（我也一样），而且在睡觉前她总是会过来问问我一天过得好不好。

她很聪明：她去年获得了一个写作比赛的大奖，在学校的考试中也总能拿高分。而且，她还能边打嗝边背字母表。

她很大方：有一天，她给了我一根薯条。

我不明白为什么她自己却不了解这些，我比她自己的眼睛或者肚子里的蛔虫还要看得清楚。你知道吗，我再也不想当一个古怪的人，就像在学校里别人说我的那样，我多想能像她一样。不过你要是敢把这句话说出去，那我就只好把你扔进火堆里了。

亲亲，马塞尔。

莉莉

附：马蒂亚斯托我向你问好。

我把这一页拍了下来，因为担心以后回想起来时，我会不敢相信这件事。莉莉过来和我一起躺在床上。

"我以前都不知道你是这么看我的。"我说。

"我明明要求过马塞尔不能告诉你的，那个小马屁精。"

我不禁笑起来。她不再言语，不过想说的话都已经传递给我了。这一页，其实写的是她不曾说出来的"我爱你"。

我又想起路易写的那些诗歌，虽然幼稚、简单，甚至还涉嫌抄袭，但是真诚得令人动容。那些匿名的来信，从未曾期待过我的回复。

一个九岁的小男孩和一个十二岁的小女孩刚刚给我上了一课。人们原来可以无条件地相亲相爱。

安娜 ——————— Anna

今天早上，当玛丽娜过来敲房车的门时，我一下子就明白了她的来意。她两眼通红，双手放在肚子上。

"你们要离开了吗？"

她一个字都说不出来，只是点点头，顿时便泪如雨下。于是我邀请她进来坐坐。

"好的，不过我只能待一会儿，"她抽噎着说，"我得回去帮格雷格收拾东西，我们不想拖到太晚才上路。我们以后还会再见面的吧？"

两个女儿都从床上爬了起来，莉莉的两道眉毛拧在一起，满是不悦。

"我们当然会再见的！图卢兹和比亚里茨离得又不是很远！"

"你们为什么不走完全程呢？"克洛艾想了解清楚。

"我之前花了很长时间才让自己慢慢接受有孩子这件事，不过，现在我准备好了。我想要赶快回去告诉所有人，并且着手准备各种事情。"

玛丽娜将两个孩子紧紧地拥进怀里。

"我会想念你们的！"

我也走上前去抱住她们，努力按捺住不让自己哭出来。

"能遇见你们真是太好了。"我低声说道，同时感觉到玛丽娜用力捏了捏我的手臂。

就在他们出发前，我们又一同前去向他们告别。全员都聚集到了他们的房车前。天色阴沉沉的，正符合大家当下的心境。

他们拖了许久才发动汽车离开。因为彼此之间的拥抱没完没了，大家互相许下承诺，其间还不断提起各种回忆，而这让人嗅到结束的气息。

我感觉自己仿佛在跟两个老朋友说再见。如果没有他们的话，一切都会不一样。莉莉忍不住说道最好的总是最先离开，弗朗索瓦丝假装生闷气，所有人都笑了。笑声是泪水最好的替身。

最终，他们的车还是走远了。原来的位置留下了一片巨大的空白。我回到车里，想要好好珍藏这份不舍的心情。就在我刚刚进到车里时，手机响了一下。有一条新短信，是玛丽娜发来的。

"我忘了说：祝你和朱利安幸福圆满！"

我已经开始想念她了。

这一天接下来的时间里，我们去参观了卑尔根。莉莉特别喜欢布吕根这个城区，彩色的房子鳞次栉比，小路都用木头铺就，她甚至还呼吁说应该把所有马路都铺上木头，这样人们从自行车上摔下来的话就没那么疼了。当我们乘缆车登上一座小山丘的山顶，从那里眺望整座城市的全景时，克洛艾止不住地赞叹，这个孩子简直就是为旅途而生的。我们在鱼市场稍作停留，在那儿买了份三明治作为午餐。这儿卖的三明治里可以夹鲸鱼肉，我敢肯定莉莉要是发现这件事的话肯定会哭出来的。

两个孩子很早就上床睡觉了，我却无法入睡。我想着玛丽娜、格雷格，以及所有那些偶遇的人，虽然只是短暂相处，却比长久陪伴我们的人留下更多的印记。我想到那些彼此交错而后逐渐分开的人生道路，想到我终有一天会离家的女儿。也许那一天很快就要来临了。我得出去透透气才行。

我拿出手机，轻轻敲了一条短信发送出去。回复立刻就发回来了，看来他也睡不着觉。

我飞快地套上外套穿上靴子，悄悄地走了出去。朱利安已经在外面等着，他的睡衣从牛仔裤底下露了出来。

"有什么急事吗？"他问。

"就是突然有点沮丧。"

他笑了："我们随便走走吧。"

"好啊。"

路上没有安设路灯，然而日照时间在一天天地延长。

"你有什么烦心事吗？"

"烦的是眼看着两个女儿都慢慢长大了。我知道这很蠢，因为我们对此什么都做不了，但是，每次我想到她们小时候的样子，我都想掉眼泪。时间过得太快了……"

"我懂，时光真的是在飞逝啊！我有种感觉，仿佛诺埃昨天才刚出生似的。"

"对的，我就觉得好像还没来得及好好享受，明天她们就要离开家了。我实在没办法接受这件事。"

当这几句话从我嘴里蹦出来时，我忽然意识到了当下的处境。

"不好意思，朱利安，对不起！我居然在你面前抱怨女儿慢慢独立，真是太不应该了……"

"我所担心的正好相反，我的儿子可能永远都不会独立，他不会离开家庭，这也让我难以入睡。不过我还是可以理解你的！其实我也很怀念最初的那几个月，他躺在我的怀里，还不会走路，更不会踩到我的脚。"

我忍不住笑了。

"莉莉五岁的时候，一名教她的女老师向我们宣称她患有自闭症。她不和班上的同学交流，几乎不怎么说话，只会一个人玩石头，另外还非常讨厌别人碰她。我当时很害怕，可是几个月之后，专家的诊断打消了我们的担忧。然而退一步想，我觉得我其实最担心的是她被别人排挤，另外我也会感到羞耻，因为她不是一个正常的小女孩。"

"你知道吗，其实并没有那么糟糕，根本不是这个样子。当我们收到诺埃的诊断报告时，我的世界都崩塌了。我花了很长时间才接受这件事，就是我的孩子跟别的孩子不一样。我们都害怕差异，所以我们就拒绝差异。最后，反而是他给我们指明了出路。他不在乎别人的嘲笑，面对恶意也刀枪不入。他不会感到痛苦，我甚至觉得他很幸福。的确，也许我永远都不可能教会他用乐高积木造出一艘军舰，或者是认识他的女朋友，但他非常痴迷自己的陀螺，喜欢盯着夜空中月亮的轨迹，对闪电也十分着迷。他教会了我很多东西。"

我们默默无言地继续走着。我反复咀嚼自己的无知，慢慢消化掉自己的偏见，我也可以说自己从诺埃身上学到了很多东西。我两个女儿的幸福才是唯一重要的事。

我提议折返回去，因为我们已经走得太远了。

朱利安却不回答。他停在我面前，双眼盯住我不放。他的脸离我只有几厘米远了。他把手放在我的脸上，大拇指揉搓着我的嘴唇，眼睛里闪动着渴望。他慢慢靠近，我能感到他的气息呼在我的皮肤上。他的手缓缓滑到我的脖颈，然后伸进我的头发里。我不禁颤抖了一下。他把我拉近，我闭上眼睛的同时，他也吻上了我的唇。

爸爸接连不断地打电话过来，但我始终没有接。于是他又发短信过来说他很担心，我们起码得给他个信号，告诉他我们还活着。我便给他回了个电话，他现在清楚我活得好好的了。

"我这会儿不想跟你说话。我需要时间去消化一些事情。"

他一开始否认了自己的所作所为。那些都是假的，他不可能动手去打任何一个人，他甚至连摁死一只蜘蛛都不敢，又怎么会……是你妈妈在说谎，她又找到了一个新的办法来把我们分隔开来。他还突然哭起来，然而当我向他透露说，莉莉对于他的那些威胁仍然历历在目时，他的哭声便戛然而止了。

"这并不是经常发生。"最后他小声说。

"没有经常发生，发生过一次就已经很严重了，而且你还杀死了布朗尼！你这种人真让我恶心。"

他向我保证说自己已经改变了，再也不是以前的那个男人，他已经意识到了自己的错误。他说话的声音都在哆嗦。我的语气仍然很坚决，但我的心跟着颤抖起来。我其实很想抱一抱他好安慰他一下，同时又很想唾弃他。我恨他，但又同情他。我让他别再打电话过来，当我想好时会给他回电话的，说完这句话后便直接挂断了电话。他反复说他很爱我。我回说我也是，但压低了声音。

妈妈十分希望我能独自去卑尔根城里散散心。我选了公交车，因为从房车露营地到城里得走上半小时，而我又不想走路。路易丝居然也在车站那儿等着。我心里想，半小时的步行，说起来用时也不算很长吧。自从上次我们因为她的那撇胡子放声大笑了一回之后，我们之间的相处变得融洽了，但还没融洽到可以一起度过一整天。然而问题是，她已经看见我了，并主动提出跟我一起逛。于是我们就一起走路进城，接下来的时间也都待在一起。

我们在拜帕肯公园停留了一会儿，这是一个面积很大的公园，里面种满了鲜花，长椅随处可见。我们跟一群年轻人要了根烟来抽，当中有一个人不住地往我这边看，倒是让我挺开心的。

"你有男朋友吗？"当我们坐下来时，她开口问道。

"我以前有过一个，不过已经结束了。"

"那可真够呛。结束的意思就是分手了，完了？"

"对的，他在脸书上发了一张跟另外一个女生在一起的照片。"

"太糟糕了吧。"

"是啊。你呢，你有男朋友吗？"

"有，我们在一起三年了，明年我们就会结婚。"

"恭喜你！不过我倒不觉得意外。"

她抬了抬眉毛，吐出一口烟来："真的吗？为什么？"

"我不清楚，反正大家都认为你是一个大家闺秀，在任何领域都能取得成功。"

她冷笑一声，然后把大衣的袖子给卷了起来。

"那我肯定是太优秀了，以至于会直接一败涂地。"

一道鲜明的疤痕从她的手腕内侧划过。我扔掉了手里的烟。

"你为什么要这么做？"

"因为我很不开心，我觉得自己仿佛被困在一个深渊的底部，永远都没办法离开。最糟糕的是，周围的一切都完美无缺，我因此就更有罪恶感了：我有一个令人羡慕的男朋友，有十全十美的父母，在学校里成绩也很优异，不过我不知道为什么，就是感觉自己很空虚，类似于一切都没意思那种感觉，就好像是我一个人被单独隔离开来似的。我想我并不是真的想死吧，但我当时并没有意识到这一点。我只是想让悲伤停止而已。"

"我猜你的父母什么都不知道吧，他们看起来整天都忙着工作……"

"你开玩笑吗？他们的确有很多工作，不过他们一直都陪伴在我身边！当我干了那件傻事之后，他们就放下全部工作，带我们出来自驾游，他们知道我特别想看极光。他们坚信大自然可以帮助到我，家里的钱反而蒙蔽了我眼中生活的意义。"

"那你跟他们说，像我的话，家里缺钱也会蒙蔽生活的意义。"

她笑了，我也跟着笑起来。我们两人的生活截然相反，金钱对她来说不是问题，她觉得自己对父母而言是很重要的；她有一个爱她的人，然而她所说的话也有可能从我嘴里说出来。隔离。空虚。孤独。

我们赶在晚饭前坐公交车回到了露营地。回去的途中，我一直在思考一些问题。当我刚打开房车车门，就看到妈妈朝我露出微笑，莉莉一下子跳到我身上，跟我说她有些事情必须告诉我。

也许我并不是真的那么孤独。

也许这只是一种感觉而已。

也许是时候用柔术来击倒这种感觉了。

6月8日

Morn 马塞尔：

Hvordan har du det？（这句挪威语的意思是："你好马塞尔，你过得好吗？"现在我已经会说几句德语、丹麦语、瑞典语和挪威语了，我有好多个分身了）。

我挺好的，虽然我还是有点伤心。因为旅行快结束了，我们再待上三天，之后就得离开挪威了。你还记得我们刚出发时，我一度以为妈妈脑子出问题了吗？现在，我却希望旅途能够再久一些，时间过得太快了。我们应该把那些最喜欢的时刻重新体会一遍的。不过算了，哭哭啼啼也没什么用，反正我又不是那个负责掌管时间沙漏的人。

我们在兰格瀑布附近过夜，妈妈特别想去看这个瀑布，因为它是世界上最美的瀑布之一。这条瀑布的确很壮观，它特别特别特别高，最后一路流到峡湾。这些水流如此巨大，就好像是我姐姐哭时流的眼泪那么夸张。

因为天气不错，而且我们也快分别了，朱利安就提议我们所有人夜里一起睡在外面，躺在睡袋里，他有几张泡沫垫可以铺在地上。所有人都答应了，两个爷爷除外，因为他们的身子骨比地面要脆弱多了，所以我们就在他们的房车旁边露营，好让他们也能感觉和我们在一起。这是我第一次喝西北风露宿，你知道吗？

我躺在诺埃和妈妈中间，妈妈旁边是路易丝，路易丝旁边是她弟弟。我和诺埃一起望着天空，时间已经是晚上了，但天色还不是很暗，星星都还没有被点亮，因为太阳的光还没灭呢。朱利安躺在他儿子旁边，连着讲了好几个笑话，大人们都笑个不停。然后，他们又开始讲一些吓唬人的故事，我故意装得很大胆，但其实我还是害怕。弗朗索瓦丝说有一次有个老太太在路上跟着她，一路跟到她家门口，而且还叫她"米谢勒"，当她回到家把百叶窗拉上时，那个老女人却站在花园里看着她。就在她讲这件事时，不远处突然传来嘎吱嘎吱的声音，我吓了一大跳，可别提了。然后我就再也不听他们讲话了，我抓住诺埃的手，在他耳边轻轻唱歌，我觉得他挺喜欢的。

大家都没怎么睡，到了早上，都还躺在原来的地方不动，只有妈妈换到了朱利安旁边的位置，因为他有一个枕头。

你知道吗，马塞尔，我也不是说我现在开始喜欢人类了，但是，如果是他们的话，我真的愿意每天晚上都和他们睡在一起。

亲亲。

莉莉

附：我们和埃德加比赛用舌头碰鼻子，我差点就赢了，但他最后把假牙给拆了下来。

纸上所写的介绍在我看来还是蛮不错的：只需要走一小段路，便能抵达一处风景无与伦比的地方，这不仅仅是可以考虑考虑这么简单，甚至可以说是极具吸引力了。所有人都向我保证说，如果我错过了布道台，这个高六百多米的吕瑟峡湾的制高点，就等于错过了整趟旅行。

所有人还向我保证，登上去是很容易的，哪怕是第一次来的新手，也完全在能力范围之内。

然而显然，我连个新手都不算。才十分钟不到，我就已经希望有人给我添个新肺以供呼吸了。

至于两个女儿，她们俩倒是如履平地似的直往上冲，轻松得差点都要吹起口哨来了。诺埃几乎是在跑。我就懒得提路易了，那家伙简直把自己当成了猎兔狗。

的确，我们沿途所经过的湖泊、瀑布和森林大抵都美不胜收。只不过，为了躲避人流并且欣赏到日出，朱利安宣称最好是半夜出发去登山，于是我就只能想象一番四周的景色了。天色并没有完全黑下来，而且我们头上都戴着探照灯，可我能看到的一切，也只有我踩着的岩石而已。

过了半小时，弗朗索瓦丝要求休息一会儿。我真想亲她一下，因为弗朗索瓦丝提议我们所有人都等等她。

我从来都不是个运动健将。我的工作很耗费体力，干了一整天的活以后，浑身酸痛是家常便饭。在二十五岁时，这不是什么问题，但我早就不是二十五岁了。在餐厅工作的最后几个月里，我能感觉到自己的耐力在衰退。我常常气喘吁吁，时不时还会扭伤手脚。每个人应该都有一个体力值，而我的已经快消耗光了。

"你还行吗？"朱利安有点担心。

"勉勉强强，"我上气不接下气地回答说，"布道台的美景最好名副其实，不然我一定会把它痛打一顿。"

他笑着递给我一个水壶。

"你看着吧，绝对值得费这么大力气的。我们就快到了。"

就快了。

朱利安真是个撒谎精。接下来的时间完全足够我扭伤脚十八回、摔倒两次、无数次以为自己就要接近终点，以及数不清多少次想直接把路易推下悬崖。翻过石头堆后接着便是陡峭的小径，它向上延伸，一路只是在向上延伸，我逐渐失去了大腿的知觉，然后是腿肚子肉，接着是屁股，最后累得只剩下一种感觉，那就是深夜一点起来爬山的深深懊悔。

"你需要帮忙吗，妈妈？"克洛艾问道。

"不需要，怎么了？"

"没什么，就是看你太累了。"

"完全不累，我现在精力充沛着呢。"

我只是比一个临死的人精力充沛罢了。

十分钟后，莉莉也放慢脚步等我跟上来。我以为她会问我需不需要做个心肺复苏，结果不是。

"妈妈，你能帮我背书包吗？它勒得我肩膀疼。"

我的母性本能抢先一步，我答应下来，从她手里接过书包。

"它怎么这么重啊！你往里头放了什么？"

"我找到很多漂亮的小石头。"她刚说完，就轻轻松松地一步蹦出了老远。

三小时。

整整花了三小时的工夫，这期间付出的辛苦都足够给我颁发一块奥运会奖牌了（或者说差点废掉了我的四肢），我们才远远瞥见了那个著名的悬崖。悬崖的名字意为布道台，因为山顶上的那块岩石十分平坦，就像一个讲坛一样。还差几步我们就走到了。

天色比我们出发时要亮得多，那是一种幽深的蓝色，让我不由得想起克洛艾的眼睛。有两个人直接在悬崖顶上搭了个帐篷过夜。我松手把两个书包放到地上，然后自己也躺下来，双手张开。天上缓慢地飘动着几片云。克洛艾在我身旁坐了下来。

"妈妈，你快起来，看看周围的风景多美啊！"

当第一束阳光刺破地平线时，我连忙站起身来。

"莉莉，你过来我们这边吗？"

她在诺埃耳边悄悄说了几句话后便来到了我们身边。

在遥远的群山之后，太阳缓缓地从它的藏身之处冒出来。天空烧着了一般，所有的景色都如同撒上了金粉。山底下的峡湾也渐渐苏醒过来，小船看起来只有小小的一个点，树木几乎要透过显微镜才能看到，寒风猛烈地拍打在我们的脸上。真的是无与伦比，仿佛登上布道台便能改变人的一生。这次经历太过震撼，简直令人永生难忘。

我伫立在原地，克洛艾的头靠着我的肩膀，莉莉的手被我紧紧握住，我的心底涌出一股强烈的情感。

我的女儿。

我的宝贝。

我的布道台。

安娜 ——————— Anna

"你们发现了吗，乖女儿，这趟自驾游就像是人生的一个隐喻。"

"什么是隐喻？"莉莉不解。

"就跟比喻差不多，类似形象化的东西，"克洛艾回答道，"为什么是一个隐喻呢，妈妈？"

"因为当中我们经历过入室盗窃、汽车故障、恐慌发作、吵架、关于你爸爸的真面目、寒冷、疲惫、恐惧，不过到最后，我们所记住的只有极光、冰湖浴、午夜太阳、假怀孕、瀑布、彩色的房子、疯狂的大笑、卡拉 OK 之夜、诺埃的陀螺、属于我们仨的夜晚以及在房车里一起大声唱的歌。"

女儿们沉默了一小会儿。然后克洛艾伸手抱住我的脖子，朝我脸上狠狠地亲了一口。

莉莉笑着说："你说得没错，妈妈，这是一条很美的银鱼。"

安娜

今天是我们在挪威的最后一晚了，明天我们就要乘渡轮回丹麦，然后再回法国。我们举行了一场派对，一起回忆了许多事情，直到深夜才回去睡觉。莉莉和克洛艾上到床上还讨论个不停，我差点都以为她们不打算睡了。因为我接下来还有个约会。

我轻手轻脚地从床上爬起来，同时仔细注意她们的呼吸声，套上衣服便离开了房车。朱利安还没到。我一边傻乎乎地笑着一边等他，仿佛一下子回到了跟我女儿一般大的年纪。

而当他抱着一大包东西，踮着脚小心翼翼地走过来时，就好像是我和我的恋人一起准备私奔似的。

我们决定不走太远，这样万一有需要时还能听到孩子们的声音。就在离房车几米远处，我们找到了一处空地，几分钟过后，帐篷就搭好了，里面铺着一个宽大的睡袋，还摆着一瓶红酒以及巧克力。他甚至还想到了要带枕头，省得我们已经不再年轻的颈椎受罪。

我不知道究竟是哪样事情最令我兴奋：是躲起来、远离日常还是朱利安本人。才刚吃了一块巧克力，我们就贪婪地扑到对方身上，衣服在空中飞舞，他的双手揉捏着我的身体，舌头几乎要将我吞噬，我们的肌肤热烈地触碰摩擦，我觉得自己特别美，紧紧地贴着他，而当他慢慢进入我的身体时，我不禁在他颈边呻吟起来。

"真奇妙啊!"朱利安一边抚摸着我的背一边感叹道。

"是啊。"我气喘吁吁地应道,尽管脸都快被帐篷布给勒扁了,肋骨间还有个小石子硌着,我仍然沉醉其中。

我们整整一个夜晚都在聊天,欢笑,做爱。我蜷缩在他的怀抱里,尽情地索求他的柔情蜜意、温和的声音,最后在离开前,我又吃了他一口。

"得回去了,"他紧紧地抱着我叹息道,"再过一会儿诺埃就会醒了。"

我把脸埋在他的颈间,又拖延了几秒,然后我慢慢地伸展开疼痛的四肢。

"能跟你一起旅行,我感到很幸福。"他耳语道,接着也一并坐起身。

我摸摸他的脸蛋,什么话都没说。这个抚摸意味着我也有同样的感觉,但我哽咽得连话都说不出来。这个抚摸的意思是这一切真的很好,我们不久后见。

在克里斯蒂安桑就和他们告别太令人难过了。我们本来应该所有人一起乘坐渡轮前往丹麦，然后再回家的，然而，在最后一刻，妈妈突然宣布说她想带我和莉莉一起去奥斯陆，距离我们目前的所在地有四个多小时的车程。我们从此就要分道扬镳了。但我还没有准备好。

我喜欢一切关系开始的时候：和不同的人相遇，慢慢认识了解他们，同时也慢慢展现自己。

我不喜欢关系结束的时刻——互相道别，再也不见，然而我们明明曾经一路同行。

我用力地亲了迭戈一口，感谢他曾给过我的建议。他甚至都不知道那些建议给我带来了多大的震撼，要是我能有一个曾祖父，我希望那会是他。我永远都不会忘记他的。埃德加看起来一脸疲惫。我向他们发誓说以后一定会给他们写信，但我知道自己其实不会遵守承诺，所以我又亲了他们一口。

弗朗索瓦丝和弗朗索瓦向我透露说我给他们的女儿带来了很多正面影响，他们还称赞我是个出色的女生。我尽量不显露出自己的情绪，因为出色的女生是不会哭的，但我还是深受感动。

路易丝有点拘谨地等着向我道别。她压抑着自己的心情，不过她的眼神已经流露出深深的悲伤。她亲了我两下，然后颤抖着声音补充说道：

"能遇见你真是太好了，小骚包。"

我伸出双手用力地抱住她，并且把她添加进了我在脸书的好友列表里。

路易递给我一个信封，我没有在他面前打开，不过我知道里面装着什么东西。我亲了一下他的额头，悄声对他说："谢谢你，小诗人。"他的脸马上红了一片，笑了起来。

随后我走到朱利安和诺埃跟前，他们正和妈妈，还有莉莉道别。

莉莉在诺埃耳边悄悄说了几句话，之后往他的脸颊上亲了一口，接着却突然转身跑到别的几个人当中去了。

妈妈努力挤出一个笑容。尽管我听不清朱利安对她说的话，但我没有错过他们两人的手互相轻轻触碰的这一幕。这个会跟房车讲悄悄话的男人向我保证说我们很快就会再见的，他们住的地方离我们不远，而且莉莉也打算过去找诺埃玩。我不敢直接上前去抱住他，所以我只说了句挺好的，便留下他们俩继续说话，同时不禁想到，今后我也会想念他的格子衬衫的。

当我们的房车驶上开往奥斯陆的公路时，他们纷纷朝我们用力地挥手。妈妈顿时泪如雨下。莉莉也是，我也是。

安娜

我其实不想回去。我想掉转车头，再次登上挪威北角，重新上路，可是信封里的钱快花光了。我们不得不脱下乔装的打扮，套上原来日常的制服。

克洛艾用坚定的语气说我们不应该感到悲伤，而应该为曾经度过的这些时光感到幸福，试图以此来安慰我们。莉莉反驳她说生活真是个小气鬼，来得快去得也快。我没有回答，因为说到底克洛艾是对的，我也试着让自己的心情轻松起来，但哀愁还是沉重地压在我的肩膀上。我们仨曾经一起经历过其他美好的时光，对于这点毋庸置疑。然而当下的这些日子，这些我和十七岁的克洛艾以及十二岁的莉莉一起度过的时光，将一去不复返。它们如此独特，与之前的经历截然不同，与以后的经历也会截然不同。从此以后，这段日子只会以回忆的形式存在。我试了好几次在脑海中按下暂停键，不去想这些事情，然而都不见效。我永远都不会对关于她们的回忆感到厌倦。

为了能让我们在一起多玩两天，我便想到了之前读到的一篇关于奥斯陆公园的文章。

我们一边开车一边细数着回忆，四个多小时后，终于在午后抵达了奥斯陆。接着我们又花了一小时才找到停车的地方。

"如果朱利安也在这儿就好了。"克洛艾脱口说道。

我好不容易才忍住没有去赞同她的说法。

"这就是维格兰 ① 雕塑公园吗？" 当我们穿过围栏时，莉莉问道。

"就是这儿。"

我们沿着小路走走停停，欣赏那些作品。公园里散落着维格兰的雕塑作品，它们的共同点是所有的作品都是巨型的人体，包括女人、男人、小孩，而且都是裸体的。

"太厉害了，简直跟真的一样！" 克洛艾惊叹道。

她说得对，那些雕像的面部表情栩栩如生，肢体动作惟妙惟肖。作品展现的都是一些生活的场景，有些妙趣横生，有些则令人黯然神伤。例如一个老人抱着怀里奄奄一息的妻子；一对夫妇迎接孩子的出生；一个女人把手放在另一个女人的头上去安慰她；一个生气的小孩；两个老奶奶，其中一个把手放在嘴上，仿佛是忘记了某件事情似的；还有三个人组成了一个生活的圆轮。每件作品都流露出不同的感情，不过莉莉、克洛艾和我总是不约而同地在同一件作品前驻足：一个母亲高高地举起了自己的婴儿，整个人都容光焕发；一个母亲安慰自己捂着脸伤心哭泣的孩子；最为特别的要数那个正在行走的母亲，长发在身后飘动，她紧紧地抱住孩子，脸庞贴着小孩的前胸，那个小娃娃则用手圈住母亲的脖子，头靠在母亲的头上。我们看到这座雕像的瞬间就被它吸引住了。她们俩什么话都没说，但我想我们都感受到了同样的东西。这个女人的力量、她的烦恼、对孩子的爱，以及两人之间无论发生什么都坚不可摧的联系。这是母亲和孩子之间的联系，这是一个最爱孩子的人和一个深深被爱的人之间的联系。

我们在奥斯陆的港口吃了烟熏鲱鱼，接着又在热闹的路上四处闲逛，想要找点乐子却找不到，最后拖到很晚才回去。天空仿佛也为了配合我们的心情，朝我们头上泼水，催促我们加快脚步。当我们回到房车

---

① 古斯塔夫·维格兰（1869—1943），挪威雕塑家。

时，三个人都湿透了。我们刚换好衣服，一场猛烈的暴风雨轰然而至。

"我害怕。"克洛艾藏在被子底下小声说。

"没什么好害怕的，会过去的。"我对她说，希望自己的语气听起来能可信一点。

我们三人蜷缩成一团挤在床上。我听不见外面隆隆的雷声以及拍打在车顶上的雨的声音，也看不见闪电。我只感觉到莉莉的脚在动，克洛艾呼在我脖子上的气息，我能闻到她们头发上留下的淡淡的香草味，以及她们的身体传递给我的热度，尽管我的手被她们压得麻痹了，我的心却填满了幸福。

我想这便可以了，我们终于点亮了那些星星。

我们一大早就起床了，因为之前便计划好要继续参观奥斯陆。我们并没有睡太久，夜里暴雨下了很长时间。

"妈妈，我想你应该为自己感到自豪！"莉莉在吃早餐时忽然说道。

"因为什么？"

"嗯，因为下了一场暴雨，我们又只有三个人，但你的恐慌症没有发作。"

妈妈没说什么，然而我们都看得出来她的确很自豪。

我们正准备离开房车时，手机响了。是妈妈接的电话，但我怎么都猜不出来她在对谁说话，那不是一个熟人，因为她讲话的声音有点尖，不过对方也不是她讨厌的人。

"是你的校长打来的，"她挂断电话后告诉我，"我们得好好商量一下。"

所以我们就真的好好商量了一下。马丁先生提醒她高中毕业会考的第一场考试将在三天后举行，他想确认我是否还是不打算改变主意。其实旅途中她已经问过我好几次了，但我还是坚决不改。参加考试有什么用呢？以前我之所以没有断然拒绝，只是为了让妈妈开心而已。然而这个理由并不充分，完全不足以说服我去考试。

"你说得对，这个理由并不充分，"她也承认，"但你应该为自己做点什么。"

"是啊。可是，为了我自己，我更不觉得有什么用处。"

她微微笑了笑："它也许可以让你更容易在澳大利亚找到一份工作。"

"什么？"

"你考完会考，就可以出发，这就是条件。"

"可是，你怎么……不会吧？是迭戈背叛了我吗？"

她没有承认，可她的笑容也没有否认。

"我不打算离开。"我宣布道。

"克洛艾，你绝对不可以为了我牺牲自己的梦想。我不需要你帮忙，我只需要知道你过得快乐就行，即使是在世界的另一头。另外，我也一直想看看大堡礁，莉莉，你不想吗？"

"还有袋鼠！还有考拉！你什么时候出发？"

妈妈接着说下去："我们会把一切都处理好的。不过，首先，你得去参加考试。我们有两天时间开车回去，一分钟都不能浪费。"

我还没来得及明白过来是怎么一回事，我们就已经登上了离开挪威的渡轮了。我久久地凝望着这个国度，直到它变得模糊。我想对它说声再见，因为它值得再见一次。

回到车里，我把全部心思都放到了手机上，借此逃避自己的想法。我收到了一条来自凯文的短信，是他刚刚发过来的。

"嘿，你什么时候回？"

我赶紧把手机屏幕侧到一边，省得被妈妈看到，然后迅速打了几个字发过去。

"嘿，你好！我后天就会到家了。有什么事吗？"

他的回复立马就出现在下方："我想见见你，我能去你家哪儿吗？"①

---

① 凯文打的错字，应写作"你家那儿"。

　　我思考了几分钟，想起妈妈以及迭戈说过的话，想起凯文的眼神、路易的诗歌、莉莉的日记，最后又想到凯文的双手，然后我便回复了"可以"。

6 月 13 日

亲爱的马塞尔:

　　旅行结束了。我们已经快到德国了，妈妈一直在开车，几乎没停过，因为我们要赶上毕业会考的时间。

　　我太太太太太太伤心了，你懂的。我并不是说我不喜欢我们家里的生活，但是那毕竟不一样。妈妈以前总是在工作，姐姐也不跟我说话，总是待在她自己的房间里，而且我还得每天去上学。我希望这些都能有所改变吧，妈妈向我们保证说她晚上再也不出去上班了，克洛艾也改变了不少。不过正好，因为她以前过得简直一塌糟糕①。

　　最难的还是要和诺埃说再见。我现在就已经很想他了。他虽然不怎么说话，但是我能明白所有他想告诉我的事情。我知道他也能理解我的意思。我跟他说，这是我漫长人生中最美的一次相遇，然后亲了他一口，他并没有后退，而且我觉得他甚至还微微笑了一下。不过，唉，我不想说这件事了，因为我的眼睛漏水了。

　　我还记得他爸爸对我们说过他跟别人不一样，他弄错了。因为诺埃

_____

　　① 莉莉的笔误，应为"一塌糊涂"。

并不是不一样，他是比别人更好的人。

妈妈问我想不想回学校念书，现在就只剩下一周的课了，因为之后初中四年级的学生要参加中考。我仔细想了一会儿，然后说好的。如果我待在家里，我就得打发时间，可是我又不喜欢"打"这么暴力的行为。

我先写到这儿了，我亲爱的小马塞尔，因为我想再看看路上的风景。

给你一个大大的亲亲。

莉莉

附：你快写到底了，不过我永远都不会丢掉你的。

明明已经到家了，我却没有家的感觉，真是奇怪。整套公寓都陷入昏暗当中，屋内闷热难耐。我把身后的门关上，一片寂静便降临其间。没有呼啸的风，没有唱歌的鸟，也没有转动的引擎。

"我们现在要做什么？"莉莉向我询问道。

"我们先把百叶窗打开。"

我们打开全部的窗户，好让外面的空气进来，接着在停车场和公寓之间来来回回走了好几趟，屋里渐渐堆满了袋子、回忆、食物以及生活的气息。我在罗弗敦岛买的几个精灵模型马上就在电视机上找到了它们的落脚处。莉莉则把她的小石头排成一行，摆放在客厅的地毯上。

信箱被塞满了，我把所有信件都摊在桌子上，但并没有打开看。克洛艾立马就把自己关进房间里复习去了。三分钟后，她又跑出来坐到沙发上。我看了一眼那些等待收拾的箱子，然后坐到了她身边。

"你有什么需要帮忙的吗？"

"没有，都挺好的。我就是有点饿了。"

十分钟后，我就煮好了面条，炉灶上到处都是刚才溢出来的开水，因为我已经习惯之前车上的那个小电炉了。我们开了一个鲱鱼罐头，围着客厅的餐桌，直接坐在地上默默地吃着。

我们很早就上床睡觉了，因为明天早上有一场哲学考试在等着克洛艾，而莉莉也要回中学去上课了。

莉莉只把鼻子和眼睛从被子里露出来。
"你不热吗？"
"热啊，不过这让我想起在那里的日子。"
我亲了一下她的额头，祝她晚安。
"妈妈，你能让我的门一直开着吗？"

克洛艾还趴在床上，专心致志地看着复习的卡片。
"你该睡觉了。"
"我再看一遍就关灯，我保证。"
"晚安，乖女儿。"
"晚安，妈妈。"

当我回到自己的房间时，不禁哽咽起来。走廊和客厅把我们隔开了，今晚我再也听不到她们的呼吸声。床也显得尤为宽大，我只躺在了床靠边的位置。

就在我快要进入梦乡时，一阵细碎的脚步声传到了我耳中。我的房门被打开来，莉莉的身影出现在后面，然后是克洛艾的身影。我滚到床中间，伸开双臂。莉莉躺到我的左边，克洛艾在右边，两人都紧挨着我。现在，我们终于可以睡个好觉了。

我肚子有点疼。早上妈妈出门去买来面包和水果，给我们准备了一顿丰盛的早餐，但我什么都吃不下。于是妈妈就塞了根香蕉在我的书包里。

我和莉莉一起乘公交，我坐在卡里姆和伊纳斯中间，莉莉则和克莱利亚坐在一起。她的初中在高中之前的车站就到了，下车前，她还朝我递了个飞吻。

回到原地的感觉很奇怪，我的思绪多少还停留在远方。我注视着眼前这些这么多年来一直跟我坐同一班车的人，我却不认识他们。这个棕色头发的高个子戴着耳机，身穿一件《星球大战》图案的T恤衫；这个戴着眼镜的姑娘看起来挺害羞的；那个总是笑眯眯的女孩子不停地换发型。如果我跟他们一起出去自驾游的话，我们能和谐相处吗？我们会意识到我们其实有许多共同点吗？我们会成为肩并肩的好朋友吗？

爸爸给我发了条短信，告诉我说他很想念我，并且祝我好运。我回了他一句谢谢，并在后面加上了一句"亲亲"。

"哇，看看谁回来了！"

全班人都在操场上等着入场考试，他们立马走上前来把我团团围住。

"快说说，你玩得怎么样？"

"你真的去了北极吗？"

"你看见北极熊了吗？"

"可是你们为什么出发去那里啊？"

我一一简短地做了回答，还给他们看了几张照片，尽管他们看起来并没有弄懂具体是怎么回事。我听他们谈论各自的计划、接下来打算选择的学科，描绘他们未来的希望，这是第一次，我不再觉得我们只是些穿着大人衣服的小孩子。我们曾经是，但现在再也不是了。是时候展开我们的双翼了。

"人可以不借由他人而进行思考吗？"

这是论文的题目。妈妈肯定会毫不犹豫地说不行，莉莉肯定会斩钉截铁地说可以，我为此感到庆幸，因为我又可以为自己的文章增添更多论据了。

回家前我故意绕到面包店一趟。凯文正在把面团放进炉子里烘烤，我们彼此相视一笑。他换了发型，很适合他。我们应该会在不久后再见的。

妈妈在家里等着我回来，她收集了各种关于澳大利亚的信息要告诉我。她找到了一家机构，专门负责申请签证，另外也会帮忙在当地物色一个寄宿家庭，在此期间我可以去找房子以及设有英语课程的学校，这个机构甚至还提供一些兼职工作。我只需要等到成年就可以了，也就是下个月。

"你跟我说的其实是打工旅游签证，"她点明说，"你要上课，打工挣钱来养活自己，剩下的时间，你就可以到处去玩啦！只要你想的话，还可以换不同的城市。"

"我可以在那儿待上一年，对吧？"

她点点头表示同意。

莉莉在我们旁边写作业。当她发现我刚刚把长棍面包的两头都给吃掉了时，她顿时气得火冒三丈。

"你偷了我的那块面包！"

我没有理她，不过她似乎并没有打算就此放过我。

"你就只想着自己，自私的坏蛋！"

"喂，你不会为了一块面包就骂我吧！"

"孩子们，冷静点。"妈妈命令道。

"不是我的错，"我反驳说，"是莉莉先发脾气的。"

"我没生你的气，我只是说你是个自私鬼而已，而且我就是这么认为的！"

她转身回去自己的房间，还用力地摔了一下门，省得我们没弄明白她有多生气似的。妈妈耸了耸肩。

"但愿她在学校里没发生什么事吧。"

我走进莉莉的房间，花了一点时间才找到她，原来她躲到了衣柜里，坐在一件大衣和一条连衣裙中间。

"你在这儿搞什么鬼？"我问她。

"没什么。"

"你想跟我说说话吗？"

"不想。"

"你想一个人待着吗？"

"不想。"

"你想干吗？"

"我不想你离开。"

莉日
莉记

6月17日

亲爱的马塞尔：

希望你一切都好，至于我的话，有好的地方，也有不好的地方。

妈妈还没有整理行李，家里摆得到处都是，她说是没有时间，可我觉得她之所以不想收拾，其实是因为收拾好后，我们就真的回到家了。

我们把房车还给外公了，他见到我们很高兴，更令他高兴的是车上没有剐痕。

他们什么都想知道，于是我们就差不多把所有的事情都告诉了他们，除了马蒂亚斯的事，我们约好了要保守这个秘密，就算他们再怎么硬磨软泡①我都不会说出去的。他们很喜欢我们送的精灵模型，但一丁点都不喜欢那些发酵过的鲱鱼。我们给他们看了很多妈妈手机里的照片，里面还有瀑布的视频。不过说真的，我觉得这没什么意思，因为视频里的瀑布跟真的差太远了。这就跟我们看着别人吃饭一样，我们还是饿着。

说到这点，让内特外婆给我们准备了华夫饼，我连吃了四个，一个

———————

① 莉莉的笔误，应为"软磨硬泡"。

上面撒糖，一个上面抹果酱，一个上面配巧克力酱，最后一个全部放上去了，问题是吃完后，我的肚子以饼还饼地报复了我。幸好那些华夫饼也不是特别好吃，不然的话就太可惜了。

克洛艾提到了澳大利亚，我现在已经慢慢习惯了，虽然我还是希望她到时会被一头鳄鱼袭击，然后她就会马上回来。就算少了一条腿，她仍旧是我的姐姐，这点永远不变。

我很喜欢去外公外婆家，我也很喜欢从他们家离开，因为我在那儿总是觉得有点不自在。我猜这是因为他们家里那些深棕色的大家具，还有让内特外婆的羊毛织毯。在客厅的挂毯上她织了一只狗，你真应该看看它的脑袋，它肯定是不小心往玻璃上撞了无数次。更别提那个嘀嘀嗒嗒的大座钟和各种各样的小桌布了，我总觉得自己像待在一所中世纪的房子里似的，而不是一个上了年纪的人的房子。但愿到我老了的时候，我不会那么老吧。

你发现了吧，我现在不得不把字写得很小很小，我不想你这么快就写完，然而你只剩下几页了。或许，我就只写偏旁部首，这样会好些？

亲亲马塞尔，祝你元气满满！

莉莉

附：为了省地方，我以后就不写附言了。

安娜

列那胡先生准时抵达，一如往常地带着他那个小手提箱以及那副不自然的笑容。

"您好，穆利诺太太，"他说着便伸出手，"您的女儿不在家吧？"

我回想起上次莉莉招待他的方式，暗自觉得好笑。

"不在家，您放心吧。"

"我没什么好担心的。"

我们在客厅里坐下，他从文件夹里抽出几张纸，摊开来放在桌上。

"就跟我在电话里跟您解释的一样，因为您的银行已经拒绝扣款，所以欠债总额又增加了。您有什么解决办法吗，穆利诺太太？"

昨天，我递交了十多份工作申请，涉及好几种行业：保洁、护工、秘书。一家清洁公司给我回了电话，电话那头的年轻女人告诉我说，根据我的资历，公司认为我挺适合去私人的客户家里搞卫生的。工作时间可以根据具体情况调整，既可以选择全天工作，也可以选择兼职，工资按最低标准支付。我打算明天就去试一试：面试的内容是打扫一个房间，以及熨烫衣服，不过她说这其实只是走个程序而已。

我在心里盘算了一下。这份工作挣的没有在饭店多。然而，它毕竟是个解决问题的方法。我趁自己改变主意之前，拿起手机拨通了电话。

"马蒂亚斯，我是安娜。"

"你好，安娜！你最近怎么样？"

他的声音听起来很高兴，就好像我们是两个老朋友似的，就好像我们之间什么都没有发生过。

"还行。是这样的，你知道我自始至终都在尝试去理解你，我从来都不想太过狠心或者让你付出什么代价，我……"

"啧啧！听起来不像是件好事啊！"

他的声音突然变得很生硬，我不禁咽下一口口水。哪怕他身处法国的另一头，哪怕已经过了七年，我还是害怕他的拳头随时会砸过来。

"马蒂亚斯，你知道我每个月为了能撑到月底不停地在拼命干活，可我实在是走投无路了。我以前从没向你要过任何东西，因为我知道你那会儿没工作，你自己也不容易，我不想加重你的负担，不过现在明显你过得挺好的，所以……"

他冷笑了一声，却并非真的笑。

"你那趟奢侈的自驾游把自己搞破产了，现在就想过来骗我的钱，我说的没错吧？"

我停顿了一小会儿，我究竟在期望什么啊？

"马蒂亚斯，你知道那笔钱不是给我的。你是她们的父亲，就算你不跟她们住在一起，你也应该出钱养她们。我本来一开始就可以向法官申请命令你付钱的，可是……"

"多少？"他直接打断了我的话。

"我觉得……"

"克洛艾长大了，她可以去工作，不过我会给你属于莉莉的那一笔钱的。我去咨询一下，然后我再告诉你。"

一小时后，他给我发了条短信，告知我他每个月会给我寄两百欧元，作为交换条件，他希望能时不时过来看看两个女儿。我同意了，条件是他们见面时我必须在场。

列那胡先生轻轻咳嗽了几下，我回过神来。他还在等着我的答复。

"我无法如您所愿一下子把钱全部还上，不过我保证从今以后会按时支付每个月的账单，至于拖欠的那笔钱，我可以每个月还给您一百欧元。"

他长长地叹了口气。

"穆利诺太太，我已经让我的客户等了整整三个月，并且向他担保您一定会把债务结清的。"

"我知道，但我也没有更好的办法了。"

"您这样让我很难办……"

"真的非常抱歉。"

"那我们就不得不走法律程序，申请一个强制执行的支付令了，"他站起身来严厉地说，"我很后悔之前给予您信任。"

"我向您发誓我并不是有什么坏心眼，我以后会每个月准时还钱的。我相信您一定会去说服您的客户，毕竟就算时间再长，欠下的钱能够还上，才是最好的解决方案。"

他走到门边，完全不理会我说的话。是时候使出弗朗索瓦丝传授给我的秘密武器了。

"列那胡先生，我咨询过一位律师，她跟我解释说按照我的收入和支出，如果我向法兰西银行提出超负债申请的话，是有机会通过的，并且可能可以延期支付，直到我的收支情况好转为止。这样的话，欠款就会被冻结。我也不希望走到这一步，既然我签了这份贷款协议，我就会尽力还清贷款，不过您必须相信我才行。"

他的手摁在门把上，一个字都没说，然后转过身来。

"我能问您一个问题吗？"他问道。

"当然可以。"

"三个月前，我们本来约好见面的，您那时非常肯定地说手上有一笔钱足够还清全部债务，但您最后取消了。那是假的，对吧？"

"真的，我当时真的有那么一笔钱。"

"但这又是怎么一回事，我就不懂了！为什么您当时没有抓住机会赶紧摆脱这些债务呢？"

我反复斟酌怎么才能完美地表达出我的意思，回答却自顾自地从嘴里溜了出来。

"因为那笔钱能让我做一件更重要的事。"

6 月 20 日

亲爱的马塞尔:

但愿你还能看清我写的字吧。我还是决定不能只写偏旁部首,因为这实在是太难懂了,所以我就把字都写得小小的。

我只是想跟你说我很开心。今天下午,我去了克莱利亚家。她爸爸问我有没有看到维京海盗,问完就继续回去看电视,于是我们俩就能安安静静地和老鼠们一起玩。你能猜到吗,在我不在的这段时间,杠杠和牙牙又生了别的宝宝,克莱利亚还给我留了一只,因为她太了解我了。

你都不知道我费了多大功夫求妈妈,她才肯答应我,幸好我留了好几手脚①,终于让她知道,这对我来说是非常非常非常重要的。不过,我必须保证,当她在家时,老鼠不能离开我的房间,但我敢肯定,试过几次,她就会习惯了。我真想让你猜猜我给它起了什么名字,可惜留给我的地方不够了,所以我就直接说吧,它叫啦啦。对了,它现在正走在你左边这一页上呢,希望你们俩能成为好朋友。啊,回归正题!克洛艾给迭戈还有埃德加打了个电话,问他们回去之后发生了什么事情。我们一

———————————

① 莉莉的笔误,应为"留了好几手"。

直把秘密保守到最后，不过我们还是想知道最新的消息。其实，因为有银行卡和 GPS 定位系统的关系，所有人早就知道他们在哪儿了，根本没必要费力去找他们。所以，那个院长并没有报警，但他也不想再让他们住进来了。他们俩得去找个别的地方，但想想就知道，两人要再住在一起是挺困难的。我跟你说，马塞尔，我很庆幸用了妈妈的去皱面霜，这样我就永远都不会老了。

好啦，我得上床睡觉了，明天还得上学呢（我试试看回到我自己的床上睡不睡得着）。我很开心，因为我和朱丽叶，还有玛农都相处得挺好的，她们就当我完全不存在。

亲亲，马塞尔。

莉莉

附：啦啦向你说对不起，它不是故意要尿在你上面的。

安娜 —————————— Anna

外婆坐在窗户边的扶手椅里。她一直在等着我们到来。她很高兴我把探望的日子提前了一天，这样两个女儿便都能来了。她的日程表上又能画掉孤独的一天。我用力抱了抱她，感觉到她的脸颊凉凉的。莉莉走过去亲了她一口，递给她一块黑色的小石头。

"曾外婆，送给你，这是我从挪威北角给你带回来的！"

外婆很感动，她小心翼翼地抚摸着那块石头，仿佛那是颗钻石似的。克洛艾上去握住她的手，在她耳边悄悄说了几句话。

"我也没做什么特别的。"她低声回应道。

"当然有啦，外婆！"我插嘴说，"你做得太多了。"

她谦虚地摆摆手，否认自己的贡献，然后将我们的注意力转移到了移动小桌子上的饼干上。

"你们尝尝，这是迪波尔太太的小孙女做的！"

"不用了，谢谢，"克洛艾婉拒道，"我得注意点，我已经胖了两公斤了。"

"你这样正好，你的气色比我上次见你时要好多了！"

莉莉也点头表示认同，顺手就拿起一块饼干吃起来。但她立马又放下了，表情扭曲，摆出一副鬼脸。

"这是水泥蛋糕吗？我的牙齿差点就全掉光了！"

"可是上周它们分明还挺好吃的呀，"外婆有点吃惊，"好啦，你们快把一路上的事情都跟我讲讲！挪威给我留下了十分美好的回忆，你们喜欢那儿吗？"

我让两个女儿来讲，因为外婆已经了解过我的印象了，我每周都至少会给她打一次电话。她们祖孙三人对比各自的经验、感受，虽然中间隔着六十年的差距，却几乎一模一样。

"你们最喜欢什么？"

"这很难说，"克洛艾回答说，"我喜欢的东西有很多……可能还是极光吧，或者是布道台。不对，不对，我想起来了！我最喜欢的，还是我们仨在一起的时候。"

"是吗？我的话，我最喜欢那些鲸鱼！"莉莉大声宣布道。

外婆笑出声，孩子们也跟着一道笑起来。我注视着她们，尽情地享受她们围绕在我身边的时光，没有她们，我不会成为现在这个样子。只有一个人缺席了，然而她在我们每一个人的身上。

我们一直待到饭点才离开，外婆要去食堂吃晚饭了。临走前我再次抱了抱外婆。

"我下周还会再来的，外婆。"

"我也会！"莉莉高声叫道，"不过把那些饼干扔了吧，它们太危险了。"

"我也会过来的。"克洛艾加上一句。

外婆简直心花怒放。她一直目送着我们离开她的房间。两个女儿先走出去，就在我准备把门关上时，我听见她低声呼唤我的名字。我转过身，她用一脸心照不宣的表情看着我。

"对了，你有他的消息吗？"她悄悄问道。

"我正准备出去的时候给他打个电话。"

"你打算公开了吗？"

"我还不知道呢。"

　　她搓搓手，满面的皱纹底下藏着一个十岁小孩的好奇。我朝她吐了吐舌头，随后关上了门。

　　电话响了五声。我正要挂断时，对方接起了电话。

　　"你好啊，安娜！"

　　"你好，朱利安！你最近还好吗？"

莉
莉

日
记

6 月 25 日

我最最最亲爱的马塞尔：

这是我最后一次给你写信了，我真的很伤心。我原本以为，你会永远陪在我身边，可是现在我却不得不离开你，因为你再也没有位置让我写下去了。早知道我一开始就不应该写那么大个的字，我应该精打细算地跟你讲话才对，我以后就学会了。

好啦，我先跟你说说最近的几件事，然后，我就得跟你说再见了。

首先，我有一件无比开心的事情，那就是这周末我会去诺埃家玩。我妈妈给他爸爸打了电话，他觉得我们能再见面简直再好不过了。我有点担心他不认得我了，不过我会给他哼几首歌，就像以前我们在外面露营的时候那样，这样应该就能唤醒他的记忆。总之，我希望能赶快见到他，因为我前阵子已经在学校里好好找过一遍，却没有找到第二个像诺埃一样的人。

说到学校，真是不得了，双胞胎居然没把我给忘了，她们只是在等一个好时机而已。她们俩在体育场的换衣间里逮到了我，我那时候正在换衣服，裤子都已经脱到脚踝上了。朱丽叶先挑衅说我是个马屁精，就因为我她的姐姐被勒令停学了三天，玛农又补充说她希望我永远都别回来。我回说我跟她们没什么好讲的，我们这种猪朋狗友才不跟你们这种吊车尾的人一起玩呢，听到这句话她们反而笑了出来，然后又继续嘲笑我。周围所有人都看着我们，却没有人敢动一下。她们说我就别再充什么好汉了，说我长着一副狗屁不如的嘴脸，尤其是我那头短发丑得要死，我妈妈应该直接把我扔进厕所里才对。说到这儿，我还是警告了她们一句，最好别提我妈妈，但她们还是继续讲啊讲的，说她又胖又穷，这话一下子就刺痛了我的眼睛①。我差点就想回嘴说她们的妈妈那么矮，以至于在她头上都能闻到脚臭，可是，突然间，我回想起弗朗索瓦丝教过我的东西：用赞美去回应恶意。

我盯着玛农，她还在对我说一些很难听的话，我对她摆出一张大大的笑脸，对她表示感谢。她问我为什么，我解释说她的善良令我很感动，地球上应该有更多像她一样的人。大家都笑起来，结果她却更生气了。她妹妹大声说我彻底疯了，我就悄悄对她说她很漂亮，尤其是当她微笑的时候。哎哟，这一下，一句话就把朱丽叶给噎住了，你真该看看她当时的模样！周围的人都快笑死了，她们又嘟囔了几句骂人的话，接着就做别的事情去了。好吧，其实她们在数学课上又开始了，这件事的确不是那么容易就结束的，不能对此抱有幻想，不过现在我知道该怎么应付了。我向你保证，马塞尔，如果有一天能扫描一下她们的大脑，肯定会有神奇的发现的。

总之，希望你能为我感到骄傲，毕竟我为你感到骄傲。我真的很高兴能有你陪我度过人生当中这四个月，而且是非常重要的四个月。

我会很想你的，但我肯定不会把你丢了，只是我再也不能跟你说话了。我会一直留着你，哪怕以后我像曾外婆一样住进老人院，你也会待

---

① 莉莉写的错字，应为"耳朵"。

在我身边。你真是最棒的日记本，我永远都不会忘记你的。谢谢你为我
所做的一切，我最亲爱的小马塞尔。

莉莉

附：我爱你。

妈妈上了一整天的班，这是她当清洁工以来第一次这么忙。那家公司已经给她签了好几个家庭的合同，她也希望能够尽快回归到全职工作当中。莉莉则去克莱利亚家玩了一天。

我很晚才起床，我已经很久没有睡过懒觉了，会考结束后，考试的压力也随之消失。我先出门复印了几份文件，准备好接下来申请签证的材料，回到家后我就开始打扮自己。

我把头发梳得直直的，我知道他很喜欢。然后我换上了一条小黑裙，穿上高跟鞋，并且抹了口红。他迟到了，不过他买了奶油泡芙送给我。

"你好，克洛艾。"

"你好，凯文，进来吧！"

他看了一眼走廊上的墙壁，我们在上面贴满了这次自驾游拍的照片。他看起来不是很自在，我也一样。我的双腿都有点打战。

"好像很不错的样子！"

"的确很棒。你想喝点什么吗？"

"你家里有什么？"

"水。"

"那就来杯水吧。"

我们坐在沙发上，他把手搁在我的大腿上。

"我很开心见到你。对于我妈妈的事，我很抱歉……"

"是啊，她真是太过分了。"

"我懂，那你还生我的气吗？"

"有点吧，不过你知道该怎么做我才会原谅你……"

他一下子抱住我，开始亲我。他的手从我裙子底下伸进去，他身上有股刚出炉的面包的香味。

"你想就在这儿还是我们进去你的房间？"他问我。

"我更想去房间里。"

他紧跟着我，我刚把门关上，他就热烈地拥吻我。他把我的裙子甩向空中，我把他的牛仔裤给拽下来，他的双手在我的背上来回抚摸，解开了我的内衣，我帮他脱掉 T 恤衫时，他不禁哼了一声。他贪婪地亲吻我的脖子，我一把扔掉他的内裤。我把他推倒在床上，他等着我过去，眼神被激情所点燃。他抓住我的手，将我拉到他身边。

"快过来。"

"等等，"我应道，"我有个小小的惊喜要送给你。"

他露出一副惊喜的笑容，我走出房间，把自己关进浴室。几分钟后，我突然跑了出来。

"凯文，快出来！"我高声喊道，"快点！着火了，很大火，我们得赶紧离开！"

他一下子从床上蹦起来，就跟 CD 机的碟子弹出来似的，他还在找衣服，我连忙抓住他的胳膊。

"快点啊！我们要被烧死了！谁管你的衣服啊！"

我一路尖叫拉着他跑到走廊，还没来得及打开门，他就已经跑下楼梯了。他往下跑了一层楼才反应过来是怎么回事。他又跑上来，两只手试图挡住自己的私密部位，满脸疑惑地看着我。我朝他笑了笑。

"你就庆幸自己好运吧,我起码把袜子留给你了。"

说完我便锁上门,然后打电话给路易丝,告诉了她这件事。

莉莉坚持一定要自己去敲门。敲了十二下之后，门终于打开了，朱利安出现在门后面。他脸上挂着的笑容让我也情不自禁跟着笑起来。

莉莉一边跟他打招呼，一边用目光搜寻诺埃。

"他在客厅里呢，你们快进来吧！"

我的女儿一下子就冲了进去，剩下我一个人站在朱利安面前。他趁我还来不及犹豫，忽然亲了我一口，随后便拉着我进到屋里。

莉莉在诺埃旁边坐下来，他正在一前一后地晃动身体。

"诺埃，我是莉莉，你还认得我吗？你记得吧，我们一起去了瑞典、芬兰，还有挪威，我经常去你的房车里找你，我们还一起玩过陀螺。"

小男孩没有反应，他仍旧盯着电视屏幕，上面在播放一些自然的图片。莉莉站起来，从口袋里掏出一个会发光的悠悠球，这是我们过来的路上她让我买的。诺埃朝她扫了一眼，但她并没有理会，自顾自地玩了起来。

"我们就让他们俩自己待着吧，你跟我过来。"朱利安悄悄对我说，带我离开了客厅。

我们走到厨房的阳台上，在一张绿色的小桌子旁坐下。

"我很开心能再见到你。"

"我也是。"

"没了你日子真不好过，因为你我养成了一堆坏习惯。"

我笑了，他把手叠在我的手上。

"我爱你，安娜。"他轻轻说道。

就跟以前他每次对我说这句话时一样，我的心跳越来越快。

"我也是，我也爱你，全心全意。"

他揉了揉我的手。

"你觉得是时候告诉他们了吗？"

"我想差不多了吧。我外婆再也憋不住了，她想知道她们俩的反应。"

"你认为她们接受得了吗？"

"肯定会的，我觉得她们都很喜欢你。只不过，克洛艾可能会要求你把那些格子衬衫都扔掉。"

他不禁乐了。

"你知道今天是什么日子吗？"

"当然知道啦。"

"一周年快乐，我的最爱。"

"一周年快乐，亲爱的。都已经过去一年了啊……"

（两个月前）

安娜 ———————— Anna

当我们抵达汉堡的露营地时，我就知道朱利安会在这儿。看到他那张脸时，我好不容易才忍住没笑出来。当时我正在和房车厕所的污水桶做斗争。

"安娜，你在这儿干什么呢？"他眉开眼笑地问道。

"小心点，我两个女儿正从窗户看着呢。我听从了你的建议，我们仨的确需要出发。我也正好能趁这个机会送给你一个惊喜。"

"你都不知道我多想现在就抱抱你。"

朱利安曾经是"白色田舍"的主厨。整整五年时间，我们都在一起工作。我很欣赏这个每天都乐呵呵的家伙，他总是在大家都忙得乱糟糟的时候讲笑话，不过我们从来都没有机会深入了解彼此。直到 11 月的一个早晨，他来上班时，眼神空洞而迷茫。他的妻子刚刚抛弃了他和诺埃，为此他感到万分恐慌。我从他的无措里看见了自己的影子——因为我的家庭在两年前也曾经历过同样的分裂。我们无声地交流彼此的心事，慢慢地变成了朋友。我们受过的伤使两人之间的距离迅速拉近，身体上遍布的伤痕就像强力胶水一样将对方紧紧吸引住。他会帮我打扫餐厅，我会帮他收拾厨房，我们一边洗碗一边讨论周遭的一切，有时甚至会在餐厅关门后还继续聊下去。

　　三年前，朱利安为了把全部时间都用来照顾儿子，决定辞职，我感到内心空荡荡的，由此发现他对我而言，不只是一个普通朋友而已。然而我当时已经忙得顾不上自己了，根本不可能开始一段新的关系。更不用提我用来封闭自己的盔甲，我并不准备把它卸下来。我甚至都不知道他是否也有同样的感觉。

　　我们只保持着远距离的交流。他和儿子出去旅行，我则继续和两个女儿斗智斗勇，我和他时不时会给对方发几条短信。去年有一次他来餐厅吃晚饭，结果在上菜期间，我打翻了三个盘子。我不禁有点慌乱。他一直待到打烊时间都还没走。两人间的默契很快便找回来了。他就跟以前一样陪我走到停车处，向我道一声晚安后再帮我关上车门。唯一不同的是，这次他并没有亲我的脸颊，而是吻了别的地方。

　　接下来的几个月，我们虽然只见了几次面，但是经常打电话。我坚持要把工作之余的时间都用来陪女儿，所以留给我们俩的时间就所剩无几了，不过我们还是尽情享受这些相聚的时刻。在他面前，我很快便卸下了保护的盔甲。毕竟朱利安不是马蒂亚斯。他尊重我，不会试图把自己的想法强加到我身上，他会聆听我的意见，只要我幸福便心满意足，从不要求更多。他总是会把最后一块巧克力留给我。跟他在一起时，我不用字斟句酌地说话，当他抬起手时也不必害怕后退。跟他在一起，我觉得很舒服。

　　当他告诉我说他和诺埃准备再次上路时，我很羡慕他。他提议让我跟他一起出发，理由是孩子们能借此机会互相认识，可这个主意太疯狂了。然而接下来，离开的理由胜过了不离开的理由。我原本并不打算加入队伍当中，而是计划隔着一段距离跟着他们，这样起码不会在陌生的国度里孤身一人，万一遇到事情，朱利安就在不远的地方，这样便足够了，毕竟这趟旅行的目的是和两个女儿待在一起，而不是组团旅游。可是后来她们并没有让我选择。

　　于是，我们就踏上了一趟将会改变我们一生的旅行。

（两个月后）

克洛艾连载专栏

我知道自己已经很久没给你们写文章了，不过我有一个充分的理由：我在为自己的出发做准备。

这一天终于到了。还有三小时，我就会乘飞机奔向新的生活。

妈妈一直寸步不离地跟着我。她尽量按捺住自己的悲伤，问题是，她反反复复地说自己很开心，这反而令人生疑。我想她大概宁愿我没去参加毕业会考，这样就没有后面的事了。

而莉莉连装都懒得装了，从今天早上开始，她几乎流了相当于挪威海那么多的眼泪。

如果我去年就离开的话，离别应该不至于那么艰难。可是现在，就好像是我们才刚重逢没多久就要分离似的。最近几周，家里的日子变得温情脉脉。白天，莉莉去兴趣活动中心，妈妈去上班，我便利用独自在家的机会，写写字，给路易丝发发短信，收拾行李，有时和伊纳斯四处走走，同时小心避免经过面包店门前。每天晚上，我和莉莉还有妈妈一起吃饭，饭桌上谈天说地幻想各种事情。这么说起来，这些场景就像广告一样虚假，不过你们放心，还是会有一些时候，我恨不得对妈妈骂狠话，又或者是差点就想把莉莉扔到垃圾桶里去。然而每次一想到接下来的一年她们都不在我身边，我就能马上消气了。当我们看得见结局时，我们便往往能抓住中间最重要的部分。

今天早上，爸爸给我打了个电话，祝我一路顺风。我答应他我一回来就会过去看他。一年的时间应该足够我做好心理准备了。

凯文连着好几天发短信来骂我，最后也厌烦了。在那之后，有个叫马洛的，等了两周我才邀请他来我家；还有一个萨米，连等都懒得等。我在慢慢地进步，正如我妹妹所说，有志者，磨成针。

"你准备好了吗，宝贝？"

妈妈站在我的房门边，嘴上挂着一个伪装的笑容。是时候出发了。我最后朝房间扫了一眼，关上门的同时，也告别了我的少女时代。

"一年很快就会过去的。"她一字一顿地说，仿佛是为了说服自己似的。

"我们到时视频通话！"

莉莉点点头，说："如果我们有钱了，我们就过去找你！但愿到时能见到考拉还有袋鼠！"

诺埃和朱利安在车里等我们。幸好有他们陪我们到机场，否则我不敢想象她们俩单独回去的情景。总之，幸好有他们在这儿。我再也想不到有比他们更好的人陪伴在莉莉和妈妈身边了。我算是低估了格子衬衫的魔力。

"我有个好消息要宣布！"他打开后备厢时大声说，"刚刚玛丽娜给我打电话，她正在给宝宝买东西。她说她帮迭戈还有埃德加申请到了床位，就在她和格雷格工作的养老院。到时他们俩会住进同一套公寓，两人都很满意。比亚里茨离这里不远，我们还可以过去探望他们！"

妈妈脸上假装的笑容变成真的了，这是今早以来她第一次发自内心地微笑。我的心情也因两个老爷爷的美好结局而轻松了点。我坐在后座，隔着车窗看着外面熟悉的风景向后逝去。妈妈从隔壁的座位伸过手来拍拍我的大腿。我抓住她的手，紧紧地回握。我会想你的，老妈。

我当然也会害怕。对一个深感孤独的人来说，飞往另一个人生地不熟的国度，并不是件容易的事情，但我觉得自己已经准备好了。我一直需要被人喜爱，我想这种需求永远都不会消失，然而我再也不需要别人的认可了。有我认可自己便足矣。

在此我要向你们表示衷心的感谢，感谢你们几个月以来的陪伴。你们的留言、支持、评论让我受益匪浅。虽然我不认识你们，但你们的确在帮助我成长。我也从中懂得，原来那么多人有相同的感受，而更重要的是，即使完全与众不同，也毫无关系。

是时候跟你们说再见了。我会停止书写我的生活，而去真正地投入生活当中。

我会一直保留这个博客，因为它也许会在以后帮助到某个人，那个人正在穿越一个名为青春期的风暴区。

谁知道呢，或许有一天我们也会不期而遇，面对面却不知情。在悉尼、图卢兹，或是其他某个地方。

我爱你们。

克洛艾

莉日
莉记 ——————— Lily Diary

8 月 25 日

亲爱的若西安娜：

我叫莉莉，今年十二岁了。我以前有一个叫作马塞尔的日记本，但它已经写完了。一开始，我并不想把它换掉，因为我担心它会难过，可是后来我在一个架子上发现了你，一个人孤零零的，我听到你在叫我。我就把你介绍给了马塞尔认识，它看起来还蛮喜欢你的。

对了，你之所以叫若西安娜，是因为你是正方形的，就跟饭堂里一个名叫若西安娜的阿姨的方下巴一样。

好啦，我说得太多了，现在这会儿很严肃。我们正在去机场的路上。我姐姐要飞去悉尼了，在澳大利亚。网上说小鸟要飞一万七千公里才能到那儿，我在想他们是怎么知道的，可能他们在一只小鸟身上挂了一把二十厘米的尺子让它去量吧。总之，我姐姐很快就要去很远的地方了。但愿我们的交流还能保持在同一个电视频道上吧。好吧，我承认，我们的确会经常吵架（这很正常，我姐姐总是做错事，而我总是正确的，所以我们俩根本就不合拍），但我还是很喜欢她的。

我们是坐朱利安的车过去的，因为它更大一点，这样我们就能所有人都坐进去了。诺埃坐在我旁边，看着外头的马路。他手里拿着那块我送给他的光滑的石头，一直不肯放手。当妈妈告诉我说她和朱利安在一起时，我高兴极了！我们几乎每周末都会见面，一起去树林里或者湖边散步，有时候哪怕我们什么都不做，感觉也很好。我真希望我们能住到一起，但妈妈说事情要一步步慢慢来才能成。我不是很明白，因为就算慢慢来，人们还是有可能会把事情给搞砸的，不过显然她是下定决心了。所以，我就只能乖乖地待在少了一个人的家里，等着以后会有一个更大的家庭。现在，诺埃就跟我哥哥一样，除了一点，那就是我们的肾不匹配。你知道吧，他教会了我很多东西。以前，当别人说我不一样的时候，我不是很开心，感觉自己好像在玩一个卧底游戏似的；然而现在，我却想一直都保持不一样，我永远也不想成为跟别人一样的人。自己就是自己，变成别人太蠢了。

好啦，若西安娜，我先写到这儿了，因为我想趁着姐姐还在身边，多陪她待会儿。

亲亲。

莉莉

附：我再也受不了这么热的天气了。昨天夜里，我把冰箱门打开了，好降降温，跟你说吧，妈妈并不是特别特别认同我的做法。

安娜 ——————— Anna

到了登机的时刻了。朱利安和诺埃先向克洛艾道别，然后走到一边，让我们仨单独说说话。我挤出一个笑容，尽管心里头仿佛千刀万剐似的难过。

十八年前，当人们把一个四十九厘米长的小家伙递给我时，她马上就占据了我生活全部的位置。就在她第一次哭出声时，我已经在忧愁她离开的那天了。等她又长了一米又十五厘米时，我们便来到了离别的时刻。但愿我能够继续前进，而不是深陷她所留下的空白中无法自拔。

我摸了摸我的小宝宝的脸颊，她确保了一下周围没有人看见我做这个动作。

"接下来的日子一定会很棒的，宝贝。"

"我知道，"她应道，赶紧擦掉一颗滑落的泪珠，"我会想你们的。"

莉莉一下扑入她姐姐的怀抱，紧紧地抱住她，下一刻又抽身回来。

"喏，这是一个护身符，"她往克洛艾手里塞了一块白色的小石头，悄悄说道，"我是从小区的停车场捡来的，这样你在新家就能有一点我们家里的感觉了。"

我的宝贝小姑娘啊。

克洛艾摸了摸那块石头，随后把它放进了口袋里，朝朱利安和诺埃的方向努努嘴。

"他们会填补我不在家的空缺的，没事！"

"谁也不会填补你的位置，克洛艾。"

"你就嘴上逞能吧！这一年以来，你肯定很依赖他了。"她笑着说。

朱利安远远地望着我，满脸忧虑，因为他知道我有多难过。

我又想起我们俩在孩子们面前正式宣布结为伴侣的那一刻。两个女儿让我重复了三次这个消息，她们还以为我在开玩笑。她们一起把整件事回想了一遍，每发现一个线索，就欢呼一声。惊喜过去以后，她们却又信誓旦旦地说自己早就猜到了，她们是为了不破坏我们的兴致才没有说而已。

"前往新加坡的旅客请注意，您乘坐的法航 1024 次航班很快就要起飞了，请马上由 17 号登机口登机，本次为最后一次登机广播。"

克洛艾注视着我，我从她的眼神里读出了害怕与坚决的情绪，它们夹杂在一起。她一下子扑过来，用尽全部力气抱住我的脖子。莉莉也伸出细长的小手，过来围住我们，我们仨就这样抱了几秒，传递彼此的爱。

"我的大姑娘，你能成为现在这样的人，我真为你感到自豪。"

"那也是多亏了你，妈妈。"

她慢慢地脱离我们的怀抱，擦了擦脸颊，往我手里塞了一张照片后便转身走远了。我目送着她，直到再也看不见她的身影，然后才低头看了看照片。

这是我们母女三人在斯德哥尔摩的维格兰雕塑公园里的自拍。在我们身后耸立着我们都很喜欢的那座雕塑——一个母亲紧紧地抱着自己的孩子。莉莉吐着舌头，克洛艾斜觑着眼，而我笑开了花。

这趟旅行并没有改变什么。我们回来以后，那些账单还是在那儿，烦恼也是，我也仍旧没有工作，莉莉还是有敌人，克洛艾还是会遇到坏家伙。事情都没有改变，然而我们改变了。

即使相隔一万七千公里，我们仍然在一起。

即使她们到了五十岁，我们仍然会在一起。

我们拥有一样永远都不会消失的东西。

我们是一家人。

终

致谢

最近，一位读者让我去感谢那些围绕在我身边、让我能继续写下去的人。我深受感动，因为我的想法跟她一样，我之所以能够写出这些故事，之所以能够感受这些情绪并且将它们用文字描绘出来，都是因为我一直被这些支持我的人所包围。

一般情况下，我的致谢词主要是写给那些帮助过本书出版的人。但是这次，我要感谢那些在生命中帮助过我的人。

因为我们都坐在同一辆公交车上，它不可阻挡地向前驶去……

毋庸置疑，第一个要感谢的肯定是你，我最亲爱的妈妈。四十年前，我爬上了这辆公交车，而你就在车上等着我。谢谢你给了我那么多东西；谢谢你无论在转弯、出故障甚至是意外的时刻，都始终保持在正常的轨道上；谢谢你教会我要看向窗外，去发现外面的美景；谢谢你把座位上大部分的位置都让给了我们；谢谢你带我们去旅行，却无论到哪里都为我们营造出家的感觉；谢谢你让我们仨成为一家人，也谢谢你懂得放手，然而在需要时你就站在我们身后。我无法想象比你更好的母亲了。

谢谢你，玛丽。似乎在你出生前几天，我还发誓永远都不会喜欢你来着。我真是错得太离谱了……谢谢你来到这辆公交车上找我们，谢谢你来当我的小妹妹，虽然你刚出生时连头发都没有。谢谢你如此敏感、风趣、慷慨，虽然经常抱怨，却一直陪伴在我左右。你不曾意识到自己是个多么美好的人，不过这一点却让你变得更加美好。谢谢你是那个与我分享一切珍贵回忆的人。

谢谢你，我的儿子。当有一天你会认字了，你可能会读到这几行有点黏糊的文字。但我也没办法，因为每当我想到你，我的血都会化作蜂蜜。你登上公交车的那一天，就已经改变了一切——天空变得更为蔚蓝，风景变得更为美丽，我的情感也变得更加强烈。所有的一切都忽而有了意义。我想，哪怕你不是我的儿子，我也会全心全意地爱着你。你那么有趣、善良、亲切、温柔、敏感、体贴，更重要的是，你还喜欢睡懒觉。但愿我们相伴的旅途足够漫长。

谢谢 A。虽然你并没有在车上停留太久，却仿佛永远都会留在这儿。因为你，我少了一些东西，但同时也多了一些东西。希望你能为我感到骄傲。我好想你。

谢谢你，我的至爱。你是我所认识的人当中最懂得替他人着想的人了，谢谢你选择了我作为你身边的旅伴。我几乎都不怎么记得遇见你之前的生活了。谢谢你每次听到我讲的笑话都会笑出来，尽管那些笑话并不总是那么好笑；谢谢你一直尝试去理解我，甚至在你无法理解的时候；谢谢你耐心听我描述书里的那些人物，就好像他们真的存在似的，而且从来都不认为那些都是幻觉，我需要去看个医生；谢谢你的点子、你的支持，谢谢你因为我幸福，因而自己也感到幸福；谢谢你成为我的丈夫、孩子的父亲。小时候，我曾以为肯①是最理想的男人。不过现在，你根本都不需要使用柔术，就能轻松把他打倒在地。

谢谢外婆和外公从不曾远离我，谢谢你们始终敞开着大门欢迎我的到来，包括心里的门也随时为我打开着。谢谢你们在我埋头写作时，为我准备了美味的小吃。谢谢你们跟我一起满怀喜悦地参与到这场写

---

① 芭比娃娃的男朋友。

作的冒险中来。谢谢一直以我为荣的爸爸。谢谢整个宇宙中最有意思的姨妈米米。谢谢亚尼斯、莉莉、吉尔、塞利娜、居伊、马德莱娜、尼古拉、弗朗索瓦、马尔万、拉埃蒂希娅、埃洛伊兹、安娜、安托万、阿蒂尔、克洛迪娜、马克、吉尔贝、西蒙娜、卡罗勒以及其他亲人，我爱你们。

谢谢玛丽娜·克利芒，你给我作品的反馈如同使我插上了翅膀，谢谢你这么多年以来一直做我的朋友（我的老友）。谢谢加埃尔·布勒德维尔，我亲爱的小丫头，谢谢你的友谊、你的校对、你的热情、你的疯狂，还有你的尖盖锅烩肉。（下一锅是什么时候？）谢谢塞雷娜·朱利亚诺·拉克塔夫、索菲·昂里奥纳以及辛西娅·巴瓦尔德，你们那么难能可贵，谢谢你们的友善，我们在一起时总能畅快地大笑，你们能来到这辆公交车上真是太好了。谢谢康斯坦丝·特拉普纳尔，你总是让我感觉自己是世界上最风趣、最机智的那个人。谢谢巴蒂斯特·博利厄，谢谢你那些优美的文字以及你的情谊，知道有一个人与我如此相似，这种感觉真好。谢谢加万·克莱芒特·鲁伊斯，你拍的那些屁股的照片以及你编辑的《背包客指南》都帮了我很大的忙。谢谢卡米耶·安索姆，谢谢你的为人以及你赠予我的友情（虽然你偷吃了我的巴斯克拉榛子巧克力酱）。谢谢玛丽·瓦雷耶，谢谢你细致而准确的校对以及宝贵的建议，还有我们之间无聊的闲谈。

感谢法亚尔出版团队给我这个机会，让我去写自己喜欢的主题，并且庆幸你们也很喜欢，谢谢你们在不知小说是否会受欢迎时就愿意出版我的作品。谢谢亚历山大·迪安，随着时间的流转，你早已不只是我的编辑了。谢谢索菲·德·克洛塞，谢谢你写给我的那些亲切的字句，不管是手写的，还是打印的，都令我非常感动。谢谢热罗姆·莱叙、埃莱奥诺尔·德莱尔、马蒂娜·蒂贝、凯蒂·弗内什、洛朗·贝尔塔耶、波利娜–热特吕德·富尔、瓦伦丁·博、卡罗勒·索德若、阿里亚纳·富贝尔、安娜·林德隆、莉莉·萨尔特、韦罗妮

310

克·埃龙、桑德里娜·帕谢、玛丽·拉菲特以及玛丽－费利西娅·马约诺夫。

谢谢口袋书出版社团队，谢谢你们的热情和好意，尤其要感谢亲爱的奥德蕾·珀蒂、才华横溢的韦罗妮克·卡尔迪、人见人爱的西尔维·纳韦卢、安娜·布伊西、弗洛朗斯·马斯以及让－玛丽·索贝斯蒂。

谢谢亲爱的弗朗斯·蒂博，我的媒体联络人，谢谢你为了推广我的作品而付出的努力。

谢谢书店的工作人员。每当举办签售会时，我都会被你们的热情以及介绍好书给每位读者的真切渴望所感动。我们的故事能交到你们的手里，这一点尤其难能可贵。

谢谢代理人团队，作为第一线的宣传人，谢谢你们为了捍卫我的作品，投入如此之多的热忱以及真诚。

谢谢网络上的博主们，谢谢你们满怀热情地与他人分享阅读感想。我常常会被你们关于我作品的评论所打动，深受震撼从而获得鼓励。至于那些其他书籍的评论，我的银行经理当然就不会那么欣赏了。

特别要感谢法比恩，艺名"高大病体"，谢谢你好心愿意把《这将会留下》① 这个标题让给我使用。虽然我最后选择了另一个书名，但是你的这份礼物令我不胜感激。一如你所写就的歌词一样，每次都令我感动至极。

最后，我要破例以你们作为致谢词的压轴，那就是亲爱的读者们。人们不是常说，最好的永远要留到最后吗？

那些给我写过很长的评论的读者，那些特地过来和我见面的读者，那些偷偷阅读我的作品的读者，那些把我的书借给亲朋好友的读者，那些把我的小说悄悄放在圣诞树下作为礼物的读者，那些在路上

① 高大病体的 CD 作品集名。

前来与我攀谈的读者，那些把我的书推荐给手下的病患的读者，那些给我发来照片的读者，那些因为看见我上传到"照片墙"网站上的夸张相片而笑出来的读者，那些偶然发现我的作品的读者，那些从我写博客开始就已经读过我的文章的读者，那些一直在期待我下一部小说的读者，那些在社交网站上留下评论的读者，那些把书中的段落读给自己伴侣听的读者，那些用荧光笔标记句子的读者，那些把书页折角留记号的读者，那些重读过好几次的读者，那些在作品中发现自己影子的读者，那些在地铁里流泪的读者，那些在办公室里开怀大笑的读者，那些在养老院里阅读我的文字的读者，那些在读书会上碰面的读者，那些在沙滩上迅速浏览我的小说的读者，那些把自己家乡的特色产品送给我的读者，那些把我的故事告诉自己学生的读者，那些打算近期开始阅读我的作品的读者，那些在我的文字的陪伴下度过艰难时刻的读者，那些想来比亚里茨游玩的读者，那些再也不恐惧衰老的读者，那些两人结伴看书的读者，那些在朋友间互相发短信交流感想的读者，所有那些读者，以及其他人……

当我的第一本小说面世时，我以为只会卖出去四十本，而且还全是我的母亲花钱买的。不过没关系：我总算是实现了小时候的梦想了。

几年过后，我已经出版了四本小说，并且在每一天，我都会收到各种赞美的信息（我的母亲发誓说绝对不是她发给我的）。我小时候连做梦都不敢梦到如此美好的场景。

感谢所有参与到这场奇妙之旅当中的人，谢谢你们阅读我的文字，并始终鼓励着我；谢谢你们的留言、笑容、泪水与信赖；谢谢你们登上这辆公交车，坐在那个爱做梦的小女孩的身旁。能与你们同游真是三生有幸。

«IL EST GRAND TEMPS DE RALLUMER LES ÉTOILES»
by Virginie Grimaldi
©Librairie Arthème Fayard, 2018
CURRENT TRANSLATION RIGHTS ARRANGED THROUGH DIVAS INTERNATIONAL,
PARIS 巴黎迪法国际版权代理

著作权合同登记号：图字 18-2019-319

图书在版编目（CIP）数据

该是重新点亮星星的时候了 / （法）维尔吉妮·格里马尔蒂（Virginie Grimaldi）著；杨旭译. — 长沙：湖南文艺出版社，2020.6
ISBN 978-7-5404-9617-3

Ⅰ.①该… Ⅱ.①维…②杨… Ⅲ.①长篇小说—法国—现代 Ⅳ.①I565.45

中国版本图书馆 CIP 数据核字（2020）第 058978 号

上架建议：外国文学

GAI SHI CHONGXIN DIANLIANG XINGXING DE SHIHOU LE
该是重新点亮星星的时候了

著　　　者：［法］维尔吉妮·格里马尔蒂（Virginie Grimaldi）
译　　　者：杨　旭
出 版 人：曾赛丰
责任编辑：丁丽丹
监　　制：邢越超
策划编辑：刘　筝
特约编辑：王　屿
版权支持：辛　艳　张雪珂
营销支持：文刀刀
封面设计：尚燕平
封面插图：黛　西
版式设计：梁秋晨
出　　版：湖南文艺出版社
　　　　　（长沙市雨花区东二环一段 508 号　邮编：410014）
网　　址：www.hnwy.net
印　　刷：三河市中晟雅豪印务有限公司
经　　销：新华书店
开　　本：880mm×1270mm　1/32
字　　数：260 千字
印　　张：10
版　　次：2020 年 6 月第 1 版
印　　次：2020 年 6 月第 1 次印刷
书　　号：ISBN 978-7-5404-9617-3
定　　价：49.80 元

若有质量问题，请致电质量监督电话：010-59096394
团购电话：010-59320018